大自然的诗

山

LA MONTAGNE

Jules Michelet

[法] 儒勒·米什莱

—著—

李玉民

—译—

中央编译出版社
CCTP Central Compilation & Translation Press

目录

△

第　二　卷

代序

宇宙的史诗

埃米尔·左拉

我划着小舟，穿行在漂浮的灯心草之间，到了一个僻静的地点。谁也不知道我在这儿，就连鸟儿也不知道。想到这一点，我喜不自胜。陪伴在我身边的，只有静水中我的倒影。于是我翻开书，重读米什莱的诗。《鸟》《虫》《海》《山》，这些宇宙的史诗，就应该这样阅读，远离尘嚣，在一座偏僻小岛，在大地的怀抱。不要问我你们该携带什么新书去度假，那样我就会回答："没有什么新书。你们就带上《鸟》《虫》《海》《山》，到矮树林深处重新阅读。我可以肯定，你们会以为还没有翻阅过。"

啊！在六月的一天清亮的早晨，多么容易理解诗人卓越的倾向！他对莺和蜻蜓、对橡木和山楂树所怀有的兄弟般的好感，具有某种我说不清的城里人的做派。在这里，在这生命悸动的岛上，人真的就感到自己是草虫、蝴蝶、极细小枝叶的亲戚。我半卧在草坪宽宽地毯的一端，想象自己也跟旁边的杨树一样，紧紧依恋大地，仿佛感到我在杨树皮下所听见流动的汁液，也同样在我清爽的肉体内上升；我依赖它们的生命力而生活，一种自由而又自豪的生命力。我像它们那样，一动不动，默默无声，在激赏的阳光中沉思，久久遐想大地的秘密。我倾听着一只鸟儿的啾啾、一只虫儿的唧唧，理解了这些初始的语言，在树木与我共享的汁液中，汲取了一颗友爱的灵魂。

自不待言，我绝不会折断一只苍蝇的翅膀，绝不会辗死极弱小的蚜虫，那样我就会认为自己犯了凶杀罪。从前，我阅读米什莱眼含热泪讲述他可能第一次杀害一只昆虫的这几页文字，不由得微笑起来。现在，我领会了他的眼泪。我怀着友情注视着草地上的盲蛛和蚂蚁，这些小生命来自共同的大家庭。我觉得哪怕是加害一个小生命，我也会给这阴凉的静处增添几分悲凄的色彩；就连折断一根树枝我也得犹豫，唯恐看到从伤口中喷出血来。置身于高高的草丛，忘情于一片绿色的寂静中，人就会逐渐感到一切都活跃起来，一切都活了，就连阳光晒热的白石头也有了生命。于是对生命，心中便升起一股极大的崇敬。渐渐地，形成了一种奇异的共鸣：走路突然践踏、伤害了植物，自身肉体也会感到伤痛。米什莱就由衷地具有这种意识：人与大地最年幼的孩子之间，存在着亲缘关系。他那种善心令人赞叹，只因他在任何生物体内、任何事物体内，都听到了共同的生命和友爱的气息。

太阳升高了，万缕金丝雨，透过枝叶，给草坪打上点点活动的黄斑。现在一定是酷热难耐了。我望见杨树树干后边一段小河，河水沉睡，白花花且稠稠的，好似熔化了的白银。一种颤动的寂静，降落在极度兴奋、陶醉于阳光中的乡野上。

然而，我所躲藏的这个枝叶茂密的角落，这间幽室，却保持着一种沁人心脾的清爽。热风时而刮过，好似火热的亲吻，让凉快的树荫产生快感而急速战栗。

合上书，我一边思考，一边阅读这首关于大自然的诗的续篇。噢！我们如今的诗人多么盲目，思想多么狭隘！他们舍近求远，到已逝人民的传说中，寻求虚假的灵感，费尽心机去复活那些老神话，却无视大自然真实的广阔天地。今天我们知晓，苍白的神明并不隐藏在树皮里和花蕊中。科学向我们揭示了一种境界更高的诗歌，现实已经显示出它比寓言更伟大。古代那些讽喻已经变得冷冰冰的，它们比起鲜花的真爱和树木的真实生活，显得幼稚可笑。在米什莱的作品中，读一读玫瑰是如何爱的，橡树是如何出生并长大的，那么你们就会像对一个害羞的妹妹似的关心玫瑰，就会像对一个比你们优秀的兄弟似的关心橡树。明天的史诗就在这里，在发现天和地幽深而温馨的奥秘中，在生物和事物的崇高的自然史中。

米什莱作为第一批的成员，怀着无限的激情，跪拜共同的伟大母亲，为此他将永世享有荣名。而对生命的无限，他浑身颤抖，既惊恐又心怀希望。他叩问昆虫麇集的世界时，一定忘掉了人，比起不计其数的无限小的族类，我们的民族简直少得可怜。总是不断地出现新生物，地球的活力，一直体现到最不起眼的一滴水中。而所有这些生物，受引领世界的原动力的推动，都那么活跃，走向一个目标。任何神话，都从来没有虚构出一个给人这样一种现实概念的故事。我边想这些事物边注视身边的草地，目光落在绿得发亮的草茎上。一簇青草就是一块未知的土地。我所观察的这块土地上，就有街道、十字路口、整座城市。我看清深处有一大片暗影，那是正在凄然腐烂的春天的叶子；继而，细茎径直上升，拉长，又打了弯儿，姿态十分曼妙；这些是纤细的柱廊、断桥、凯旋门，巴比伦式的一整套建筑。这个世界有居民，比节日期间一座巴黎广场还拥挤；各种虫子在柱廊下往来穿梭，默默无声忙碌着，好似匆匆忙忙去办事的人。我不免想到，在这块巴掌大的土地上，能有数百万的微生物，我的肉眼看不见，却感到约伯所说的神圣恐怖的战栗传遍我的肌肤。

如果说不计其数的昆虫，打开了生命无限的渊薮，那么鸟类翅膀的国度，就是我们乡野的歌声。在这里，米什莱的呼叫就是自由的一声呼叫。翅膀！翅膀！云雀直冲云霄，在拂晓放飞希望的歌，不断升空，直至见到日出的第一缕阳光。在米什莱的眼里，这种形象正是人类穿越岁月，冲向正义和真实的宁静高度。鸟儿的诗篇，其实也可以说，正是一首人类的、聪慧的诗歌。筑巢，孵卵，都是一首首美妙的田园诗。但愿我们的诗人沿着篱笆走走，给我们讲讲红喉鸟儿的爱情，这要比他们大谈印度和希腊的神更能打动我们。从早晨我就注意到，在我附近的山楂树丛中，有一只莺正在筑巢；在这僻静的地方遇到一个生人，起初它不禁恐惧，后来慢慢习惯了，把我当成了一个并不碍事的朋友，几乎就在我的鼻子底下叼草茎，缠绕编织。干吧，可怜的动物，我不会来捕你的孩子。

我在这幽深的隐居场所，就这样一直待到傍晚，很高兴忘记了自己是人，自以为跟虫儿和鸟儿一样自由。到了暮色苍茫的时分，我恋恋不舍，又操起桨，任小舟顺流而下。双桨拂到水面，在暮晚朦胧的寂静中，发出轻柔而单调的声响。

一天结束了，每人干完了活儿，大地上的车间都关门了。我想到那些可怜的姑娘，她们在我们城市的车间里劳作，累得眼睛通红；我又想起儒勒·西蒙[1]的一本好书——《女工》这部伟大心灵之作的某些段落，不免心中暗道：我们已经把一切，甚至把劳动都玷污了。在我们这里，有富人和穷人，还有为供养这个世界的幸福者而干活累死的贫苦的不幸者。在田野上，只有劳动者，每人挣自己的面包，正因为如此，一天劳作结束，农村那么静谧，堪称正义和自由的理想的城池。

我们若是愿意倾听的话，草场和山峦能给我们上多少课程啊！当米什莱歌唱自然之诗的时候，我们感到他考虑的是人，他把动物当作我们的典范，把树木和山峦视为我们的榜样。在《山》这本书中，他带着我们攀登那些纯净自由之风劲吹的山峰。对他而言就是这样，自然科学总是持续揭示进步的法则。他坚定地相信，等到我们终于相互了解的那天，我们就会如兄弟般相爱，而科学一旦阐明事物和生物间密切的亲缘关系，世界就将沉浸在一座火熔炉里了。

---

1 西蒙（Jules Simon，1814—1896）：法国政治家，索邦大学哲学教授。1848 年因关心工人问题而当选为议员，后担任过教育部长等职。他当选为法兰西学院院长，并成为终身参议员。——译者注（下略）

船桨在静静的水面上歌唱，而我梦想着这种善世的未来。无限的温馨抚慰着乡野。不知从何而来的一种宁静，充满了遥远的祈祷和歌声。淡淡而颤动的天际逐渐扩大，恍若在夜色中隐没之前，最后呈现的一种幻象。

译者附记　米什莱于 1868 年 2 月出版了《山》，同年 6 月 28 日，左拉就在《论坛报》上发表此文。米什莱看到当天的报纸，当即就给左拉写了一封信："先生，感谢您写了这样感动而美妙的文章。不错，我想要两样东西，'历史'和'自然'，这未免过分了。谢天谢地,《法国史》算是大功告成（您有《路易十六》卷吗？），然而，讲述大自然，什么时候，又如何完成呢？"

1867 年,《路易十六》卷，即第十七卷出版：标志着米什莱完成了《法国史》这一鸿篇巨制。1868 年《山》一书出版，与先前问世的《鸟》《虫》《海》组成了大自然系列，篇幅虽然比他的《法国史》，甚至比他的《法国大革命史》（六卷）小得多，但是在作者的心目中，历史和自然并重。无怪乎左拉要带着这几本书，到大自然怀抱中重读，写出这篇激情满怀的文章，称赞这是"宇宙的史诗"，并且预言作为首批跪拜自然这个伟大母亲的人，米什莱"将永世享有荣名"。左拉几乎同步读这些作品，用同样诗的语言写出这篇鲜活的评论文章，我想借用来，当作中译本的《鸟》《虫》《海》《山》的总序，既可以记录这段文坛佳话，又增添一点一个半世纪前的时代感。

这四本书的全译本首次在我国出版，完成我的一个心愿，也应当感谢世纪文景决策者的慧眼。此前，《鸟》《海》出过节译本，我也曾写过一篇序言：《灵魂的礼赞》。文中写道：米什莱一颗忧戚的心，走出了野蛮的黑夜，走出了历史的阴影，回到大自然的光天化日之下，感到自然万物是那么丰美和旺盛，要在新的感觉中再生……思想的变化往往是隐秘而神奇的。从国家转向大自然，他猛地憬悟，感到大解脱，大释然了。比起自然界来，人类历史的风风雨雨又算得了什么，不仅渺小而荒谬，而且在永恒的宇宙中不过是一瞬间……作者在这些书中，并不想把人的精神赋予大自然，而是要力图悟透大自然的精神，叩问每个生灵的小小灵魂的秘密……法语中的灵魂一词“Ame”，既指人也指一切生灵，并非人类专有。在这一点上，古代人出于本能和天性，认识得更为清楚，因而对万物万灵始终怀有敬畏，古代的图腾便是明证。反之，现代人长了知识，却昧了心性，狂妄悖谬到了极点，竟然以世界主宰自居，向鸟类开战，残害各种动物，严重破坏大自然和谐的生态环境，现在开始自食恶果了……这几本书一出版，就取得罕见的成功，效仿者纷纷转向大自然的题材，出炉了许多专著，好几家出版社还计划组织出版大自然的百科全书和丛书。在众多同类书籍中，米什莱的这几本书仍是佼佼者，堪称法国文学史上的散文佳作。书虽小，却显示出作者的恢宏大气、出众才智和诗人气质。他在历史著作中所体现的民主主义的社会思想、人道主义的博爱精神，又进一步发扬光大，扩展到自然科学领域了。早在一百五十年前，米什莱就代表人类，向大自然的灵魂举行了第一次礼赞。这些书今天读来，我们仍然感到深深的震撼，尤其为当代人的所作所为感到羞惭。我们应当记住米什莱的声音……

在这里复述这几段，译者只为重申对作者的无限敬意。

以上写于 2011 年 4 月，《山》《海》《鸟》《虫》在我国首发的初版之际，七年多时间过去了。初版到期，两年前，一家文化公司和一家出版社前来签订了出版合同，准备再版这四本书。米什莱是我偏爱的法国作家之一。相隔两三个月，签订两份合同，以防变故，也是力推好书的一种措施。果然，两年倏忽而逝，还不见书面世，想必各自有无奈的原因。我对图书市场的风云变幻早已习惯，催问无益，正欲另作打算。忽然中央编译出版社责编报来好消息，四本书清样出来，要我过目。

图书再版，是提高质量的好时机。中央编译出版社肯花工夫重点打造，修正了初版的疏漏，不放过一处疑有问题的地方。我感念初版的决策者的见识，也敬重再版的编辑人员提高质量的意愿，因此不敢怠慢，尽量不留下一点遗憾。

米什莱这样一位大家，想了解的读者找不到顺手的资料，只有柳鸣九先生编写的《法国文学史》有专论米什莱的一章，高度评价了米什莱的这些散文作品，但是一般读者很难找到。有鉴于此，我就与责编商定，专门为这套新版的四本书编译一份作者的生平与创作年表，附在每本书的后面，以备读者查阅。

李玉民

2018 年 8 月于大连金石滩

序

我们的书：
《鸟》《虫》《海》《山》的共同特点

《山》继续类似书籍的系列，此前已有《鸟》《虫》《海》，从1856年开始出版。

那年是一场运动的起点，至今还持续不断地进行。从那时候起，公众对自然历史产生了一种全新的兴趣。有些学术的书籍，很少人阅读。一些具有创造精神的著作，也许写得太精妙了。独独《鸟》这本书运气极佳，没有一个人批评，也没有一个人反对。最不友善的人也不免惊讶，被争取过来，对它毫无敌意了。《鸟》的翅膀带起了新闻和公众。

这三本书版式非常朴素，毫不奢望第八印刷所的那种体面，却取得少有的成功，引发出书的风潮。模仿者大量涌现。书商也大量出版配有插图或不配插图的专著。好几家出版社甚至要出自然历史的全套读本和百科全书。继而，又出版了不计其数的教育图书和青少年读物。只要翻开并浏览1856年以来的图书报，就能看出这个时期出现了一种文学。

这几本小书，被读者当作愉悦的文学作品来接受，其成功的原因，主要还是真实。它们并不试图将自己的精神赋予自然，而是力求洞彻自然的精神。它们喜爱自然，叩问自然，追问每种生物的小小灵魂的秘密。这就产生很好的效果。人们头一次追寻鸟儿特有的奥秘、昆虫特有的奥秘。有些种类所要求的相当长时间的教育，正是它们进化的真正秘密。从而可以得出一条普遍的法则："任何种类，只要幼崽儿经历持久的教育，就能变得高级。这样就创造社会。"

在这些小书中，真正感动广大读者的就是这一点，比生动或风格的洗练更有效果。有些作品写得很好，充满真实的事物，既有趣又受人称赞，可是却遭遇读者相当的冷淡。他们认为这种书太唯物了，是粗糙的事实的堆砌。唯有追寻灵魂的作品，才引人入胜，令人手不释卷。

鸟儿是一个人，这还比较容易接受，然而昆虫（！）如若这么讲就困难了。在海洋的孩子身上，个性暧昧不清，似乎更不容易捕捉了。这些隐秘而模糊的灵魂，一直以来受到藐视和否定，因而要确认并恢复这些灵魂的本相，归还它们应有的尊严、它们在博爱权利和生物大家庭中应有的地位，这无疑是非常大胆的尝试。

如今，在《山》及其森林中，我们继续这种工作。这本书，大部分取材于我们本身的旅行，讲述我们的所见所闻。它丝毫也不会损害沙赫特（Schacht）们、施拉根维特

（Schlagenweit）们[1]极有教育意义的劳动成果。这书所能展现的情趣，就是我们同这种高大的自然物的友谊关系：山，那么高大，但又那么宽容，情愿坦露给非常喜爱它们的人。大家会看到，人们原来错误地认为渊默的可敬的古树，阿尔卑斯山脉的族长，何等由衷地赞赏我们。我们感激不尽这些庄严的巨人慈父般的深情厚意，在它们怀里，我们找到了特别温馨的隐居之所；这些雄伟的高山（及其哺育欧洲生命的河流），也特别慷慨，向我们倾注了它们安宁、平和而深沉的灵魂。

再生的活力，在如此普遍衰弱的年代，真是名副其实的补药。但愿这本曾扶持我们的书，还能在坡道上扶起别人，只因许多人由于虚弱或忧伤，逐渐滑下去了！这本书如果一定要有题词的话，就必然是“重新攀登”这个词。

1867年12月1日

1　沙赫特、施拉根维特：都是研究、考察山川，并且著书立说的学者，主要考察并论述冰川的消长。——译者注（下同）

第一卷

一

勃朗峰的前厅

△ 圣热尔韦。穷困，萨瓦景色优美宜人。

勃朗峰[1]根本没有通道。半山腰没有修建那种永远连接法国、德国和意大利的国家公路。勃朗峰孤立独处。必须特意前去拜见，观赏这个昂头俯视欧洲的超绝的孤独者。

我见过亚平宁山脉，也见过比利牛斯山脉，那些高山方便贸易和旅游，如塞尼山、圣哥达山、辛普朗山陡峭的魔力。[2]还未涉足勃朗峰。

从前，那么多繁重的劳动，我又增加了一种。我从占据

1　勃朗峰（le mont Blanc）：又译白朗峰，阿尔卑斯山脉最高峰，位于法国和意大利边界，海拔 4807 米。法国人帕卡尔（Paccard）博士于 1786 年由向导带路首次登上峰顶。

2　塞尼山（le mont Cenis）在法国境内，海拔 3610 米，控制塞尼山口处有人工湖，从里昂到土伦的国家公路借道于此。圣哥达山（le Saint-Gothand）和辛普朗山（le Simplon）在瑞士境内，均为阿尔卑斯高原的山峰。

我那么久的长篇史诗[1]的深处，又抛出大胆的《人类的圣经》。小小的书，却表现心灵和意志的巨大冲动。我也完全跟地球一样，隆起高山，一座山峰，相当高的绝顶，能一览无余整个大地。

我十分谨慎，不去海边休息。我喜爱海这个奇异的仙女。海掌握生命的秘密，但是它又那么汹涌澎湃！有多少回，它的风暴又助威我的暴风雨！我便去阿尔卑斯山中，向静止不动的景观讨还平静——不去喧闹的阿尔卑斯山区，那里的瀑布和美丽的湖泊，终年一片欢乐的景象。我更喜爱大隐士，沉默的巨人——勃朗峰。只有到了勃朗峰，我才有望找到足够的积雪和休憩。

△ ▲ △

从日内瓦出发，一路经过景色平淡、相当乏味的地区，到了萨朗什，猛然发现景象那么宏伟，不禁目瞪口呆。阿尔沃河[2]一转弯，景色完全变了。惊诧不已，大大出乎意料。左边，一座巨大的山峰尖顶，瓦朗斯（Varens），由风化的石灰岩构成，高高矗立在路边，杉木林几乎支撑不住，威胁着

1　指《法国史》。米什莱从 1831 年开始撰写，至 1863 年出到第十五卷，在继续撰写第十六卷的同时，他于 1864 年发表《人类的圣经》（针对勒南的《耶稣的生平》）。

2　阿尔沃河（I' Arve）：阿尔卑斯山脉的河流，流经上萨瓦省，全长 100 公里，汇聚勃朗峰山区的溪流，成为罗讷河的支流。

道路。右边，覆盖着树木的山峦，仿佛一座大型剧场的第一排阶梯座位，而在别处眺望，就会认为那是一座高山（高达五六千尺[1]）。然而，在那后面隔一段距离，则横空出世，巍然屹立一座大山，暗淡积雪的峰巅。

不要拣夏季少见的晴天来到这里，因为灿烂阳光会骗人，给整个地区披上盛装，赋予万物同样一张笑脸。随意挥洒的阳光制造耀眼的魔幻，就连坟墓都笼罩在欢快的气氛中。太阳是个大骗子（哲学证明这一点）。在阳光的照耀下，萨瓦[2]最穷困、最寒冷的山谷，看上去就像已有意大利特点的瓦莱灼热的山坡谷地。

我来到这里时，天空灰蒙蒙的，当地一年大部分时间都是这种天气。我来到山脚下，能看到当地的本相，平庸而贫困，被这群高山压垮，只有阿尔沃河，一条普普通通的湍流，似乎要漫溢出来。一座座小花园，一片片小果园。冷杉林树木相当高大。再往上看，便是那寒冷的巨峰。

这里竟然有温泉，着实令人吃惊不小。要说比利牛斯山脉，那些火的老姑娘提供大量滚烫的泉水，倒也是很自然的事情。然而这里，披着积雪和冷杉林的巨大外衣，却从地下

1　尺，原文为“pied”，可译为“法尺”（325 毫米）或“英尺”（305 毫米），因无法确定原文所指，兹译为“尺”，下同。——编者注

2　萨瓦（Savoie）：现分上萨瓦省和下萨瓦省。这里指上萨瓦省，位于法国东部，与瑞士、意大利接壤。北面有盛产著名矿泉水的依云小镇。萨瓦历来是穷困的山区。

涌出热流，真让人惊异，也引人深思。我们心中暗道：在这表相，冬季寒冷的外景背后，还有另一个在下面，不为人所见的一个人。冰层（有1200尺厚？有人这样推测）对他来说，只是一件衣服。一个花岗岩人埋葬在里面，是大地从前生育的孩子，从前的一声浩叹，一次冲动，向着它还处于黑暗中的光明。不过，这颗灵魂在积雪的坟墓中，同它处于幽邃中的母亲一直保持亲密关系，一直从深处接受释放的温暖。

圣热尔韦温泉浴场景象凄凉。一座庄严的杉树园，同一条湍急的小溪相伴。往前走去，渐渐进入相当狭窄的山间裂缝，两侧山峦高约600尺。溪水很凉，风也冰冷。然而，正是从这里喷出热泉水。完全是个奇迹。一名渔民在这些融雪的溪流中间，偶然发现了一眼温泉。如在从前，这足以创立一种宗教。在比利牛斯山区，在维希、波旁等地方，任何一股水都是一个神：波尔波（Borbo）神、戈尔戈（Gorgo）神，等等。（参看Barry的作品）在萨瓦地区，这些神便是圣徒：圣热尔韦、圣普罗泰。[1]

这地方，以其苦修的特性这样表述："在享用上帝恩赐之物之前，跨越门槛时先把罪孽留下，留下灵魂隐秘的病症。"这就是此地所表达的意思。这话明智得很。但是我不知道，这地方是否能让心灵平静下来。这里肯定属于神灵光顾过的那种地方。这是封闭的地点。两侧隔绝，上方摇曳着冷杉，

1　以圣徒命名的地点，全称应为圣徒热尔韦（Saint Gervais）、圣徒普罗泰（Saint Protais），译成中文习惯上仅保留"圣"字和名字。

枝叶接近，投下怪异的影子。雾气形成长龙，从阿尔沃河起飞，被吸引到这里，在此嬉戏而不肯离去。这种游动变幻的景象，不知道给人以什么希望，似乎充满神秘、迷梦和幻象。人们希望从中多看到些光亮。

△ ▲ △

神圣的光，就作为我的医学吧！我要去见那忧郁的仙女，但是我要控制她。走出这狭窄的山涧，再往上攀登，就发现欢快的圣热尔韦。反差的特殊效果。圣热尔韦非常古朴庄重。我认为这胜过欢快。它的美十分感人，打动了我的心。

我没有住在镇子入口，那里俯临阿尔沃河，能望见远处的萨朗什镇。我生活在镇子另一端，住一间小房，这些景物都看不见。这间老房的主人贡塔尔一家，正是发现温泉的人（其他人受益）。这间房子建在靠下一点的地方，离河流近些，但是只闻流水声响，看不见河流。教堂就在旁边，围着成荫的高树，有一座鲜花盛开的很美的墓园。再远一点儿，湍流对岸的高山坡上，有几片小果园，几间茅舍，袅袅的青烟，杉树林。“Finis mundi”[1]。

杉树林前下了雨，一团团烟雾，沉重的乌云，拖拖拉拉，朝我们升上来，这是一种欢快的景物吗？但是无妨，我们照

1　拉丁文，意为“世界的尽头”。

样感到几分愉悦。在我们看来，生活很轻松。难道是这里空气的效果（两千四百尺的高度）吗？难道是释放了内心的郁闷，释放了对看不见的一个世界的忧思吗？

压在心头的乌云飞走，飞向这些山头，飞向我望见的在我们对面浮动的大海：那云海游荡在那些人形般的怪异的圆谷上，在瓦朗斯山的针状岩峰周围，在蒙茹瓦的尖顶上。

我想到不在眼前的朋友，想到从塞纳河流域或莱茵河流域，从荷兰到浓雾笼罩的伦敦，处于低洼地带的那些大都市萎靡不振的社会。尤其在云雾中露出一块块美丽的蓝天时，我想到这些，心中不禁叹道：登高多有益处啊！世界如果在这里，就能轻快而解脱啦！……

从巴黎到日内瓦，人减负一千六百斤，而从日内瓦到这里，则减负两千四百斤！真正自由的地方！海拔再低些，或者再高些，呼吸都不如这里畅快。

△ ▲ △

东家可爱的姑娘，名副其实一株杨树，因生在萨瓦而更显苗条，她和小弟弟帮着年轻的女佣做些家务，购买食品，而买东西往往要走很远的路。我们的生活有点随遇而安，就像安东尼一家和帕科姆一家那样相信上帝，有时等待天上会掉下面包来。

雨一停，我仍在写作，但我的第二灵魂，更为年轻的灵魂，出于好奇要参观当地，便去觅新揽胜了。它绕过教堂，走向比奥内（Bionney），这是峡谷圣母村（Notre-Dame de la Gorge）的道路，能通向意大利。然而，兴趣，恰恰是去陌生的地方，就是要无视这一切。同我这年轻灵魂一起走的灵魂，更渴望看一看，原先知道的也并不多。景物还都湿漉漉的。古老的胡桃木，我认为始自萨瓦公爵前往耶路撒冷的年代[1]，枝叶现在还往下滴水，路面特别潮湿。这是赶集的日子，路上熙熙攘攘，各赶各的牲口，有奶牛、绵羊、鹅，等等。一个很老到的农民，非常精明，牵着两只好看的小黑猪，那架势就像陪伴着新嫁娘。这些农民非常有礼貌，向人问好："早安！"女人都特别显老，心地善良而相貌丑陋（她们太操劳了！），她们用一种母爱的目光（有时似乎有几分怜爱），看着这个脸色有点苍白的少妇，就仿佛看见一个患病的孩子。她们微微笑她在她们的奶牛经过时绕开，躲避，未免过分敬畏地给奶牛让路。天气，也可以说五分有病，是出太阳还是下雨犹疑不决。燕麦倒伏在田里，等待晒干，还收不回去。小小的收获，少得可怜，要靠天吃饭。

下雨牧场高兴，满地鲜花盛开。下雨溪流高兴，就连最小的溪水都喃喃自语，喋喋不休。好几条大溪流，湍急的水流很有冲劲，发出咕噜咕噜强有力的声响，仿佛嫌这场地太狭小了。它们远远从山上流下来，显然是一个更高世界的儿

1　萨瓦从十世纪起成为伯爵领地，直至 1416 年，萨瓦家族才获得公爵头衔，后来参加过十字军东征，到过圣城耶路撒冷。这样算来，这些古老的胡桃树当有四五百年的树龄。

子。这个高高的世界，在道路的某一拐弯处，就从侧面显露出来，一个狭角，正是比奥纳赛（Bionassey）冰川。这是一座金山，在阳光照耀下！景象灿烂。加快脚步，要走近了观瞧。然而，这动态的黄金已经变化：一变而为白银了……没有常性的阳光！白银又变成普通的雪。而这片雪，又逐渐化为铅灰色。

返程不免黯然神伤，脚步更为缓慢。尽管时值盛夏，天色已向晚。她回来时神情严肃，但是双手捧满了鲜花。

△ ▲ △

早晨很轻快，有点凉，但是宜人而喜悦。面对雪的工作：今年，在八月份，雪就给我们高高的山头扑了白粉[1]。继而，我们就拜会我们的邻居，大瀑布的冷杉。北方这些庄严的树木，随着冰冷的湍流地处很低，又临近峰顶生长在很高的地方，围住中间的几个阶梯，保护了小果园里梨树、苹果树等更为娇弱的树木。我们怀着敬意，拜访这些散发树脂香味的古木：它们是世界的长兄，经历了最艰难时期的多少磨难，如今还支撑着、保护着许多遭受危险的地方。它们就像那些受苦受难、优秀劳动民众的自然兄弟。我们同它们结成友谊。

我们对面的冷杉林，出现在我们右侧的山隅。我们走过

---

1 这里作者使用隐喻法：数百年来，法国乃至欧洲的贵族与社会名流以戴假发扑白粉为时尚。

魔鬼桥（各国的共同名称），重又往上攀登，穿过一些果园，来到一座小农舍。庄户挺贫穷，但是好客。这个农民人很精明，态度十分和蔼，有了点年纪，当初在巴黎给人当差多年，将积攒的钱带回来。他娶了一个外地的漂亮女子，生的孩子都很好看，这显得生活还有一点点宽裕，至少在山风不太寒冷的年头。这一家人的场面相当动人，不过，这个男人年纪已经很大了，而长子只有十二岁，他能看到儿子长大干活，在母亲身边替代他吗？

冷杉林非常美观，形成一道道幽暗的屏幕，其效果妙不可言，时而遮掩，时而呈现深处的温泉；再远一点儿，那道幕明亮欢快，能望见直到萨朗什镇的旋转的山谷。在密林深处，有些显然是凯尔特人的废墟，那黑乎乎的远古之色，衬得本来昏暗的树林越发黑暗了。

离开冷杉林，往上攀登，走到开阔的地带，只见圣热尔韦及其山谷、通冰川的道路，都一览无余。视野开阔，十分悦目，富有人情味（这个词就全表达了）。深谷有草地、溪流，还有劳作，用水轮驱动的锯来破开木板，小块地收获燕麦、黑麦、荞麦。可怜的山区木屋根本没有瑞士的规模，建在很高的山坡上。就是最高处，山巅，也并不像人们所想的那样光秃秃的，以浅绿色表明勃朗峰不是一成不变的严肃面孔。

整个景象很肃穆，但是在这样温和的阴天，等待风雨来临之际，就足以令人动容了。我们在半山腰，坐到同一块窄石上，默然无语：我们心有灵犀，用不着交谈了。田地里有几个人，他们有些担心，都抓紧干活。雨季又要来临，过一两个月就进入冬季。事物都处于不确定状态，这让我们吃惊。天气很温和，我们看到的冰川很少，仅仅一个狭角；不过，冰川蓝莹莹的眉弓，没有预示任何确切的信息。

二

勃朗峰——冰川

△ 近观冰川恐怖。

△ 冰川的传说。

△ 岩羚羊猎人、水晶寻觅者。

△ 勃朗峰的阴森面目。

△ 雅克·巴尔马，登顶第一人（1786年6月）。

在登勃朗峰之前，我早就看了格林德尔瓦尔德[1]，很容易接触的一处冰川，周边保持原态，不像许多别的冰川那样，修理得面目全非，过分营造了人为的效果。格林德尔瓦尔德冰川，我是猛然间看到的，没有思想准备，突然惊现，未加思索，也没有联想文学的篇章：文学的记忆，在这里不但毫无意义，还会歪曲真实的印象。我的第一反应，天真而强烈，既惊异又恐怖。

1 格林德尔瓦尔德（le Grindelwald）和因特拉肯（le Interlaken）均属于瑞士。

清晨，我离开了喧闹的因特拉肯镇[1]，以及汇聚在那里的庸人，来到格林德尔瓦尔德村，下榻在一家设备极好的旅馆。一进客房，里面不亮堂，也不见有什么特别的地方；然而，店家打开一扇窗户……我转过身去。这扇窗户，一下子灌进来阳光，在我看来，狭小的窗框漫溢进来的不知何物，庞大，耀眼，还在运动，径直朝我冲来。

的确，从未见过如此奇妙的景象。这是一片光海，似乎就在玻璃窗外，势欲进来。涌进来的强烈效果，不亚于一颗流星突然陨落在地球上，撞击出炫目的强光。

第二眼，我看到这个庞然大物离得并不很近。它那样子似乎在前进，但是在相当远处及时停下，还在我步履能及的地点。怪哉！它静止不动，却恍若在运动中！它行进在半路，仿佛被逮住，就地僵硬石化了。

这种景物必须远观。近看，没有虚无缥缈的诗意，那就会觉得无比粗糙，无比崎岖，无比艰险了。试想一下，有一条脏兮兮的白色大路，也许宽达两公里，布满深沟辙道，坑坑洼洼，极为颠簸。从那里驶下来的，是什么样可怖的马车，或者是什么样的魔鬼车呢？在那之间，立着许多水晶体，并不明晃晃的，倒像甜面孔，高约 15—20 尺，呈现一种灰白色，有一些则近乎浅蓝色，如同某种酒瓶绿，色调暧昧而凶险。

这面斜坡，显然是很大一片冰海的一次倾泻，而那冰海

1　格林德尔瓦尔德（le Grindelwald）和因特拉肯（le Interlaken）均属于瑞士。

的边缘，看得见就在山巅，一条生硬的线印在蓝天上。整个景象辉映着阳光，有一种原始的坚硬，是对我们居住在下面的人极大冷漠的结果，我可以这样说吗？是一种有恃无恐的态度。因此，我丝毫也不感到奇怪，就连索绪尔[1]那样平和、那样明智的人，登上这冰川都不禁义愤填膺。——同样，我也深感这些原始巨物的蔑视和挑衅。我相当粗暴地对它们说："你们不要这样目空一切！你们生存的时间比我们长久一点儿。然而，山啊，冰川啊，在我们的思想高度面前，你们这一万尺高又算得什么呢？"

我打算走到近前看看冰川，于是从村子往下走，到达边缘，深入进去。人口有各种各样。此时，冰川开口狭窄，也不高，外观明亮而光滑。进到里面，处处滑溜，还有危险的斜坡，不知滑向何处。斜坡上方，有两三层淡蓝色的拱顶，开裂的缝隙，看上去很刺眼，那种透明表示让人提防点儿。最意味深长的，莫过于一簇美丽的花，经过多少岁月，一直镶嵌在那里，透过冰显示它那鲜艳的色彩。在那里禁锢，就肯定能保存下去。这种丧葬的长久展示，比任何死亡的形象都更令人惊心动魄：这是一种迫不得已的永生，可悲地扮演

1　索绪尔（Saussure，1740—1799）：瑞士物理学家，地质学家，早期阿尔卑斯山脉探险家。1762 年在日内瓦学院任物理学和哲学教授。他制造出可能是第一个用于测量电压的静电器，还成功制造出第一个利用头发测量湿度的湿度计。他的著作《阿尔卑斯山纪行》记述了他三十余年地质研究的成果，并赋予地质学一词以科学含义。

着生命，永远也不可能返回大自然，回到休息的状态了。

△ ▲ △

山民并不像我们这样看待他们的山。他们十分依恋，总要回到山间，并且称之为“坏地方”。泛白色透明的溪流特别湍急，跳跃着逃离，山民就叫作“漫流”[1]。黝黑的冷杉林，半悬在绝壁上，似乎永远安宁，其实也有战事，也有战役。在一年中最艰难的几个月，什么活计都停工了，山民就向冷杉林发起攻击。艰难的战争，充满了危险。这些树木，伐倒了并不算完事，还必须引导树倒的方向，再牵引上路，校准木头在湍流的河床剧烈的跳动［参看朗贝尔（Rambert）:《放排》（*la Flottée*）］战败者往往要向胜利者索命。树木也要索樵夫的命。森林记录了孤儿寡母的悲惨故事。在女人和家庭看来，举家哀丧的恐惧，就寓于那些高大的树木之上：那些披雪的树木，远远望去，黑白斑点突显了一派阴森。

从前，冰川是人们憎恶的对象，无不侧目而视。勃朗峰的冰川，在萨瓦称作“该下地狱的山”。在德语瑞士区，农民的古老传说，就把罚下地狱的人置于冰川。冰川就是一种地狱。狠心虐待老父亲，冬天把他从火炉前赶走的吝啬女人，就必遭报应。她受到惩罚，要同她的黑恶犬一起，永无休止

1　漫流：地质学术语，指四处漫溢的水流。山民这么讲，是指野性十足的水流。

地在冰川之间游荡。在最严寒的冬夜，人人都紧紧围着火炉，就能望见山上那个白衣女人冻得瑟瑟发抖，踉踉跄跄走在水晶般的冰尖上。

在恶魔谷里，少女峰[1]时刻发生雪崩，响起隆隆的雷鸣，这正是那些打入地狱的男爵、残暴的骑士，每天夜晚都要相互撞击，撞破他们的铁头盔。

斯堪的纳维亚地区的传说，才气更高，也更可怕，以怪诞的方式表达对高山的恐惧。山里藏满了金银财宝，由一些可怕的地精，和一个力大无穷的矮人看守。在冰山城堡，端坐着一个冷酷无情的处女，她的额头戴着一串钻石，挑逗所有的英雄好汉，那笑声比冬天刺骨的寒风还要残忍。冒失的汉子登上门，来到要命的床铺，结果被锁在床上，同一个水晶妻子结成永世的姻缘。

这也不能让人气馁。守在山上的那个残忍而傲慢的女子，什么时候也不缺少情人。总有人要攀登。猎人说：“上山是为了打猎。”登山者说：“上山是为了望远。”而我则说：“上山是为了写一本书。”我坐在桌前写道：我在阿尔卑斯山区，登高山次数之多，下深涧次数之多，恐怕不是世上所有登山者所能做到的。

在所有这些努力中，据实而论，就是为了登山而登山。

崇高的，（几乎总）是无用的。北极冰域之间的那条著

1　少女峰（la Jungfrau）：在瑞士境内，是阿尔卑斯山脉的山峰之一，海拔 4166 米，设有冬季运动场和高山科学研究站。

名航道，用了三百年才找见，但始终毫无实用价值（诚然，那些冰域总在变化）。乘气球升空，迄今为止没有用途。攀登勃朗峰，意义也极小。如今在勃朗峰的尝试，从前也做过了，只是没有登这么高。索绪尔围着勃朗峰转了二十七年，他所寻求，所酝酿的，同样，拉蒙十年间在迷茫山（le mont Perdu）所寻求的——主要还是登临。

△ ▲ △

所有搅乱人心的碰运气的疯狂行为中，最高尚的无疑是猎岩羚羊。诱人之处是冒险：要打的猎物，与其说是那种胆小的动物，不如说是高山。同高山肉搏，贴近它那崎岖的狰狞，不惧它赖以自卫的真实与虚幻的东西：坚冰，浓雾，深渊，裂缝，距离产生的错觉，视角引起的假象，眩晕的过度变化。越是如此，有人越要攀登。这些男人，在其余一切事务上，都那么深谋远虑，那么谨慎小心，唯独在登山这事上昏了头。爱情，即使在神魂颠倒的时刻，也根本比不上追捕猎物的那种可怕的乐趣：小小的岩羚羊很狡猾，逗弄疯狂的猎人，将他引向深渊，引向逼窄的绝壁边缘，人不可能到达的地方。他目瞪口呆，看着深渊在旋转。头上饥饿的老雕也在盘旋。这就是一种快感！……有一年，父亲摔下去了。现在轮到了儿子。其中一个青年，刚刚娶了一个他深爱的姑娘，他照样对索绪尔这样讲：“先生，结婚也没关系。既然我父亲在山里送了命，那么我也必须死在那里。”三个月内，他就履行了诺言。

冬季围着火炉，当地的权威，猎人讲述他在冰川一带游荡时所见到的情景，大家听得多么入神啊！听他讲到他在冰隙阴森可怖的蓝色中的感受时，大家都不寒而栗！他还说道：“我也亲眼看到了，洞顶高二三十尺，有时一百尺，洞里水晶闪闪发亮，几乎一直连到地下。水晶或者钻石。”这类故事，谁没有梦想过呢？轻信的萨瓦人的心跳得多厉害啊！“嘿！谁能登山到达那里，那就发了大财。要负重或者攀登狭窄的过道，一辈子苦熬六十年，也挣不了这么多钱。只要有一天吃了豹子胆，放手一搏就足够了……抢劫魔鬼的财宝，有什么不好呢？正是魔鬼或女妖，在那里看守着钻石。”

为了有足够的胆量登山，超过岩羚羊所达到的极限，就需要这种财宝的传闻，无知的想象力，把钟乳石混同水晶岩，混同水晶和钻石，我哪儿能当成什么宝贝呢？他们没有发现这些财宝，但是发现了勃朗峰。

△ ▲ △

我们审视一下当时围绕着勃朗峰的恐怖传说。那时，沙莫尼[1]还不为人知，就在当地也是陌生的。不大有人在山下，

1 沙莫尼（Chamounix）：全称沙莫尼蒙白朗，法国上萨瓦省阿尔卑斯山中的一处胜地，位于阿讷西市以西，横跨阿尔沃河，海拔1037米。河左岸为终年积雪的山岭，包括勃朗峰。沙莫尼是攀登勃朗峰的起点，是冬季滑雪和夏季冰川游中心。

沿着长长的凄凉山谷绕山而行。行人倒是沿着峡谷圣母村的谷道（一条通往意大利的道路），出于好奇，偶然登上普拉里翁山（le Prarion），从那里观看勃朗峰。然而，这样面对面，该有多可怖啊！近在咫尺，不过两步之遥。不像远眺那种印象：只是一具无比庞大的尸体，躺在那里，头和脚挨着其他阿尔卑斯山头。近前一看，只见勃朗峰孤高独立，好似一个无比高大的白袍僧人，身披袈裟，头戴冰帽，已经死去，但仍然屹立。换了别人，会认为那是一次星球撞击，那颗死星，苍白而荒芜的月亮的一块残骸，地球上的一座星球墓。

积雪的大圆帽，酷似一座坟墓。墓碑便是突起的棱柱，像披着黑纱的颜色，同雪形成鲜明的对照。这些棱柱，火的古老女儿，在抗议冰，它们说比起深藏地下的无穷黑暗来，这种白色的追思台根本不算什么。

如果从沙莫尼来到山脚下，就发现身陷绝境了。这里一年有八个月萧索（不要在出大太阳，来了喧闹人群的那几天来判断此地）。普拉里翁山口、黑头山口，紧紧挤住并封闭了山谷，给人的感觉就像关闭隔绝了。夏多布里昂[1]就感到，在这高峰的脚下，在这无比巨大的造物下方，人呼吸都困难。在塞尼山，在圣戈塔尔山，那感觉该有多舒畅！那些山峰，不管多么高峻，还是照样修建了公路，还是有各种动物的自

1 夏多布里昂（François-René de Chateaubriand，1768—1848）：法国浪漫主义文学前期代表作家，著有《基督教真谛》（1802）、《墓外回忆录》（1899）。

然通道。马匹、羊群不计其数，甚至还有候鸟！勃朗峰吸引不了任何动物，它好似一位隐修士，沉醉在它孤独的玄想中。

在阿尔卑斯山脉中，勃朗峰是个怪异不解之谜。其他山峰通过无数的溪流说话，而圣戈塔尔山更善谈，向四面八方慷慨地倾泻，四条河流在世间闹出极大的响声；可是，勃朗峰这个大吝啬鬼，仅仅放出两条小溪（流到山下才扩大，汇入了别的溪流）。它有流入地下的水道吧？总体来说，大家看到它总在接收，极少付出。是否可以认为，这个爱积攒的主儿，正积聚隐藏生命的珍宝，以备未来的饥渴，全球大旱呢？

△ ▲ △

早在 1767 年，有人就发现来寿山（le Léhaud）冰川上挖了许多洞穴，那是寻宝者寻找水晶留下的遗迹。据传，在 1784 年，一名向导十分幸运，在一处岩石崩塌的地方发现了水晶，带出了重达三百斤的大块透明、紫红色的优质水晶。这件事让寻宝者丧失了理智。巴尔马家族（著名的向导人家，在所有向导人家中最为坚忍不拔）的一个成员登上冰川，却一无所获，仅仅遇到一场特大暴风雨，处境极其危险。山上的精灵当然要力挫那些胆敢动它们财宝的冒失鬼的锐气。

不过，另一个精灵却在世上游荡，又不安又好奇，喜欢冒险而又不屈不挠，正是毫不气馁的十八世纪灵魂。人们越来越往上看，人人都怀有提坦[1]的雄心。1783 年发明了气球，皮拉特尔（Pilatre）、阿尔朗德（Arlandes），都是首批脱离地球的人。

登勃朗峰，是皮卡尔、索绪尔等一干学者鼓动起来，1786 年 6 月由（沙莫尼的）雅克·巴尔马完成的。巴尔马找出一条路，而皮卡尔（1786 年 8 月）、索绪尔（1787 年 8 月）相继沿那条路登上勃朗峰。

1　提坦：希腊神话传说中的巨神，为天神乌拉诺斯和地神该亚所生，六男六女共十二名，他们受母亲唆使，推翻了乌拉诺斯的统治，拥戴克洛诺斯为新王。但是宙斯又将他父亲克洛诺斯打倒，在奥林匹斯山自立为王。提坦与宙斯血战，失败而被打入地狱。

三

首批登临——冰川

△ 索绪尔的特殊教育，他的游记。

△ 冰川是变动的活物。

△ 夏彭蒂耶、阿加西斯；冰川时期。

△ 冰川进退：欧洲的温度计。

德·索绪尔先生的光荣，就在于他登了顶和一些探索，更在于他出版了游记佳作，关于勃朗峰，以及总体上关于阿尔卑斯山脉，讲了许多有趣的事情，受到欢迎，也得到恰如其分的好评。大家感到他身上难能可贵的是，无愧于人这个称号，在研究和性情、任职和行动上都能保持均衡。

德·索绪尔先生这个人很独特，求知欲强，为瑞士这个教育国家争了光，也为严肃的日内瓦争了光；他是专门培养出来的一个人，培养了四十年，为了发现阿尔卑斯山脉。1741 年，两名英国人在散步中发现并指出（如同在南半球海域发现一座人所不知的岛屿那样）沙莫尼，勃朗峰的山脚。这事引起日内瓦的关注。日内瓦的那些著名博物学家，特朗布雷[1]、博内[2]等人，纷纷大谈特谈。博内是索绪尔家的亲戚。当时索绪尔刚出生不久，他母亲（德·拉里夫家小姐）对此事产生强烈的兴趣。这孩子持续地接受了知识和创造才能的教育。他修完数学、物理学，二十岁就开始教授数学。他还有计划地奔波跋涉，练就了腿脚功夫，步履矫健，善于攀登，总之，练就了一身登山的本领。他于1760年就登上了勃雷旺峰[3]，从那里能更清楚地望见勃朗峰。他带回来所见勃朗峰的景象。此后二十四年间，每年夏季，他都在阿尔卑斯山区旅行，总是回到他为之培养起来的伟大目标，靠得更近些端详。他完全迷恋了，不再想别的事情。他说道："已经得了病。这座勃朗峰，在日内瓦附近许多地点都看得见，而我的目光只要一碰上，就必然感到一阵揪心。"

为什么他那么晚才登顶呢？为什么让人抢先呢？家庭那么精心培养他，临到行动的时刻，一定还有些担心。正如他亲口讲述的那样，大家要看着他返回。他的亲友全到了沙莫尼，极度不安地等待他下山。那些向导的亲人，心里也同样

---

1 特朗布雷（Abraham Trembley，1710—1784）：瑞士博物学家，以研究绿水螅而闻名，通过水螅试验证明动物界存在出芽繁殖，即是一种无性繁殖过程。

2 博内（Charles Bonnet，1720—1793）：瑞士博物学家、哲学作家。他发现单性生殖（即不通过受精的生殖），并且发展了进化的突变理论。在生物学作品中，他最早使用"进化"一词。他的《心理学论文》《关于灵魂功能的分析论文》，开了生理心理学之先河。

3 勃雷旺峰（le Brevent）：阿尔卑斯山脉的一座山峰，位于沙莫尼西北，海拔2526米。

惴惴不安。他们终于从山顶下来，投入亲友的怀抱，彼此欣喜若狂。那位令人钦佩的母亲，当时也在场吗？他没有讲，留下遗憾。这位母亲就是为此多年培养他，坚持不懈，在很大程度上促成了这项事业。

他的游记，事后好几年才出版，显出一种审慎的缓慢。这本佳作事实丰富，始终是这一主题的开山之作，所提出来的主要问题，大多尚未解决。德·索绪尔先生所生活的良好环境，十分庄严，崇尚道德，但是严守《圣经》的教诲，这使他有点畏首畏尾。布封[1]最初也冲劲十足，曾一度被捕，不得不退避三舍。假如索绪尔没有找到迁就传统的办法，那么他就会伤害他的朋友，博内一家与哈勒[2]一家。他不惜一切代价，必须尊重《创世记》，同《圣经》记载的大洪水协调一致，必须无视或者不解那些可能有损旧文本的事实。他错过了关键的发现，致使科学还要等待五十年。在冰川附近生活的人，岩羚羊猎人、樵夫、向导，以及寻宝者，都有可能告诉这位学者，整个事情的实质，正是他们一直目睹，如今人们所见到的情景。

---

1 布封（Georges-Louis Leclerc Buffon，1707—1788）：法国博物学家、作家，著有《自然史》，凡三十卷。

2 哈勒（Albrecht von Haller，1708—1777）：瑞士著名生物学家、实验生理学之父。1736—1753 年，在新建的哥廷根大学任内科学、解剖学、外科学及植物学教授。经过详尽的实验，写成百科全书式的著作《人体生理学原理》（八卷，1757—1766），是医学史上的里程碑。他还是一位有才华的诗人，写了《阿尔卑斯山》（1732），歌颂山川之美。

冰川是活物，不是无活力、不动的死物。它移动，前进，后退，再前进。它吸收，但是也抛弃，不接受异体。阿尔山[1]冰川，坡度非常平缓，冲到冰上的一块岩石，三十三年间移动了四公里。在勃朗峰的冰川，移动同样的距离似乎需要四十年。从索绪尔丢在那里的一架梯子，就能测出这一点。从巴尔马家族的一个成员遇难也能了解这一点。冰川的这些英雄，也同样是殉难者。尤其通过他们，我们得知冰川渐进的运动。他们用自己的躯体丈量过了。雅克·巴尔马于 1834 年被吞没；皮埃尔·巴尔马则在 1820 年葬身冰雪下面，到了 1861 年，他的遗体被抛到冰川脚下，这表明四十年间，冰川往下移动了。想一想这个英雄家庭，不仅首先登上了勃朗峰，还以其不幸遭遇证实了冰川的规律，冰川有规律的变化，从而打开一个新境界，而可怜的死难者遗骸，就陈列在阿讷西博物馆的玻璃展柜里，看着怎不叫人感慨万分！

△ ▲ △

早在 1706 年，霍廷根（Hottinger）就注意到冰川交替进退。（苏黎世的）学者谢什泽尔（Scheachzer）十分出色地描绘了冰川如何清除混入的岩石，清除一切阻塞它的东西。勃

1　阿尔山（I'Aar）是阿尔 – 戈塔尔高原（massif de I'Aar-Gothard）的组成部分，该高原有阿尔卑斯山脉好几座海拔 4000 米以上的山峰，包括少女峰和芬斯特拉峰，因而有不少冰川。

朗峰就这样，从它内部排除的岩石，很容易辨认，材质一般来说是别处少见的，那种灰色花岗岩杂以淡绿色斑点，人称绿泥花岗岩。在勃朗峰的四周，在附近的山谷，都能找见这种岩石，这并不费难。然而，在很远的地方，一直到汝拉山脉[1]也找见了。怎么到了那里呢？这可就难倒人了。同样难解之谜，有些岩石，根据其矿物质，似乎来自罗纳河河谷。阿尔山的岩石，等等，都是个谜。

那些岩石，有的长达六十尺，高二三千尺，显然很沉重。若说是被水流冲到那里去的，这种观点立不住脚。水绝没有这种力量。而且，那些岩石并没有滚动，它们所有棱角都保持完好，如果在如此崎岖的路上翻滚，棱角早就磨光了。“它们是被大洪水激流抛过去的。”索绪尔如是说。真是神奇之举，将这些巨石抛过日内瓦湖。“为此，要有 60 亿尺水量的压力，必须让岩石飞行的速度达到每秒 19000 尺！”（夏彭蒂耶[2]，第 195 页）这种想法显得很可笑。

不过，在 1815 年之后[3]，反动潮流猖獗，《创世记》和大

1　汝拉山脉（le Jura）：法国和瑞士交界的山脉，延伸到德国境内为石灰岩高地。汝拉山脉的雪峰（le crêt de la Neige）海拔 1718 米。汝拉山脉在西北面隔着莱芒湖（日内瓦湖）与阿尔卑斯山脉遥遥相望。

2　夏彭蒂耶（Johann von Charpentier，1786—1855）：瑞士早期冰川学家，最早提出作为地质营力的冰川有广泛运动的概念，著有《冰川随笔》（1841）。

3　1815 年，法国政体发生巨大变化，拿破仑第一帝国覆灭，波旁王朝复辟，法国保王党与教会势力结合，在法国历史上开始一段反动统治，从而阻碍了科学和学术的自由发展。

洪水之说又占了上风。为了支持大洪水之说，有人求助于地下火：他们推测在熔岩喷发的时候，冰川突然融化，向洪水激流提供了这种巨大的力量，将（长达六十尺）这样的巨石从瓦莱一直冲到汝拉[1]。

如果不靠想象，而是肯于观察，那么就会感到事情从前怎样，现在还是怎样。冰川肯定向前推进，速度极其缓慢，但是均匀而可计算，推动排斥出去的岩石，推移过程丝毫也不颠簸，并不改变岩石的棱角和形状。冰川搬运这些岩石，还保持其原生状态，真可以说是安了轮子滑动的。小轮子就是砾石，砾石在下面滚动，驮着巨石前进，清出一条好路来，在地面划出深深的沟痕，清晰可辨，能让人循迹很容易找见巨石移动之路。

这种十分简单的解释，很可能在许久以前，就是生活在冰川附近、看到这种现象的民众的观点。早在 1815 年，普莱费尔[2]就接受了这种观点，将岩石的移位归因于冰川的作用。那么大洪水、创世说又该如何呢？

瓦莱州有两个人辩论这些问题，工程师维奈茨（Venetz）

1　法国汝拉省与瑞士接壤，隔着莱芒湖，与东面的瑞士瓦莱州遥遥相望。

2　普莱费尔（John Playfair，1748—1819）：苏格兰早期的地质学家和数学家。以均变说解释和阐述地盾变化而闻名。著有《几何学原理》（1795）、《对赫顿地球理论之说明》（1802）、《自然哲学纲要》（1812—1816）。他最先提出河谷是河流本身切割而成，也最先把漂移物的搬运归因于冰川的作用。

和盐场场长夏彭蒂耶。后者于1815年去大圣伯尔纳山口[1]，住在打岩羚羊的猎户家中，那猎人对他说道："这些岩石太大了，水流根本冲不动。罗讷河整个河谷，一直到很高的山坡，从前就被冰川占据。"后来，梅兰镇（Meyringen）的一名樵夫，也对他讲了同样情况，说是格里姆瑟尔山口[2]的冰川，从前曾一直推进到伯尔尼。沙莫尼的一个居民也同样认为，是冰川将一些巨石推移到公路附近。这些岩石，与勃朗峰的山岩是同一种类，显然还带有它们来源的证书：它们在大路上叙述，讲解，明确地指出冰川古时候的扩张。

冰川如此扩张，必须在极其寒冷气候的条件下才可能吗？绝非如此。查理·马丁斯（Charles Martins）先生以无可驳的计算证明，只要有几个酷夏影响冬季，温度哪怕仅仅升高四度，永恒的雪线就会降低到瑞士平原高度，融雪侵入平原，逐渐形成冰川。

为科学服务的最有效方式，莫过于同冰川亲密接触，经常游览，从上面和下面观察冰川。反复多次登临，尤其延长逗留的时间，就能看到冰川的所有变故。大家已经消除了敬畏之心，就居住在冰川上。阿加西斯[3]和德佐尔先生连续几

---

1 大圣贝尔纳山（le grand Saint-Bernard）口：阿尔卑斯山脉的一个山口，海拔2469米，位于瑞士瓦莱州和意大利的阿奥斯塔河谷之间。10世纪由圣贝尔纳在那里建造了修道院的收容所。

2 格里姆瑟尔山口（le Grimsel）：伯尔尼地区阿尔卑斯山脉的一个山口，在罗讷河河谷和阿尔河河谷之间，海拔2165米。

3 阿加西斯（Louis Agassiz，1807—1873）：瑞士的博物学（转下页）

年，在冰川上一住就是几个月、几个季度，探测冰川有名的缝隙。多尔菲斯（Dollfus）和查理·马丁斯两位先生发现上百尺深的缝隙，而德佐尔先生也发现一道缝隙，则深达千米。乌吉（Hugi）探测到底部。他匍匐爬行，看到冰川的内部结构各不相同：有的固定在地面，非常牢实；另一些则相反，底部完全是空的；还有的仅仅坐落在冰块或冰柱上，而那些冰块和冰柱迟早要塌毁。总之，各个冰川的特性与习惯千差万别。

冰川是否像阿加西斯所认为的，曾经覆盖整个地球呢？难道冰川曾经两度给地球统一穿上寒冷的冬装吗？在许多地方发现的无数游离的大冰块，似乎说明了这一点。

如今阿尔卑斯山区的居民认为，冰川七年推进，七年后退。如果冰川后退，夏季必炎热，庄稼必丰收，不愁生计，便可安居乐业。如果冰川推进，当年气候必冷，多雨，果实不成熟，小麦歉收，老百姓生活就苦了。革命也就不远了。

（接上页）家、地质学家。他在冰川活动和绝种鱼类的研究领域，对自然科学做出了革命性的贡献。他在洛桑、苏黎世、海德堡和慕尼黑等大学学习，获哲学博士和医学博士学位。他在欧洲和美洲各地考察鱼类，发表了大量著述，如他的巨著《关于鱼化石的研究》（1833—1843）。1832—1846 年任纳沙泰尔大学博物学教授，编写了《动物学词汇》。1836 年开始研究瑞士冰川的运动和作用，在阿尔冰川上修建一个小棚，称为“纳沙泰尔饭店”，与助手在那里探索冰的结构和运动状态。1840 年，他出版了《冰川的研究》一书，讨论了冰川活动对地形的影响，并指出由于近代普遍的冰川运动，从地质上说，已形成了一个冰期。1847 年受聘去哈佛大学任动物学教授，他在哈佛大学讲课，引起美国博物学研究中的一场大革命。

在1815年至1816年间的严重关头，冰川大大推进了。1849年，冰川也推进了［据丘迪（Tschudi）］，通过食品涨价，在共和国垮台的过程中起了不小作用。后来十二年，从1853年到1865年，炎热的夏季卷土重来，冰川又后退了（根据查理·马丁斯先生的观察）。现在，冰川又要推进，给我们带来多雨歉收的年头，从而引发更为严重的事件吗？

多么可怕的温度计，全社会、思想界和政治界应当始终关注。冰川所指示的大气变化，这些影响深远的自然现象，既能改变粮食生活，也能改变人们的思想、情绪和精神状态。正是多些或少些覆盖冰层的勃朗峰，牵动着未来的命运、欧洲的祸福：是天下太平，还是突发动乱，推翻帝国，卷走王朝。

四

欧洲的水塔

△ 阿尔卑斯山脉固定的乌云。

△ 焚风、融雪、湍流。

阿尔卑斯山脉无可比拟。它辐射的一群群山峦，布局巧妙，层次分明；而它蓄水的湖堰，也排列得十分高超，从冰川到湍流，到湖泊，到大河，向欧洲倾注着生命，这些在我看来，都是任何山脉所不能与之同日而语的。

科迪勒拉山系[1]、比利牛斯山脉，以其延伸的线路，似乎并不成其为一个体系。喜马拉雅山脉，特别庞大，但是据我判断，它的两端，在辛特河与恒河之间，恐怕过分扩大展开，整体联系就不够紧密了。山上流下大量的水，但是散乱而不规则，流失在山脚下危险的莽莽丛林中，以及漫漫的沼泽地。

阿尔卑斯山脉则不然，整体协调一致。庄严的梯形山峦，

1　科迪勒拉山系（Les Cordilières）：贯穿中美洲和南美洲的山系。

给四面海洋派遣了波河[1]、罗讷河、莱茵河与因河[2]（真正的多瑙河），而这四条河流可以说分而不散，能够一览无余。它们的源头大多邻近，是同胞兄弟：它们的共同发源地，这群山峦，正是这一山系的心脏，欧洲世界的心脏。

这群山脉给人以崇高的印象，丝毫也不奇突怪异。这种印象是我们直面一种真正的伟大，自然而合情合理的反应。阿尔卑斯山脉是欧洲的水库，是欧洲丰富物产的瑰宝。这是大气流在高空转换、风云际会、雾气变幻的大舞台。水，生命之始也。生命以气状或液态形式，在这些高山上方完成了循环。这些高山是仲裁，调解着分散的或相互冲突的自然力，使之协调一致，和睦相处。这些高山将自然力凝聚为冰川，再将冰川公平地分配给各个国家。

在这方面，一句很有分量、准确而深刻的话，不是一位科学家，而是一个名叫索绪尔普通旅游者讲出来的。他在游玩中来到一大片冰斗的中央，站在美丽的冰海上，不禁惊叹道：“我发现了世界的协和广场。”[3]

这话再真实不过，感觉再准确不过。西风和西南风，满载着大西洋的，甚至太平洋的云水，准备存放，不久便遭遇

1　波河（le Pô）：流经意大利的河流，全长 652 公里。

2　因河（l’Inn）：发源于瑞士境内的阿尔卑斯山脉，流经奥地利，全长 510 公里，汇入多瑙河，成为多瑙河的支流。

3　协和广场（la place de la Concorde）：巴黎的著名广场，位于土伊勒里公园和香榭丽舍之间，原为路易十五广场，1789 年法国大革命时改名为协和广场。

北风，形成胶着状态。云水，很可能就被囚禁在原地，幸好灼热的南风发起狂来，不时将云水唤醒逼走，化作浓雾，化作露水，化作雨，给大地送去喜悦。

美好的配合。高尚的协和。一切在别处搅得天昏地暗的力量，到这里便明晰了。阿尔卑斯山脉就是一种光辉。阿尔卑斯山脉在教育，让人感受全球相互依存的关系。

△ ▲ △

这些乌云来自遥远的地方，经过横渡飞越，就要静下来思考，休息片刻。阿尔卑斯山脉上面场地广袤。从多菲内[1]到蒂罗尔[2]，冰山长达四五十古里[3]，可以说是一张相当大的床铺。然而，这些旅行者实在轻浮，没有常性，阿尔卑斯山脉怎么热情接待也很难留住。一种巧妙的动作，稍微赋予这些游客一点定力。在阳光照射下，它们的雪团开始半融化，渗入下面的云层，经夜晚冻结，变成大量小冰粒。这些小冰粒人称粒雪，它们之间有相当的黏附力。在整个夏季，粒雪层又有融化的部分，水漏下去，积存在山谷，然后形成冰川。每天夜晚（甚至在夏季），粒雪层冻结，融化，再冻结，变成白

---

1 多菲内（Dauphiné）：法国旧省名，现分为伊泽尔（l'Isère）、上阿尔卑斯（les Hautes-Alpes）和德龙（la Drôme）三省。

2 蒂罗尔（Tyrol）：奥地利的一个省份。

3 法国每古里合四公里。

冰，不过里面还有气泡。待气泡消失，冰整合为薄层，即天蓝色的层冰。

云气就这样固定下来，化为结实的冰层，卧在那里，似乎要遭受永世的囚禁。上空又飞来由雪团构成的云气，雪团不久也硬化为粒雪，覆盖了天蓝色冰层，从而遮住阳光。冰层逐渐增厚，从底层渗出去的部分，恐怕远远比不上从空中补充来的数量。然而，还是维持一定平衡。六十年间，勃朗峰还依然是原来的面貌。据查理·马丁斯先生讲，勃朗峰的高度既未增也未减。

一股突然的力量干预进来，人们可能认为不协调，实际上却制造了和谐。南方的暴君（焚风[1]、欧荡风[2]、西罗克[3]、西蒙风[4]、沃州风[5]等，还有好多名称），有时就蛮横地降临，在这死气沉沉的世界中肆虐。暴风呼啸，召唤所有这些已经固定不动的、很难挣脱麻木状态的水。然而，没法儿充耳不闻。暴风一意孤行，咆哮声如雷鸣……片刻也不停歇。

非洲的这个火魔，喜欢夜间猛烈袭击。前一天有朕兆。山头飘浮着变幻不定的薄雾。大气变得清澈透明，景物都显得真切而拉近了。月亮出现淡红色的月晕，天边染上一种奇

1　焚风（Foehn）：德语的“Föhn”，高山地带所形成的燥热风。

2　欧荡风（Autan）：来自法国南部的南向或西南向的狂风。

3　西罗克（Siroco）：从撒哈拉沙漠吹向地中海南岸的异常干燥的热风。

4　西蒙风（Simoun）：非洲和阿拉伯的沙漠地区刮的干热风。

5　沃州风（Vaudère）：由瑞士沃州山谷刮出的强劲的东风。

特的淡紫色。风在高树林上方呼啸，而湍流也发出低沉的轰鸣。这就是大风的警报。

的确令人十分担心。这个施恩者凶神恶煞，起初就好像要摧毁它前来拯救的自然。它摧折，搅乱，扫荡，将巨石抛下山，将大树卷到湍流的河床。它掀起木屋的房顶，吹到很远的地方。牲口棚一片惊慌，奶牛吓得哞哞直叫。上帝啊！要发生什么事情啊？……所发生的事情，就是春天来临。

焚风嘲笑太阳。要融化积雪，太阳得花费半个月，而从非洲刮来的燥热风，只用二十四小时就够了。焚风吹来，雪就挺不住了。在格林德尔瓦尔德冰川，焚风吹了两小时，就融化了两尺高。阿尔卑斯山区神秘植物的地下生活，八个月的覆雪和黑夜，终于完结了。这些植物由魔术师唤醒，开始生长，满怀喜悦见到短暂夏季的阳光，它们小小的花心一时放情地去爱。这个搞突变的疯狂而野蛮的家伙，正是爱的伟大使者。在山下河谷，对此感受就太深了：它这热乎乎的气息，在谷地聚集，尤其让人心烦意乱，无精打采。动物都惴惴不安，男人非常烦躁，而女人不免畏怯，就紧紧搂住男人。一切都显露一种内心的慌乱。

焚风的死敌，北风，有时还抢风头，徒然地展开搏斗，还是战败了。爱神仍是世界的主宰。

多么可喜的变化！多少恩惠啊！生命，繁衍，本来在阿尔卑斯山上睡大觉，现在摆脱了那种状态。这些雨露和浓雾，比哪条河流都更有益处，前往浇灌欧洲大地，滋润着优质的牧场、草地的绿茵。负载着硝酸钾的大雨、雷电阵雨，能催使草木叶子一夜变绿，诱使新芽突然萌发，而自然万物初醒，还情不由己，在这场春梦中，纷纷竞相超越。

△ ▲ △

在数以千计、百万计的源头开始潺潺细语的时候，最幸运者，莫过于在这种大变化的第一时刻，就有所感觉，能够聆听所有这些水流大合唱的序曲。正如昨天，我在山的裂缝中所看到的那个水源，隐蔽在苔藓下面，还只是潮乎乎的，但是它同样可以说："我在。"或者："我不在。"——今天早晨再一看，已是涓涓细流，可供鸟儿饮用——到了晚上，它发出多么有力的汩汩声！变得多么庄严，多么像样，多有声势！它的声响变成了最强音，开始同邻近的源泉对话。每条溪流都有自己的性灵，从那些声音，那些旁白和交流中，我不知道是什么样的谈话，但是那么亲近，窃窃私语，似乎在相互倾吐秘密。它们接近并会合，然后又分开，汩汩欢叫着拥抱小岛、小块陆地，接着重又汇聚在一起，越扩越大，咆哮着，奔腾着……不料猛然间，前面没了土地……

瀑布又成为多么新奇的景观！谁能说出阿尔卑斯山所有瀑布曼妙的造型！最有名的不见得最为赏心悦目。我知道几帘秘密的瀑布，无人去看，它们也无需人观赏，似乎将它们柔软而懒散的美姿藏于世外。此刻我已经离开，却仿佛还在那里逗留，还坐看那些瀑布。那些神秘的飞流，诱惑力太大了，总能让我流连忘返。丘迪在他的《阿尔卑斯山脉》一书中，可以说毫无感觉，也没有很好地描绘出来（参看他这著作的第一章，以及“水乌鸫”一章）。然而，如何才能表述出来呢？如何用几幅画面，就能勾勒出这种无限，这种彩虹，这种流动的棱镜，永恒的幻象呢？

有一句妙语，胜过所有表述和描绘。讲出这句妙语的人，正是心地善良、温柔而多情的居伊昂夫人[1]。她被流放到阿讷西，终日面对沼泽地、水渠，以及时而引发热病的湖畔，看不到阿尔卑斯山区溪水、湍流、瀑布、河流等水系汹涌奔腾的景象。不过，她已经完全心领神会了。她感到了生命蕴含的美好秘密。她在她那本《湍流》一书中，完全天真地说道：“那些河流！那可是一颗颗灵魂！”

1 居伊昂夫人（Guyon，Jeanne-Marie de la Motte，1648—1717）：法国奥秘神学家、著作家，提倡静修主义，从而成为法兰西神学论争中的核心人物。静修主义主张极度无为，甚至对永世救赎，心灵也毫无反应，以免取代上帝的作为。她的主张有排斥教会组织的倾向，因而两度被捕。1703 年获释后，便在布卢瓦过上恬静的写作生活。

五

瑞士——湖泊与河流

△ 湖泊的特殊使命及其多样性。

△ 日内瓦湖与卢塞恩湖。

△ 圣戈塔尔山水中心，温厚的伟大。

△ 因河、莱茵河、罗讷河等四条河流。

据说，瑞士有上千湖泊。世界任何别的国度，都没有这么多如此美丽的明镜。游过瑞士之后，再看任何国家都显得黯淡，或者可以说，不透光亮。湖泊是瑞士的眼睛，映出另一片蓝天。

甚至到了最荒凉的地方，冰川凄清的四周，生物似乎灭绝了，您还会惊奇地看到这些孤零零的小湖，又在湖中找见了光明。有的围着冰墙，有的环绕着草地和泥炭沼；还有的点缀了落叶松，灰色的湖水映出落叶松的绿色形貌，也增色不少，而一年一落的松叶，不无几分魅力（喜悦的还是忧伤的？），令人联想起山下那些幸运的植物。

这些湖泊，冰川的渊默的知己，冰川正是借助于它们，才走出自己的黑夜，现身于世；它们在我们先祖，凯尔特人的眼里，就是敬畏和崇拜的对象。它们似乎充满了秘密，让人感到一种野趣的魅力，谁见了都忘不掉。说起来我并不奇怪，有一种勇敢的鱼——鲑鱼，每年到了爱情呼唤的时刻，它们就要奋力游回来，一直游上这些高山湖泊。它们从北欧的海域出发，经过莱茵河漫长的旅程，再经由阻遏它们的湍流，不屈不挠地溯流而上。它们冲向上游，硬闯瀑布似的激流。到了不能游的地段，它们就像蛇一样滑行向前。据说，就像罗伊斯河[1]魔鬼桥那样落差极大的水流，也阻挡不住鲑鱼。

△ ▲ △

湖泊的责任是什么，在大自然中担负什么使命呢？湖泊要接纳“野水”[2]（山民这样讲），并使之变成“活水”。野水呈透明的微白色，掺杂着冰冷而无生命的砂石沉泥，因长久禁锢在冰川半透明的厚层的冰块中，缺少空气和阳光，就需要重见天日，接受洗礼。这种野水，甚至打岩羚羊的猎人都不敢喝：他先掰一块冰碴儿，放到石头上，接在下面喝化了的水滴。植物也同样不喜欢，拒绝吸收野水。

这些湖泊，从前所处的地势很高，排成梯形的漫溢的堰

1　罗伊斯河（la Reuss）：瑞士河流，穿越卢塞恩湖，汇入阿勒河，全长 160 公里。

2　野水（l'eau Sauvage）：在第二章中按地质学术语译为“漫流”，这里译为“野水”，以表达山民赋予这个词的含义。

湖，水在流动中逐渐净化。湖泊这样原始的分布，如今在安加丁[1]和卢塞恩地区仍能见到。“阿尔卑纳赫湖，深深陷在山谷。上面，迷人的萨尔嫩湖，则地处第二层阶梯。最后，第三层，隆格恩小湖，由高高的山脊包围，今天仍然可观，只是湖水由一条水槽半排干了。”（丘迪语）

△ ▲ △

世上美轮美奂的景物中，有两个完美无缺，独一无二。因为日内瓦湖的美，雄伟庄严的和谐。卢塞恩湖的崇高。

我们是否洞晓了日内瓦湖守藏于深邃的秘密？能够确认供应湖水的只有罗讷河及其 40 条支流吗？是否在萨瓦一侧，还有地下的秘密通道或者不为人知的源泉呢？

宁信其有，因为人们看到湖水莫名其妙就涌动起来，水位突然下降和上涨。湖上暴风雨也呈现异相。1867 年 5 月，我观察到日内瓦湖水的波浪，同其他水域的波动大相径庭，在我看来倒像版画上深深的刻痕。

在瑞士这个阳光的国度，日内瓦湖就是一片阳光。圣莫里斯这段山路极其逼窄，但是一出了瓦莱山口，您蓦然望见一马平川，来到浩阔镜面阳光灿烂的湖畔。午后时分，那辉煌的景象无与伦比，乍一见能晃花人的眼睛。然而，这种

1　安加丁（I'Engadine）：因河河谷瑞士部分的名称，属格劳宾登州。

无比鲜活的动态光辉，围着和谐的湖岸，又显得格外温婉。萨瓦那些山峦，陡立在湖边，此刻映着湖光水影，同沃州（Vaud）丘岗的迷人笑貌相得益彰。从依云[1]的栗树林到洛桑岬角，卓异的新月湖变成一片金海，粼粼波光一直延展到汝拉山脉的阴影之下。

在别的地方，要依次流经湖泊，逐步完成的事情，在这里就当着您的面进行。您会看到罗讷河奔流，起初是黄色的，浑浊不清，继而就平缓下来，开始清澈了。在哪里也不如在这里观看河水如何变清，在湖的怀抱中趋于平静。

对于河流如此，对于人也同样，日内瓦湖犹如一种可爱的、和平的崇高形象。它从前目睹了犷悍的瑞士和狂暴的萨瓦，爆发多少冲突，展开多少较量！[*]久而久之，它全给调解了。它是种族和宗教的令人信服的阐述者，通过它时时刻刻喜人的沟通，终于使两岸匹配良缘。它好似大自然的一种共同宗教：所有人心，在温厚的人性中，不知不觉都灵犀相通了。

△ ▲ △

离卢塞恩桥不远，有一座坚固的、厚重的石头小房：完

1 依云（Evian）：原意为“水”。18世纪末被人发现，喝了依云水治好肾结石，被誉为“神水”，由皇帝拿破仑三世命名。依云水是冰川水经过一个封闭砾石层，历时15年渗透而成。依云温泉也是世界上唯一的天然等渗温泉。法国政府特别立法保护，依云水源地周边500公里之内，不得存在任何人为的污染。

* 完全被遗忘的回忆录。在罗道尔夫·雷伊（Rodolphe Rey）的佳作《莱芒湖》（*Léman*）中，能够重温这些记述。——原注

全是石头建筑，没有使用一根木头。这是全州的珍宝，真正的珍宝，因为屋里放着一只铁箱，而铁箱里保存着一件无比珍贵的东西：一面旗帜。这面旗帜曾经包裹受了致命伤的卢塞恩司法官，勇敢的贡多尔丁根（Gondoldingen）的身体，上面还染着他的血。他的心愿，他的遗言，有朝一日将成为世界的法律："司法官的任职期，永远也不要超过一年。"

从日内瓦湖此处望去，一切都骤然变了，让人以为到了北方国家。在粗大的栗树、山毛榉树中间，肃穆的杉树甚至列在前排，沿着山坡一直延伸到湖畔。这湖，有多么森严啊！根本没有下山的路。根本没有环湖大道。只有崎岖的荒径，即使步行，如遇大风天，也难保平安。

我的右侧是高大的里吉山[1]，左侧是黑黑的皮拉特山[2]，置身于两座高山阴沉的目光之下。在皮拉特山脊上，两座冷峻的高峰（锡尔伯霍恩峰及其姊妹少女峰），隔着山头眺望，从四十公里之外观赏日内瓦湖。

万一游船出事，那就没救了。令人惧怕的不仅仅是湖水，沿着湖岸也尽是危岩坠石，令人联想到罗斯山（le Rossberg）的大崩塌。

从岬角到岬角，便进入这个幽邃的堰湖，凄清的乌里

1　里吉山（Righi）：瑞士境内的山，海拔 1798 米，坐落在日内瓦湖和楚格湖之间。

2　皮拉特山（Pilate）：瑞士境内的山峰，海拔 2129 米，靠近卢塞恩。

（Uri）小湖，湖水被巨大的石壁托起，波涛汹涌澎湃，肆无忌惮，具有一头危险的野公牛的全部特点。瑞士最著名的战争、最残酷的战斗，穆尔滕[1]和森帕赫[2]那类战役，还在这里继续进行，正是大风受阻；又折回来，相互间激烈地冲撞。早晨刮北风，可是到了中午，焚风偷袭湖面，搅了全局。绿色的浪涛拍击着无边的悬崖峭壁。谁能战胜狂风怒浪这两种疯狂？……

焚风刚才已经从正面袭来，现在又从后面溜进一条弯转的通道，同它自身撞个正着，展开搏斗。于是，焚风自己同自己混战一场，疯狂、喧嚣、混乱到了无以复加的程度。船夫如能跳上泰尔普拉特（Tell-Plat），像英雄那样一脚蹬开小船，那就太幸运了。

再往上走一点儿，只见芳草丰美，绿茵成片，忽然一幅融融的景象，谁能相信自己的眼睛？这种焚风，主要不是起反作用，而是一种相当猛烈的南风，有利于栗树和果树的生长；这样的栗树林和果园，在同样海拔高度的汝拉山脉，就根本见不到。从而能够确认可敬的圣戈塔尔，高山族长的和善、真正的安详。真正的伟大是宽厚的。上山并过了罗伊斯河大瀑布，就感到越来越温和了。

1　穆尔滕（法语“Morat”，德语“Murten”）：瑞士小镇，在穆尔滕湖畔。1476 年 6 月 22 日的穆尔滕战役，效命于法国国王路易十一的瑞士人，打败了勃艮第查理公爵。

2　森帕赫（Sempach）：瑞士小镇。1386 年 7 月 9 日的森帕赫战役，八州联盟的瑞士军队打败了奥地利公爵。

圣戈塔尔山，其实就是大水塔的中心。它的高度固然比不上许多别的山峰，但它以其庞大，调解了阿尔卑斯山脉。所有山峰，都前来它这里靠拢。俯瞰莱芒湖、罗讷河的勃朗峰延续的群山，（从乌里、格拉鲁斯、阿彭策尔）走向康斯坦茨（Constance）的群山，最后，雷蒂亚山脉[1]；它们以三百冰川，将向莱茵河提供水源。一切都在圣戈塔尔山联结起来。圣戈塔尔山少许留下，全部给出，倾泻给流向四海的几条大河，如同波斯那座圣山，也向世界四方倾泻了四条河流。

△ ▲ △

这几条大河，每一条都值得撰写一部长史。它们给予人们多少恩惠啊！它们灌溉滋润这些国家；不仅如此，它们还保护这些国家，守着各国的门户。它们既阻隔战争，又支持和平，促进贸易，成为贸易通道和中间地带。

无人不以敬重的目光看待它们的发源地，它们大多起源的这座天蓝色美丽的拱形山。无人不赞赏它们的激情，它们的勇气，那么大胆冲下极高的瀑布。继而，它们进入大湖的神秘中休息，又是一种庄严的姿态。每一条河流，都是流域的幽深的灵魂，往往以其缺陷保一方平安。大家谴责最大的河流（因河和多瑙河）所谓野性，而正是这种野性保卫了欧洲。它的凶暴曾经救过我们。它的那些著名的铁门，它的岩

1　雷蒂亚山脉（Rhétiques）：阿尔卑斯山脉的中心地带。

石，造成无数失事沉船，也曾经多次阻遏了野蛮人锐不可当的攻势。它用汹涌的波涛将我们和土耳其战争[1]隔开。

同样，可悲的莱茵河一过了维亚马拉峡（la Via Mala），一过了雾气笼罩的康斯坦茨湖，就终于转向北面，它在各个种族和帝国之间，扮演多么重大的仲裁角色，击退这一个，又驱逐另一个！如果说它接纳一万两千条溪流，将大量的冲积层（八千万立方尺）一直冲到荷兰，这也正是它带给两岸的安全。它穿越我们的疯狂行为，我们的野心图谋，势必带来永世的和平，这也不是以它的意志为转移的。

△ ▲ △

罗讷河虽然更加任性，但是也同样值得人关注。它具有瓦莱的灵魂、萨瓦的狂躁性情，起初很浑浊，狂放不羁。它在奔腾的路上，还未靠近日内瓦，一望见肃穆的洛桑，就似乎变得规矩了，一改先前的恶习。它呈现出一种独特的蓝色，这种刺眼的湛蓝，至今无人能解释，也不会保留多久。起初是湍流，到日内瓦一带便成为浩浩河水，再被萨瓦的溪流夺

1 指土耳其前朝奥斯曼（Ottoman）帝国（1300—1922）曾经向欧洲的征伐。1444 年，穆拉德二世（1421—1451 在位）在瓦尔纳再次击败欧洲的十字军。1453 年，攻占君士坦丁堡，立为奥斯曼帝国新都，灭掉拜占庭帝国，疆土扩至巴尔干诸国以及多瑙河河口。到十六世纪上半叶，疆域更扩大到匈牙利、美索不达米亚及北非，成为地跨欧、亚、非三洲的帝国。

取，又恢复湍流的奔腾。它就是这样变幻无常。上游浑黄，一段流域化为蓝色，然后又变回土灰色。它极其需要索恩河[1]，它那可爱而笨重的妻子（作为嫁妆给它带来杜河[2]），给予它教导并进行调理。它们是在埃奈堡（Aisnay）著名的高卢人祭坛，即百族祭坛（L'autel des Cent-Nations）结的婚。然而，您以为从此它就检点了吗？它一路走来，两边总有疯狂的美人投入它怀抱。于是它奔跑起来，惊慌失措，越来越控制不住了，像一只逃脱的野兽，像卡马尔戈[3]的一头公牛那样狂奔。它尽管十分浩大，老来又回到它的出生地附近，死去也不枉一生的经历。*

1 索恩河（la Saône）：法国东部的河流，发源于手日山脉（les Vosges），全长四百八十公里，在里昂汇入罗讷河，并以冬季的高水位调解罗讷河的流量。

2 杜河（le Doubs）：法国和瑞士河流，罗讷河的支流，发源于法国一侧的汝拉山脉，全长四百三十公里。

3 卡马尔戈（la Camargue）：法国南方地区；位于罗讷河三角洲的两主臂之间，有六万公顷，一半面积为沼泽地和水塘，是公牛和马匹饲养地。

* 关于罗讷河，我写这段时，眼前就放着我的朋友洛尔泰（Lortet）博士的出色《回忆录》；他既是优秀的地理学家，也是优秀的植物学家。这个确实受人敬重的洛尔泰家族，先是出了一位女圣徒，周济穷人的行善的草药商。洛尔泰的儿子是医生，在里昂深孚众望。他的孙子也都有出息：其中一个也走父亲的道路，已经有突出的表现：在植物生理学方面有重要发现。在以后的章节，我还要引述他的《回忆录》，开辟了一条全新之路。另一个孙子，是瑞士的一位灵巧的画家，唯独他在卡拉姆（Calame）之后，表现了阿尔卑斯山脉活力，生机勃勃的大自然。在攀登塞尔万峰（马特峰）那天，他就在现场。这个家族的其他成员，则散布在争相邀请他们的英国庄园。

六

阿尔卑斯山脉的高山通道

△ 阿尔卑斯山脉的三座祭台。

△ 鸟儿道、羊群道等。

△ 圣贝纳尔山口、辛普朗山口、施普吕根山口。

△ 逃亡者、流放者。

“在哪里也感觉不到心灵的自由了。”我年轻的时候，就领悟了这话十分丰富的含义。那时我年少无知，第一次踏上这些神圣的山路，一天在深谷度过漫长的夜晚，全身被刺骨的冷雾打透；离天亮还有两小时，我望见在凌晨的蓝天中，已经变成粉红色的阿尔卑斯山。

我不甚了解这些地方的历史，也不甚了解瑞士自由史，以及穿越这些山路的放逐者、圣徒和殉道士的历史。尽管如此，我还是深切地感到后来我认识得更为清楚的一点：这是欧洲共同的祭台。

这是给予我们白昼的曙光，即使天空在青钢色中仍然黑暗，这种曙光也不仅愉悦我们因失眠而疲倦的眼睛，还激励我们的心，向我们的心灌输希望、对正义的信念，重新赋予我们的心以青春的果敢和血性的力量。

无论萨瓦穷苦的农民、热那亚焦躁不安的海员，还是里昂黑暗街道上的工人，他们醒来并不望天空，而是从四面八方首先望阿尔卑斯山脉：这些安慰人心的山峰，早在天亮之前，就把他们从噩梦中解救出来，并且对囚徒说，“你一会儿又看到太阳了”。

△ ▲ △

古代在阿尔卑斯山脉安置三座祭台：

祭拜自然的上帝，宇宙的灵魂，调理风雨和暴风雨等自然力活动的神明。人们称之为朱庇特。

祭拜打通高山、开辟道路的英雄力量。这便是赫拉克勒斯。

罗马增建一座神庙、一座祭坛：祭拜世界和平。

古老神圣的建筑，全人类都本来应该敬重。

这是各个国家，甚至相对立的种族所共有的东西，超越短命信条的论争。属于人和自然的更高信念的杰出象征，在诸神死后仍然长存。

△ ▲ △

头一个开拓这些艰险道路的人，在深渊和雪崩之间的这种绝境停留，立足，致力于探明和确定通道的人，当然配得上这座神庙或者这座祭坛。在那之前，荒凉的山上只有一个居民，是一个恐怖的精灵。即使最勇敢的人，爬上溜滑的山坡、峭壁狭窄的突岩，也要心里发慌，头晕目眩。要在山上驻足，征服高山，就必须拥有超人的力量："需要赫拉克勒斯。"

高卢的赫拉克勒斯头一个出手了。他一下子创造了两个民族：一个高卢国诞生在意大利，一个意大利产生于高卢。阿尔卑斯山脉两侧同一颗灵魂。崇高的两重性，我认为作为促进文明的力量，在大地上是无与伦比的。

独具慧眼的希腊就说道：这个善良的赫拉克勒斯，完成这个独一无二的善举之后，对自己特别满意，于是坐下来，观赏意大利，目光从埃特纳山[1]移到阿尔卑斯山脉，不禁说道："……我弄错了吗？……好像我变成了上帝。"

△ ▲ △

名副其实的神圣作品。从那一天起，每个民族都滋养着另一个民族。由这些通道相互不断地交换恩惠。索绪尔回述一年饥饿的冬季，瑞士人正处于煎熬中，忽然听见欢快的响铃声，望见意大利长长的骡帮，运送来伦巴第的小麦和大米，他们真是万分激动。瑞士人作为回报，一年四季赶去牛群，

1 埃特纳山（Etna）：活火山，海拔 3345 米，坐落在西西里岛的东北部。

供给意大利人食用。即使在隆冬季节，人员和牲畜也总是不断往来（次要通道也如此）。瓦莱人跨越格里姆瑟尔山，运去葡萄酒，换回来哈斯勒（Hasli）产的奶制品。到了十一月份，深涧和冰隙都填塞了相当硬实的积雪，就能看到瓦莱人赶着牲口群、骡队，冒着危险穿过冰川，踏着咯咯作响的冰雪。

高山向来就有生命。通道、路上的歇脚处和避难所，总是一幅繁忙的景象。货车长龙的喧闹、号角和牲口铃声、各种车辆的声响、牛羊群的叫声、不同语言的话音，这一切打破了冰封的高山峻岭的巨大沉寂。山峰，这些威严的人物，那么深沉渊默，人还不甚了解。许多山峰还未经勘探，没有名称。

那些戴着钻石冠的山头，根本无法攀登，它们也不屑于俯视人间的事变，还安然地继续它们万年的酣梦。（丘迪语）

然而，在它们的山脚下，有人经过；而春天和秋天，鸟群一年两次飞渡阿尔卑斯山脉。

我在别处谈过，说明那些冰山多么危险、多么恐怖。但是有一点也许谈得不够，在调节绵延不断的山峦运动上，这种令人赞叹的秩序，一个山系的这种宏伟壮丽的布局。

一月到二月中旬，鹳就离开埃及、突尼斯、摩洛哥的清真寺尖塔，冲向北方，飞到荷兰的教堂钟楼，它们在那里筑了巢，而且世代相传。鹳群飞行排成奇特的象形文字，翅膀连成一片乌云，骤然遮暗了地中海的天空。不过，这种鸟儿很谨慎，避开阿尔卑斯山脉海拔高的中心地带，飞越两端，西路取道日内瓦和汝拉山脉，东路则取道蒂罗尔或者恩加丁（l'Engadine）。

每年的这个寒冷期，还能见到匆匆相爱和歌唱的杰出的云雀，看到飞过当地的小小英雄，什么也不惧怕的红喉鸟，以及阿登[1]的乖乖鸟儿，诚实的燕雀，一定要在抽叶之前回到它们的森林。

燕子四月份才来，要确认已经摆了餐桌，为它们准备好蚊蝇盛宴。所有歌手都跟随燕子陆续到来，最后夜莺终于来了。夜莺胸脯大脑袋小，栖息在低处，喜欢灌木丛。胆小的莺已经飞上（但是在夜间）白天被看得太紧的高顶。

“有翅膀真幸运啊！”有人这样感叹。然而，鸟儿飞越高山，并不像人们想像的那么简单。在八千尺，乃至一万尺的高空，空气稀薄，鸟儿呼吸困难，很容易疲惫。有的忍受不了寒冷。有的根本抵御不了风暴的冲击。

它们惧怕风暴，更惧怕它们的天敌猛禽。有些猛禽，如凶猛的秃鹫、残忍的座山雕，就在途中等候。猛禽体重，还容易躲避。最难对付的是另一些，如雀鹰和隼，体重更轻，也更贪婪，总是尾随迁徙的鸟群；此外，夜间活动的鸟类族群也很可怕。迁徙的鸟儿要对付危险，就尽可能依赖灵性和

1　阿登（les Ardennes）：由砂石和页岩构成的高原地区，大部分属于比利时，小部分属于法国和卢森堡，海拔 400—700 米。这个地区气候恶劣，人烟稀少。

计谋。它们太多都非常和睦。它们成群结队，逆风飞行，以免猛禽嗅到它们飞行的路线。它们集结成浩浩荡荡的鸟阵。秋天一大壮观的景象，就是鹤群雁阵（非常聪明的鸟儿）排成强势的三角形，勇敢而强壮者轮流打头，冲破气流，让弱者游动更加省力。

△ ▲ △

我很想趁机问问，鸟儿在危急时刻是怎么想的。我观察了。它们不敢停留。不过可以推测出它们所感到的惶怖，看到其他动物即便没有怎么被追猎，还那么忧郁和不安。意大利大绵羊就无比忧伤，它们夏季登上阿尔卑斯高山，都低垂着头，既不玩耍，也不嬉戏，甚至连羊羔都那么严肃。它们这种状态，可能是怀念它们家乡的山丘，也可能是来到陌生的境地，对危险隐隐感到不安的缘故。

有一件事，说来更加意味深长。在孔塔米讷山谷（la Contamine）附近，勃朗峰通向意大利的一个山口，我见到极其自然流露出不安和惶怖的形象。那是几头年幼的骡子，卖到萨朗什（Sallenches）附近，离开了母亲，还要被卖往艰苦的皮埃蒙特[1]地区、热那亚那种干燥的地方，到那光秃秃的山区，青草稀少，却净挨棍子。这些小骡驹十分可爱，跟小马

1　皮埃蒙特（le Piemont）：意大利西北地区，属大陆性气候。其中一部分山区，就是皮埃蒙特的阿尔卑斯山脉。

驹一样温和，而且显得精明得多。有一头浑身毛茸茸的，简直就像丝绸，仿佛那天早晨才出生，刚刚脱离母腹。它们美丽的眼睛带有几分野性，深沉而闪闪发亮，已经有了激情。我从未见过如此胆怯的动物。驶过的车辆、凄凉而灰暗的道路，它们看见什么都惊恐万状，猛然奔跑，挤在一起，就仿佛随时要跳下悬崖。这些小动物惊慌失措的样子，不免显得滑稽可笑，然而让人看着太揪心了。

△ ▲ △

它们还是幼崽儿，非常天真，以这种奇特的动作说出，表达了其余的生灵（人和动物）经过这样凄凉的地方时，在心里嘀咕而不讲出来的意思。

在大圣伯尔纳山口，这个古老而艰险的通道，连鸟儿都从来不敢飞过，走到某一处，冰雪厚达四十尺，就能看见（不久前还能看到）陈尸间、收容所，而常年陈列由冰块保存的死者，看着让人深深感到这一境地的悲惨。

辛普朗山[1]意大利一侧的山坡特别荒凉，过分采取的谨慎措施足以表明多么危险。有八条盖有拱顶的长廊、六个歇脚处、二十个避难所，既让人放心，又警示死亡就在你的头上。不时就听见砸在长廊拱顶的响声，雪崩的沉雷隆隆滚动，回

1 辛普朗山口（le Simplon）：辛普朗是端士境内阿尔卑斯山脉的通道，辛普朗山口海拔 2009 米，位于瓦莱州和皮埃蒙特之间。

响久久不绝。

斯普吕根山口[1]的长廊蔚为壮观，可谓意大利保护神的庞大工程，人见了又惊骇又惊喜。看那规模，哪儿是一条通道，简直就是悬空为神灵建造的一座仙宫。令人赞叹的圆拱窗户，截取了山峰和绝壁的景致，产生了奇妙的观赏效果。无限风光，由窗口相继高速地闪现，就恍若这些圆拱窗制造的一种幻景。如同一座精灵的隐修院。

△ ▲ △

这些通道，每一条都大有阅历，能讲出许多故事。这里发生了多少悲惨而感人的事情！在这两个世界的分界，有多少生离死别！有多少场面令人肝肠寸断！谁来讲述那些从山下投去最后一眼、向祖国诀别之人的痛苦！然而，这本书无意，也不应该触碰历史。历史会给大自然带来忧伤。

我要放下仁厚而英勇的德塞[2]，他因为在马伦戈打了胜仗，就被人丢弃在大圣贝尔纳山上永世的孤寂中。

1 斯普吕根（le Splügen）山口：阿尔卑斯山脉的山口，海拔 2115 米，位于瑞士的库尔和意大利的科莫湖之间。

2 德塞·德·维古（Desaix de Veygoux，1768—1800）：法国陆军中的英雄人物。他在斯特拉斯堡战役（1793）、美因茨战役（1794）、曼海姆战役（1795）、巴伐利亚战役（1796），以及掩护法军从黑森林撤退时，都表现得十分英勇。1800 年 6 月 11 日，他才在皮埃蒙特找到拿破仑。拿破仑派他参加马伦戈战役，他为这次大捷立了战功，但是在反攻中不幸中弹牺牲。

我也放下十六世纪、十七世纪罗马长期迫害的所有悲剧，放下令人痛心的长列：那些信仰的放逐者、逃离意大利的自由思想家。离开太阳、艺术，离开这些大理石建造的令人赞美的城市，名副其实的沙龙，全人类的迷人的摇篮——这比去死还要难一些。北方（泥淖和粪便），当时那么黑暗！没有关系，他们毅然摆脱。他们其中一位，在教会里地位很高，其天资更高，他登上阿尔卑斯山顶，脱掉决定他命运的教袍，撕烂，抛下意大利深涧，从而抛掉他的全部过去，家庭和祖国，全部珍贵的记忆。他赤身裸体，下山朝北行，走向穷困和自由。

作为回报，自由本身，它的天才，这个伟大的意大利人（被人穷追不舍，但从未逮住），至今多少回经过，再经过这些山巅，他积五十年时间，孕育，创造，催熟并催生祖国！

这一切，有朝一日会讲述的。今天，只讲一件事就打住，任何人还不了解的事实。我抑制不住，乐于讲一讲争取宗教自由的最后一个放逐者穆斯通先生（M. Muston），如何被阿尔卑斯山脉救了一命。这是三十六年前发生的事情。

他记录沃州人的书指出，他正在皮埃蒙特，赶上排斥宗教异己的狂潮。他不顾严冬时节，逃上山去。有人紧紧追赶。他深夜抵达山顶，那正是皮埃蒙特的边界。眼前根本没有路，只见横着一道无边无际的悬崖，从阿尔卑斯山峰下去，坡壁滑得要命。

他一肚子祖先的故事、英勇事迹，记得坚强不屈的莱热（Léger），著名的历史学家，同四百人英勇返回时，多少冬天就躲在山洞里，他们的盟友就是冬季和高山，能阻止两个国王的进攻。穆斯通也有同样一颗勇敢的心，他信得过阿尔卑斯山，将自身的安危交给这群山，纵身滑下山坡……他摔下去……但是还活着……跌到法国——七月的法兰西[1]，将他搂在怀里的一位母亲。

1 七月的法兰西：指发生了七月革命的法国。1830 年 7 月 27、28、29 日，连续三天，巴黎发生广泛的革命运动，导致查理十世国王下台，七月王朝的建立，开始路易－菲力浦一世的统治时期（1830—1848）。

七

比利牛斯山脉

△ 远眺比利牛斯山脉。

△ 反差与惊诧；加龙河。

比利牛斯山脉[1]，火的女儿，不如阿尔卑斯山脉那么年轻，也没有那么丰富的水源。但是，比利牛斯山脉拥有丰富的金属矿藏、大理石矿藏，以及能增强人精力的活跃的温泉。尤其日照充足。

比利牛斯山脉的峭壁绵延不断，高峻威严，令人生畏，是一道屏障，隔开欧洲与非洲，这个人们称为西班牙的非

1 比利牛斯山脉（les Pyrénées）：欧洲南部山脉，法国与西班牙的界山。东起地中海海岸，西止大西洋比斯开湾畔。全长 430 公里，东端宽约十公里，中部最宽达 160 公里。东西两端海拔较低，中段群峰竞立，海拔 3000 米以上山峰有五座，最高为阿内托峰，海拔 3404 米，坐落在西班牙境内。由近期造山运动形成，具有阿尔卑斯山脉特征。在第四纪冰期，比利牛斯山脉东段和中段冰川广泛发育，遗留大量冰蚀谷和冰蚀湖。现代冰川仅限于在海拔 2987 米的冰斗和悬谷内，北坡多于南坡。比利牛斯山区多硫磺温泉，风光秀丽。

洲[1]。一刀两断，绝对分离，毫无渐进的过渡。阿尔卑斯山脉区域宽阔，从意大利前往普罗旺斯、里昂，旅途还是比较通畅的。然而，如果从图卢兹出发，翻越比利牛斯山脉，那么过了南麓陡峭的山坡，您就跨越了一个世界，突然降临萨拉戈萨[2]。

比利牛斯山脉的蔓延部分，山峰不算高，但是海拔却高于阿尔卑斯山脉。比利牛斯山脉结构没有那么复杂，突显其雄大的单纯和卓越的特色。

比利牛斯山脉发源的两条大河，从相反方向流下山，一条东流，一条西去，埃布罗河[3]注入地中海，加龙河[4]则流进大西洋，形成一种美妙的相反对称。不过，埃布罗河流未免显得僵直。加龙河则弯弯曲曲，更有美丽而湍急的阿杜尔河[5]相映衬，平添了几分曼妙。

---

1 伊比利亚半岛先由罗马人统治，公元五世纪日耳曼部族入侵，建立王国。七世纪接受基督教。八世纪北非的穆斯林入侵，统治半岛长达六个多世纪，直到 1492 年，基督教王国才从半岛驱逐全部伊斯兰势力。因为这段历史，西班牙有时被人称为非洲。

2 萨拉戈萨（Sargosse）：西班牙的省份，省会即萨拉戈萨市。

3 埃布罗河（I’Ebre）：西班牙河流，发源于比利牛斯山脉延伸的坎塔布连山脉，全长 928 公里。

4 加龙河（la Garonne）：法国西南部河流，发源于西班牙境内的阿兰谷地（海拔 1870 米），全长 650 公里。

5 阿杜尔河（I’Adour）：法国西南部河流，发源于图尔马莱山口附近，全长 335 公里。它划了一个，大弧形，流经塔布、达克斯、巴约讷等城市，最后在巴斯克地区注入大西洋。

△ ▲ △

比利牛斯山脉的卓越，在于灿烂的阳光、火辣辣的色彩，还在于时刻笼罩着山头的神奇闪电：那是人们想看而被山峦遮住的酷热南方世界给山头戴的帽子。应当承认，这方面比较起来，阿尔卑斯山脉就逊色了。在比利牛斯山区，激流的水绿得十分奇特，有些牧场赛似绿宝石，同颓岩断壁形成鲜明对照，还有绿色大理石、从黑色岩石透出来的红色大理石，这一切都十分独特。

那些山峰不断呈现奇观，不断变换容颜，时而化为淡蓝色，时而变为难以描摹的玫瑰色（出现在凌晨与曙光初现之间），时而又变成紫红色、金黄色，以及傍晚的霞光火焰。这种奇观随时间而变化，也同样因距离远近而不同：在一百二十公里处，八十公里处，或者四十公里处，景象完全不同。您抓起画笔，以为能定格画出来；可是在平原上往前多走两步，一切就变了。那些仙女峰又换上另一种容貌。那种魅力，早晨显得轻盈，中午就变得庄严了。

有一年常下暴雨的酷夏，我在蒙托邦[1]市逗留，室内一扇高悬的窗户，朝向泰斯库河[2]、塔恩河[3]，以及开阔的大平原。

1　蒙托邦（Montauban）：法国南部塔恩 - 加龙省省会。

2　泰斯库河（le Tescou）：法国南方流经蒙托邦市的小河流。

3　塔恩河（le Tam）：法国南方河流，全长 375 公里，发源于洛泽尔山南麓，流经阿尔比、蒙托邦等城市，汇入加龙河。

窗户特别宽大，犹如玻璃长廊，装得下从巴约讷（Bayonne）到南面峭壁，从那儿再到鲁西永[1]的比利牛斯山脉全景。不过，距离这么远，我只能在一定日子，一定时刻，看清全景的轮廓。暴风雨来临的前一天，大气变得澄净透明了，我望着山影那么飘忽不定。我看见山了吗？那是一团乌云吧？不对，那确是比利牛斯几座山峰，只是有时看上去，覆盖的积雪显得比实际上更多些。美丽而丰富多彩的大平原（我认为首屈一指），以其乡村、河流的千变万化、层出不穷的壮丽景色，相当明确地提醒我距离之遥远。然而，正因为那山景朦胧不清，变幻不定，令人迷惑，我就越发贪看，百看而不厌了。我们一连几小时，如梦如幻地观赏，激动的心情从未冷却。我们有多少从前的美梦，有多少幻想和泡影，悬挂在那片乌云上；而那片乌云捉摸不定，但又真实存在，时隐时现，那是一个世界的天然屏障、山那边的未知境界！

△ ▲ △

那未知境界是传奇的国度，充满了不可能而又发生的变乱、锋芒毕露的基本理念。从摩尔人[2]到哥特人，从西班牙到

1 鲁西永（Roussillon）：法国南方旧省名称，省会佩皮尼昂，今划归东比利牛斯省。灌溉发达，盛产水果蔬菜，种植很多葡萄园，旅游胜地。

2 摩尔人（les Maures）：公元八世纪，北非的穆斯林侵占西班牙，统治长达六百年，基督教世界称他们为摩尔人。

西班牙，根本不可调和，一场永无休止的争斗，一片痴心妄想驰骋的无边沙场。“西班牙的城堡”[1]，已经漂浮在比利牛斯山上。这道高墙唯独两端矮下来，两个门吏（巴斯克人和卡塔卢尼亚人[2]）都是急性子，他们威严地打开堂吉诃德的奇特国家的国门。

据说能打开高墙的所谓通道（les pors），都极其艰险，一年有六个月，无论骡子还是人，都不敢冒险攀登。罗兰[3]用他的杜兰达尔剑（Durandal）劈开的著名豁口，从前也只有走私犯、被通缉的强盗勉强通过。两个王国之间，除了这些障碍之外，比利牛斯山脉还有起扶垛作用的陡峭的分脉，隔开深谷，也分割了山脚下的居民。那些部落极不协调。在巴斯克人（古伊比利亚人[4]）的毗邻，您能见到加斯科尼[5]凯尔特

---

1 “西班牙的城堡”是法语成语“Les Châteaux en Espagne”的直译，意译为“空中楼阁”。

2 巴斯克人（les Basques）：居住在比利牛斯山脉西端两侧山坡的族群。在西班牙一侧为自治的巴斯克地区，约有七十五万人；在法国一侧集中在比斯开湾一带，约有十二万人。他们所操巴斯克语，是欧洲西南部拉丁化以前多种语言中唯一幸存的语言，他们的口头文学非常丰富。巴斯克人至今仍保存着他们的语言文化和习俗。卡塔卢尼亚人（les Catalans）：西班牙东北地区居民。

3 罗兰（Roland）：法国最古老的（十一世纪末）英雄史诗《罗兰之歌》中的英雄骑士。他随法国国王率领的大军去征讨的敌人，正是统治西班牙的摩尔人。

4 古伊比利亚：（les Iberes）：估计是在新石器时代末期，从撒哈拉迁至伊比利亚半岛的种族。他们同希腊人和迦太基人接触，从公元前六世纪到被罗马帝国征服，发展了辉煌的文明。

5 加斯科尼（la Gascogne）：法国古公国，旧省名称。该地区西濒比斯开湾，南依比利牛斯山脉。

人；而在比利牛斯山脉两端（佩皮尼昂、巴约讷），则聚居大量摩尔人移民。

语言和服饰千差万别。即使到了今天，在塔布（Tarbes，法国西南部城市）的集市上，还能看到多种多样的服饰。集市上往往能同时见到比戈尔地区[1]白软帽、富瓦[2]棕色软帽、鲁西永红色软帽，有时甚至能见到阿拉贡[3]大扁帽、纳瓦拉[4]圆帽、比斯开（Biscaye）尖帽。巴斯克人车老板赶集时，会骑在驴上，赶着三匹马拉的长板车，头戴着贝阿恩（le Béarn，法国西南部地区）贝雷帽。不过，您很快就能辨别出贝阿恩人和巴斯克人：矮个儿男人，帅气而快活，口齿伶俐，手脚也敏捷，大山的儿子，以大跨步快速丈量山路，是个灵巧的农民，以自己的家庭为自豪，帽子上标明自家的姓氏。

△ ▲ △

严峻的比利牛斯山脉只微笑一下，就是在中心点生出一条可爱的河流，有点任性的加龙河。这是一条给人惊喜的河

1 比戈尔（la Bigorre）：法国旧伯爵领地，首府为塔布，1425 年并入贝阿恩。

2 富瓦（Foix）：法国西南部城市。

3 阿拉贡（Aragon）：西班牙东北部自治区，首府萨拉戈萨。

4 纳瓦拉（Navarre，西班牙语“Navarra”）：西班牙北部省份。十一至十六世纪为王国，包括法国的下纳瓦尔地区（今为比利牛斯大西洋省）。

流，最阴郁的母亲，马拉德塔[1]黑色山峰的快活女儿，先是在牧场之间嬉戏，然后直落八十尺，坠入深潭，注满之后，再落下两千尺才重见天日。人们能感到它就在身边，从它滋润的玫瑰、茂盛的树木、千百种植物上能感觉出来。最后，得意的突变，形成瀑布冲出来，带上从南面赶来的小加龙河。前路要遭遇多少惊险！又是多么奇妙的命运啊！它在流经的路上要创造一个世界，创造田地、城市，直到浩浩荡荡，一望无际，忘记了它出生的高山，也忘记了它乡土的本名：它看到了无限——吉伦特河口湾[2]。

△ ▲ △

比利牛斯山麓最初的居民，大概就是巴斯克人，古伊比利亚人，甚至是先于凯尔特人的世上古老种族。倒是在布列塔尼、苏格兰或爱尔兰定居的凯尔特人身上，能找见相近的特点。巴斯克人，作为西方各种族的兄长，固守在比利牛斯山脉一隅，泥古不化，眼看着所有民族都走到自己前头：迦太基人、凯尔特人、罗马人、哥特人和撒拉逊人[3]。我们这些

---

1 马拉德塔峰（la Maladetta）：西班牙境内比利牛斯山脉的一座高峰，海拔 3312 米。

2 吉伦特河口湾（la Gironde）：加龙河和多尔多涅河（la Dordogne）交汇流入大西洋冲出的三角港湾，长 75 公里，位于法国西部吉伦特省和滨海夏朗德省之间。

3 撒拉逊人（les Sarrasins）：中世纪欧洲人对阿拉伯等地的穆斯林人的通称。

年轻的古老民族，引起巴斯克人的怜悯。一位蒙莫朗西家族[1]的成员，对一个巴斯克人说道："我们家族有上千年历史了，您知道吗？"巴斯克人则回答："我们的历史呢，已经无法计算了。"

1 蒙莫朗西（Montmorency）：法国著名家族，历代出了不少名人，如安娜·德·蒙莫朗西公爵（1493—1567），曾任王室总管、法国元帅和上议院议员。

八

比利牛斯山脉续篇

△ 它们的幻想。

△ 拉蒙和迷茫山。

△ 牧人。马拉德塔峰、加瓦尔尼。

△ 温泉、巴雷日、奥莱特等。

海和山，显见都有各种各样的幻想。若说想象力丰富，莫过于这里海岸的男子汉了，他们就爱干些不可能的事情，热衷于到高山深渊、极地冥海去探险。他们可以去追逐那些幻想，而找到最糟糕的，也无非是他们自己的幻想，狂人的幻想之岸。次要的山峰耸立起来，有的坚石嶙峋，有的颓岩高悬，险象环生，摆出各种虚幻的姿态。山脚下大片荒原，夜晚遍布幻影，在中世纪就是巫魔晚会[1]的殿堂。从崩塌的峰巅到波涛汹涌的大海，由风魔王主宰，这个散播混乱和暴风雨的精怪，总给人以获得财宝的希望，不愧是谎言大师。世

1 巫魔晚会（le Sabbat）：根据基督教的神秘学、中世纪传说，巫师巫婆夜晚会到森林参加由魔鬼主持的群魔舞会。

间最疯狂的女巫，要数巴斯克女巫，又迷人又危险（朗克尔语），她们披头散发，施展妖术，让阳光透过暗褐色炫耀灿灿的金色。

△ ▲ △

我们的能言善辩的拉蒙，迷茫山的情人，他那么执着地追寻，不是有点钟情吗？年少时，他就曾轻率地追随另一些幻想：卡廖斯特罗[1]的梦想及其对大自然的崇拜。后来，他又怀着一颗火热而慷慨的心，投入革命的门坎，希望人类的解放和幸福。然而过不多久，又是多么残酷的回报，多么痛心的幻灭啊！他遭受挫折，被放逐到荒漠，但他并没有就此一蹶不振，而是以同样的激情，转向了大自然。他探测地球之谜。他已经出了一本书，一本关于比利牛斯山脉的佳作，充满富有见解的论述。可是这次，他又探索别的东西，渴望抵达人们到处看得见的地方：那座不断消失、仿佛要隐匿起来的山。

索绪尔没有费这么大劲儿。他事先就掌握勃朗峰，知道去哪儿能找见，也知道勃朗峰的状况，一个花岗岩的圆顶。

1　卡廖斯特罗（Cagliostro，1743—1795）：意大利江湖骗子，魔术师和冒险家。法国大革命前，曾混迹巴黎上流社会，红极一时。后来又流窜欧洲各大城市，兜售一种“长生不老药”，给人算命，他还声称能把其他物质变成黄金和钻石，后因行骗触犯刑律，被判处终身监禁。

而拉蒙探索的那座山峰的秘密，虽然是石灰岩结构，但是跟花岗岩山峰同样高耸入云。他以一种令人难以置信的热情，坚持研究了十年，走险路，独自登山。正值战争时期，把守边境线的西班牙人，在海拔一万尺山顶的突堡上，望见下面荒凉的大圆谷中或者悬崖壁上，有那个游荡者的身影，就不禁发出疑问："那是个什么精灵？"

拉蒙来到绵延的深谷，两侧高墙正是比利牛斯两条山脉，他遇见的唯一生灵就是，每年都从远方到这清凉山谷吃草的西班牙绵羊。那些野性十足的牧羊人，都自认为懂得点巫术，很容易产生幻觉。他们唯一亲密接触的就是他们放牧的羊群，而这种动物爱沉思默想，似乎知道不少事情而没有讲出来。牧羊人认为它们都有灵魂，只因没有经过洗礼，这些灵魂还未皈依基督教。

在西班牙，牧羊人是主宰，能扫荡一方土地。五六万牧羊人及其美利奴羊[1]胜利大军，有梅斯塔（la Mesta）——一个强大的行业协会的授权，从埃斯特雷马杜拉地区[2]到纳瓦拉，到阿拉贡，走一路把草木全啃光。牧羊人身披羊皮，腿上裹着羔羊皮，远远望去，不也像只野生的美利奴羊。

1　美利奴羊（les mérinos）：原产西班牙的细毛绵羊品种的统称。

2　埃斯特雷马杜拉地区（西班牙语"Extremadura"）：西班牙西南部一个自治地区，包括卡塞雷斯和巴达霍斯两省。自 13 世纪以来，这个地区一直是主要的游牧区。

△▲△

我在《法国史》(1835年之前)中写道:

解释比利牛斯山脉,不是历史学家分内的事。让居维叶[1]、布赫[2]、埃利·德·博蒙[3]的科学来解释,让他们讲述这种史前的历史。当大自然兴致大发,随即赋出它的宏伟壮丽的史诗,当地心的燃烧体拱起比利牛斯山脉的轴梁,当群山裂开,大地异乎寻常地分娩,冲天产出又黑又秀的马拉德塔峰,他们几位都洞晓根由,而我却不知何故。不过,一只手来抚慰高山的伤口,逐渐覆盖上这一片片绿色牧场,足以让阿尔卑斯山脉的牧场逊色。山峰渐渐丧失锋芒棱角,变得浑圆,形貌美观了。下面又有山体来减缓陡坡,延迟降低的速度,并且在法国一侧形成这副巨大的阶梯,而每一级台阶都是一

1 居维叶(Georges Cuvier, 1769—1832):法国动物学家,创建了比较解剖学和古生物学,写有《动物界》(1817)等著作。他的《地球表面灾变论》(1825),对古代灾变概念提出新解释:地球在短时期内发生多次巨变,每次陆地上升,洪水泛滥,物种就毁灭,最后形成今日地球之面貌。

2 布赫(Christian Buch, 1774—1853):德国地质学家和地球学家,他的研究成果对十九世纪地质学的发展起了不可估量的影响。他发现火山坐落在坚固的花岗岩上,这意味着火山是在原始岩石下面产生的。他还研究了阿尔卑斯山脉的构造,认为是地壳大规模隆起而形成的。他不具名出版的《德国地质图》(共四十二幅),在同类地质图中是首创。

3 德·博蒙(Elie de Beaumont, 1798—1874):法国地质学家,他同杜弗雷努瓦(Dufrénoy)合作,画出了五十万分之一的法国地质图。

座山。

我们上山吧，但不是登上维涅马勒峰[1]，也不是登上迷茫山，只是登上帕耶山梁：那里的水源要分送给两面大海；再不然就到巴涅尔（Bagnères）和巴雷日（Barèges）[2]间，秀美和壮丽之间。到了那里，您就能捕捉到比利牛斯山脉奇妙的美景：这些互不相容的怪异的景致，由一种不可思议的魔法聚拢一起；您也能捕捉到这种魔幻的氛围，只见景物时而拉近，时而推远。可是，随后又现出荒野可怖的景象：躲在后面的高山，活似戴着美丽少女面具的一个魔鬼。这也无妨，我们要坚持，要沿着激流往上攀登，一路凄凉，穿过无数三四千尺高的乱石堆，继而见到尖利的岩石、常年不融的积雪，又见到激流受到无情的阻遏，挣扎着绕过一个又一个山头；终于来到神奇的大圆谷，只见圆谷周围冲天石柱脚下，涌出十二眼泉水，持续不断地提供水源，而汇成的激流在冰雪桥下咆哮奔流，然后泻下一千三百尺，形成旧世界的最高瀑布。

△ ▲ △

我们同大地的灵魂息息相关，在任何地方也不如在比利

1　维涅马勒峰（le Vignemale）：法国境内比利牛斯山脉最高峰，海拔 3298 米。

2　巴涅尔、巴雷日，都是法国村庄，坐落在比利牛斯山上。

牛斯山脉感受这么深切。这颗灵魂显然寓于这些深泉中，地下的生命随着泉水重又升到我们面前。这些泉水喷涌的力量，根本无法分析判断。我们在那里找到的所有元素，怎么掺和组织起来也是徒然，什么都制造不出来，而地下的一种未知的工程还始终在进行。一位杰出的冶金学家，德·塞纳尔蒙（De Sénarmont）先生说道："大自然并未中止矿物创造。许多种类还没有仿造出来。这些种类的元素似乎并不遵从我们激发的同样的亲和力。化学的反作用、亲和力，可能遵循别的规律。"（《化学年鉴》第三十卷，第129页）

在巴雷日，在比利牛斯山脉中心地带，就有这种感受。在波希米亚，卡尔斯巴德[1]幽暗的漏斗状出口，也能感觉到这一点。这些地方的泉水非同小可，冲力大得惊人。不要拿数不清的普通泉水来比较：那些做洗涤用的泉水，滤过矿层，通过模仿，淡化色泽，就冒充真正的温泉。这些温泉则不然，能给人生命，有时也能致死：所谓的病人十分轻率，前来游玩，亵渎这些温泉，就可能丧命。不要去那里游玩。算了吧，寻欢作乐的人。你们要尊重强大的母亲同孩子们沟通的这些重要地方。

上山到达巴雷日村的人，绝不会产生错觉。母亲就在这儿，乐于救助，也非常可怕；她那严厉的精魂就守在这里，不速之客会感到胆战心寒。高山进行的巨大工程在自行运转，这种事情，在别处很隐蔽，而在这里却一目了然。人们正是

1 卡尔斯巴德（Carlsbad）：捷克旧地名，现为卡罗维发利。

到山体的废墟，悬空的危岩下面来寻找生命。在激流的对岸，也正是山体废墟形成了牧场，山上建了房舍，饲养了羊群。但是人也能感觉出来，这一切都是短暂的。人进入这种危险地带，进入大自然巨大力量的这个幽暗实验室，还是特别照顾获准的。

这种工程在奥莱特村（Olette）还更为明显，搏斗，奋力，就是要将地下的精魂引到人间。为此奋斗了上千年，才完全显露出来。早在查理大帝时期，人们就感觉到了，公元800年之后不久，就在那里建造了一座祭坛。一颗热情洋溢的灵魂，在这一带活动。人们知道，称之为“I’Exalada”。大体上能感觉到这颗灵魂。在这条山的楼梯（奥莱特的山间狭道）上，某一台阶提供温泉，某一台阶则提供铜银混合矿。不过，内部的巨大工程仍在继续进行。有时发生大灾难，引起一片恐慌，纷纷逃离，地方便荒凉了。当初安置在那里的修士，无力驱逐这种陌生破坏力，只好逃往地势低的地方。

亡者岩证实了那个时期山体崩塌，发生了灾难。大地不停地震动。被囚禁的精魂在颤抖，在躁动。用了上千年时间才解放出来。

△ ▲ △

除了比利牛斯山脉，还有鲁西永的高峰，卡尼古[1]这座孤

1 卡尼古（Canigou）：比利牛斯山脉东段的一座山峰，海拔2784米。

山，在往周围倾泻所有这些泉水：奥莱特、阿梅莉、韦尔奈这些地方的温泉。这座山在滚热的腹心还保存了生命，而这种生命从前很可怕，如今则变得有益了。

在这里也像在爪哇，也像在墨西哥湾暖流（le Gulf stream）生成的安德列斯群岛那样，人们观察到热泉越流淌，地震越减缓。* 三十眼泉水陆续出现，属于世界上最热的温泉（有一眼高达七十八度）。每天总共能涌出一千八百立方米的水量，足够一万人同时沐浴。这是一条健康的、青春的、力量的河流，一条真正的生命之河。

最大的奇迹，就是泉水的多样性。各种温度、各种组合都呈现在这里。在这十分狭窄的地点，您会发现比利牛斯山区的科特雷（Cauterets）、巴涅尔和巴雷日的温泉，都在这里会齐，而前来赴约会的不知道还有多少别的泉水。还有的泉水在您的脚下战栗，有所诉求，穿透黑暗并见到天日，仿佛说道："终于轮到我了。"

---

* 收藏于佩皮尼昂的古手抄本《绿皮书》（*Livre verl*），就指出这一点。——参看勒纳尔（Renard）和布伊（Bouis）两位先生有趣的学术论著。

九

博朗特泉——阿奎

△ 且看地下工程。

△ 我如何焚化而再生。

“劳作是我的上帝。劳作保存着世界。”对我而言，劳作的确保存了我。多亏了劳作，我的生活非常平衡，至今始终处于同样状态，还不断提高创作力。只有一次意外（年近三十岁时），我绝没有想到我的身体出了大事。

我关闭在历史中，潜心构建我的巨型金字塔，很少看一看大自然，而且总推迟到很晚。大自然就不得不警告我，向我证明远离大自然不可能不受到惩罚。我从内心里思虑一个亲人的切身利益，于是有一天埋头研究起生命的科学——不是像一个好奇者寻求消遣——而是像一个旅行者处境危险，乘坐单薄的小船，颠簸在他极力想看清的浪涛上。这对我促进很大。如此强烈的兴趣，令人倍加注意，也给人以第二视觉，至少能让人在事物中抓住明显的线索。

我在这一方面放下心来，却遭受另一面的打击。说来伤心，惊诧（我几乎要说，气愤），我生病了（1853 年）。大自然第一次起了作用。我在热那亚附近的内尔维（Nervi）村，精神萎靡不振。亚平宁山脉这段值得赞美的褶皱地形将我包裹了。意大利的太阳，清爽的空气，我中午去漫步的峭壁上突出的玄武岩，都是我的保护者。在这枯燥乏味的海边，终日陪伴蜥蜴，我越休息身体越虚弱。对于一个心灵健全的人来说，行动是一种紧迫的、不可缺少而渐增的需要。一个无所事事的人，生活无聊或者过度享乐，已经丧失了灵魂，当然更容易混日子了。然而，一个正在奔波、冲劲十足的人，猛然停下来，就格外明显地感到所受的伤害。我若在精力旺盛中死去，就辜负了满脑子的思想，研究计划，也辜负了梦想的、已经动笔的大部头作品。我的重大责任，历史著作，提出要求，因为没有写完而哀怨。大自然也在诉求。我通过科学和幸福，曾经隐约看到了自然。而大自然刚刚向我半敞开胸怀，不知要了什么残忍的狡猾手段，又突然把我推开？多么辛辣的嘲讽，把人搞垮，还说道："生活吧，再去享受吧！"

△ ▲ △

意大利历来是出名医的国度。名医万无一失的诊断，强加给我一种极端的药方、诊断这样写道："让他入土为安吧。他在灼热的土中焚化，就能够再生。"

可以隐居的凄凉而有益健康之地，便是蒙费拉（Montferrat）那里的阿奎（Acqui）。小地方，贫瘠而荒蛮，如果不是军事要冲，就鲜为人知了：多次战争，伤亡惨重，只为夺取阿尔卑斯山脉这一门户。铁、硫磺和燧石，构成了当地的主要成分。四周矮树林，小葡萄园，产白葡萄酒，喝起来烧口，有一股爐石的味道。山谷流淌着博尔米达（la Bormida），是条河？湍流？水量不小，但是形成许多瀑布、水流冲腾跳跃，类似它那些姊妹，皮埃蒙特的河流，十分孤僻，也不好客。这类河流用途极小，又很粗野，从来不见船只，景象一片凄凉。动物似乎也很粗野。我看见一头小公牛，它也斜瞧着我，随后走开，无缘无故去顶一匹马了。

早年罗马人建造的引水渡槽残段，装饰着河谷，增色不少。塌毁的渡槽还立在那里，由于地势起伏，在一定季节就被水淹没，而且迟早有一天，会消失在博尔米达河有时突然暴涨的怒涛中，只给这地方留下单调了。

两岸都有大量的温泉。城市坐落在左岸，有一眼美泉，博朗特泉（la Bollente），非常著名。泉水冒着大气泡流淌，很清澈，但是含硫量特别高。泉水流淌，确切地说是在喷涌，喷起直挺挺的水柱，表明泉水所来之幽深，水源之丰盛。从前，这股泉水引进罗马人建造的渡槽，横跨博尔米达河，流到对岸的洗浴中心。如今，这眼泉遗弃在犹太人街区，遭遇这座城市的同样命运。从前，这座城市是主教府所在地，现在人口很少，但还是值得一看：环城一侧高大的梧桐带十分庄严，沿着荒凉的博尔米达河岸上行，一直延伸到无人居住的山间。

巨大的谜还是在右岸。整个地面都翻腾过了，山丘受到热泉水严重的侵蚀。秘密恰恰在于这座山死亡的方式，它不断地滤出这些热泉水来摧毁自己。罗马人的洗浴中心，早在300年前就塌毁了。同样的自毁工程仍在进行，还在筹备酝酿。由于山体坍塌，只取整个地方都呈现沸腾状。要想建筑点什么，必须控制，堵塞数不清的小泉眼。那些泉水总算沉默了，但是在地下活动，闹得大地直震颤。在洗浴中心四周的小树林，在饮水泉，在山丘以及各处，我们都有这种感觉，一个被活埋的人没有盖严实，在脚下挣扎抖动。

△ ▲ △

温泉疗养所是一处围起来的地方，浴室三面由墙壁隔开。第四面则敞开，构成入口，对面栽种一簇小灌木，还有一个小花坛。穷人温泉浴室建在这处，同包房洗浴的人完全分开。这种隔离，四十年前并不存在。从某一角度看，我认为是一件遗憾的事。不管怎样，人们会更好地回忆起人类的共同命运。我们可敬的疗养所所长（加龙骑士）特别爱炫耀，他要亲自检查提供给穷人的食物。我们非常感动，看到这位神气十足的高个子军人，每天早晨都来到现场，胸前挂着他总随身携带的检验匙，庄严地佩戴着这种慈善的徽章。

如果说穷人还能吃饱肚子，那么他们的住所就惨了，非常拥挤。院子狭小，又光秃秃的，在这种炎热的气候下，既没有树木也没有荫凉。然而，他们的病好得更快，治愈的数量要比有钱的患者多得多。这很好理解：他们的生活简朴而有规律。“他们治愈了”，这句话对我震动很大。这给了他们一种真正的权利：水、温泉属于他们。大自然造出泉水来，就是为了能用泉水治好病的人。

啊！我不禁说道，在这条河的两岸，如果看到的不是这种拥挤的住所，而是两排梯形大厅，两个巨大的泳池，欢迎所有人前来疗养，那么，这里不就成为意大利各族人民未来博爱的中心吗？意大利这个大病人，正是在这里能治好他的严重残疾——孤独的、分离的个性。（1854）

△ ▲ △

温泉浴还是次要的，饮用的清凉泉水也是次要的。关键是人应该埋葬在其中的高温软泥。

软泥绝不脏。基本成分是硅石，石块破碎了而成为摸不出来的粉状。掺杂有硫磺和铁质，因而颜色发黑。在一面集中堆积软泥的通窄湖里，我十分赞赏泉水的巨大作用：先是在山体内准备石粉，筛滤后使之凝结，再同自己的作品搏斗，要穿透这不透明体，不断拱起它而形成细微地震，穿透它而形成微小射流，犹如微型的火山爆发。某些射流不过是气泡，而另一些却持续不断，表明有一股细流，在别处受阻，经过成千上万次试探，终于战胜了，获取这些小小的灵魂似乎奋力渴望得到的，非常欣喜见到太阳。

我的严肃目光停留在这块充满活力的黑土地上。我对她说道：“亲爱的共同母亲！我们是一体的。我来自您，还要回到您这里。不过，还是坦率地告诉我您的秘密吧。您在幽深的黑暗中干什么呢？您正是从那里给我派来这颗灼热有力而让人恢复青春的灵魂，要让我还活下去。您在那黑暗里做什么？”

“就是你看到的，我在你的眼前做的事。”她的话语很清晰，声调有点低，但是相当温和，显然充满母爱。

有人夸大了她的神秘性。她在这些地方的劳作很单纯，很清楚，可以这么说，她在阳光下发挥作用。

△ ▲ △

我于六月五日抵达，身体还极度虚弱。下车的时候，我还感到一阵昏迷。旅途上我一连睡了十二个小时，感觉稍微好些了。带露台的一间漂亮的客房，视野有限，但是悦目，见到门前迎客的小树林，被相当美的千金榆绿篱半遮着。这里的草木都很瘦弱，周围一股强烈的硫磺气味。

生命的强烈气味。附近有几眼泉，泉水像葡萄酒一般醉人。空气和泉水的这种醉意富有刺激性，早在使人强身健体之前，就唤醒了人的感官，让人忘记有病在身。到了六月九日，我重又爆出生命的火花。我已经觉得自己活过来了。

夜景十分美妙。我们的萤火虫，在充满硫磺和爱的空气中醉舞。它们在火热的飞舞中，显得比北方的萤火虫更敏捷，更轻快，在幽暗的小树林里闪闪发亮。这种钻石一般的闪光效果，衬得小树林似乎更加黑暗了。它们的火光变化无穷，相遇时更加耀眼，时而又因欲望或委顿而暗淡，而衰微了。

萤火虫并不是绝无仅有的。在这十分严酷的地方，痛苦实实在在，忧心惨切，大自然也就特别活跃，极少带有神秘色彩。盲萤一般的人，一时间相互寻觅，飞舞回旋，然后离去，不留一点记忆。而我们的生活更为集中，但有点独来独往。我们喜欢傍晚时分，沿着美丽的夕阳映照的博尔米达河河岸漫步，或者沿着罗马人古道登上山冈。站在山顶，就能一览对面河岸的城市，还能望见几道河湾，甚至能发现侧面的维索峰[1]：山峰那么高，给景致加了冕，却未能增添几分雄伟壮观。到了山冈的背面，一切全消失了，只能望见狭窄的深涧，拉瓦内斯科（le Ravanesco）湍流奔腾而下，再隔很远处，还有墓地、遗弃的房舍。

有一天，正是圣体瞻礼日[2]，我们在这山冈上，遇见送殡行列。由于时间晚了，葬礼匆匆进行，大大缩减程序，以免惹病人，尤其半病不病的人伤心，耽误他们小小的娱乐消遣。埋葬的是一个年轻人，这个死者同他们一样，忘记了他为什么来这里。在一年的这种美好时刻，这支不期而遇的送殡行列，穿越在意大利度夏所产生的十分温馨的印象，多少重大的思想：命运、死亡、阿尔卑斯山脉，都让人深长思之；这

---

1 维索峰（le Viso）：阿尔卑斯山脉西段的高峰，海拔 3841 米，是法国和意大利的界山。

2 圣体瞻礼日（la Fête-Dieu）：基督教的节日，在复活节后的第九个星期日。

些思想表示，有一种药方，就是爱，能治疗世人无谓的冲动。爱就是世间的尺度、屏障。爱，在它深情的担忧中，就体现了审慎。

△ ▲ △

六月十九日，经过充分准备，我终于埋葬自己，但是只埋进半个身子。我进入白大理石的华丽棺材里，身上第一次涂抹上黑软泥：这种软泥带有油性，其实主要成分是细沙，并不会脏了身子。旁边还有一个大理石浴盆，泥浴完了，随即移过去，当场冲洗干净。

往我身上涂这种软泥的泥疗师，托马西尼先生，是个聪明人，机灵而又讨人喜欢。他甚至识文断字，修过哲学。我们闲聊起来，他说冬季他就以打猎为生，捕捉些小鸟儿，这里没有别的猎物。他拥有一块土地，约值 2.5 亿法郎，他的一个儿子可以继承。不过，他对另一个儿子寄予愿望，打算培养其成为公证人。他这一生命运没有什么遗憾的，唯一的忧虑就是同几代家传的老泥疗师的竞争关系。他从事这个行业只有二十年，受人嫉妒，被那些人视为新手。

六月二十日，涂抹的泥往上扩展，一直到腹部，几乎完全将我覆盖了。到了六月二十一日，我整个人消失了，只留下脸呼吸。我这才看出来我的埋葬者的才能。他是埃及类型灵巧的雕塑家。我瞧见自己全身（除了脸）都完美地浇铸在这身寿衣的模子里了。我可以认为自己已经是阴间的居民了。

怪异的乔装打扮。然而，丝毫也不应该大惊小怪。再过一段时间，无疑过不了多少年，我不是就这样入土了吗？从这座坟墓移到那座坟墓，差异是微乎其微的。大地，我们人类的摇篮，出生的地方，难道不也是再生的摇篮吗？但愿如此。我们掌握在稳妥的手中。

刚开始，我只产生一种模糊的舒服感。类似进入梦乡。好几次泥疗下来，我能分辨出彼此不同的渐进状态了。

头一刻钟，宁静。思想还自由，能审视自己。我回顾自身，我的病痛、病痛的起因。我只怪自己，争强好胜，不知节制，以一己之力重温人类的生活。我同逝者谈话时间太久，他们在引诱我，想拉我去彼岸。大自然还把住我，要我留在此岸。

接下来的一刻钟，软泥发挥了疗效。我在深深吸收的过程中，思维逐渐消失了，只剩一个念头：“Terra mater”[1]。我真切地感受到了，她爱抚，怜悯，温暖着她受伤的孩子。从外面吗？也从里面感受到了。因为，她那增进活力的精神，已经深入我的体内，混杂起来，将她的灵魂传授给我。我们之间完全一体化了。我再也不能把她同我区分开了。

到了最后一刻钟，我甚至感到没有涂泥的部位，露在外面的部位，我的脸成了累赘。埋葬起来的全身很舒服，这就是我。没有埋葬的头不住哀叹，这不是我了，至少我这样认

1 拉丁文，意为“大地母亲”。

为。结合太重要了！而且，我和土地，比一次结合还紧密！可以说交换了本性。我成为土地，而土地成为人。我的残疾、罪孽，她接收过去了；而我变成土地的同时，也换来了生命、热情和青春。

岁月、工作、痛苦，都通通留在我这大理石棺材里了。我已经脱胎换骨，泥疗出来，浑身油光锃亮，不知何故。除了矿物质，还有某种性质不为人知的有机元素，曾经与看不见的灵魂沟通过，与人接触就产生活跃的效果，传导给人的有益热度，也能同那灵魂相通了。

△ ▲ △

我埋头奋力工作，极度盲目地逃避幸福，疏忽了大自然。大自然对我并不过分怨恨，而是以无限的温情，又张开双臂等待我。当初我成长起来，原本也是大自然赋予的生命与活力。但愿我对得起自然（我思忖道），能汲取她的湍流，怀着一颗更为丰实的心，投入她那健康的统一体中！

《鸟》《海》《虫》，连同《文艺复兴》都问世了，而做成这几本书，做成一切的，便是：《爱》。

十

大地升起——她的呼吸

△ 大地的生命，趋向光明和太阳。

△ 隆起和激烈革命学派。

△ 和平而渐进创造学派。

△ 大地初次冲动，极温和而无障碍。

△ 在现时地壳下，喘息，叹气。

大地对我而言就是这样，在阿奎表现出她的温厚；大地在我看来就是这样，以蒸汽、泉水的形态，通过救了我的这种神圣软泥升起来；大地也是我以为的这样，活跃在构成她巨大厚度的许多地质层里。

大地的生命，就是扩张，从深邃的中心出发，穿过结实的部分，加工、改造那些受高温而激变液化、气化的元素，使之充电之后，携上地表，以便获取生命，完全动物化了。

△ ▲ △

这一点难以理解，只要《创世记》，《圣经》的传统说法，将大地描绘成没有活力，僵化不变的。然而，一当拉瓦锡[1]告诉我们什么是扩张，物质的三种状态（固态、液态、气态）如何很容易就相互转换，这一点就很好理解了。一当拉普拉斯[2]解释并计算大地同太阳的关系，这一点也就明白了。不管太阳是她的父亲、她的情郎，还是两者兼之，可以肯定的是地球望着太阳，以公转追随太阳，而且她在运行、繁衍的所有行为中也同样如此。

在黑暗时期，地球罩着水蒸气的不透明幕布，就已经有所感觉，从她幽幽的梦中寻找太阳。在极厚的地球中，这种黑暗始终存在。地球哪个薄弱部分，能有幸看见黑暗的情景？不过，从前如何，现在还一如既往。在最幽深、最黑暗

---

1 拉瓦锡（Antoine-Laurent Lavoisier，1743—1794）：法国化学家和现代化学之父。1775 年曾任火药总监，改进了火药生产。1778 年创办模范农场，以证实科学种植的优越性。历任科学院各级职务，1785 年升任院长。1783 年，他宣告“水是氢和氧化合的产物”，从而开创了定量的有机分析。他认为物质有三种聚集形态：固态、液态和气态；他最早做了热化学研究，设计出线膨胀和体膨胀测定仪。法国大革命期间，拉瓦锡因为曾在征税机构任过职而被处死。他的名字，永远和推翻支配化学发展长达百年的燃素说相联系，他为现代化学奠定了基础。

2 拉普拉斯（Pierre-Simon Laplace，1749—1827）：法国数学家和天文学家，因研究太阳系稳定性的动力学问题而被誉为法国的牛顿。1773 年，他着手将牛顿引力学说应用于整个太阳系。他的著作《宇宙体系论》（1796），提出了行星系起源的星云假说，对后世天文学产生重大影响。他还发表了五卷本的《天体力学》（1793—1827），总结了他把数学和引力定律用于天文学所取得的成果。另外还有重要的著作《概率分析理论》（1812）。他曾任法国经度局局长。

的渊底，始终存在同样的趋势，同样向上的冲动。

黑暗中可怜的大地，不断渴望变成光明的大地，由太阳授孕的爱的大地。

为此有多少障碍？曾有人推测，当初在地心，一切都是液态，燃烧物，一片火海，从深处到表层，很容易就能通过。这种假想又放弃了。很可能在燃烧部分（也许是火焰湖）旁边，还有巨型岩石，作为骨架支撑着地球：这些巨大的金属矿石十分坚硬，又十分沉重，没有活力，极大地违背她的灵魂。这颗火热的灵魂志在扩张，春心萌动，要起来升向光明。

地球的条件很艰难。她可不是养尊处优的贵妇，天生丽质，再一打扮，就可以说："好哇，我很漂亮。"地球则是一名不知疲倦的女工，生来就为了劳作，斗争进取。这样也许更好。她似乎迷恋上了慈父的光明，要冲破重重障碍，在搏斗中，也许一心追求爱而忽略了自爱，结果内部失去了平衡。她要逃离自身。

我们在地表研究原子所做的各种小实验，不过是粗劣地模仿地心的巨大实验室。地下的元素要经过怎样转化才能升上来，如能看到那种巨大工程，该是多么壮观啊！人们不免要猜测。我俯身看着这冒泡而滚烫的软泥，地球巨大工程的缩影，目睹地下物质为了升上来，冲出地表而发挥的全部效力，就不难想象她为了靠近她一直怀念、永世向往的太阳，能不惜一切，施展全部招数。机械方法、化学结合、渗透、磨碎、膨胀、喷发、发酵，这些都超越了矿物的范畴，总之，她无所不为，甚至不可为也为之。她终于穿透了，终于升上来。她越升越长力量，只因生命力通过生活、障碍和摩擦而增长。这颗灵魂抵达时，已经满负荷各种未知的电流。什么样的旅程啊！一路上她不得不接受多少变化！如果说地核密度比钢还高（汤普森[1]如是说），如果说那是一种磁体（泊松[2]如是说），那么，从这种钢铁中，从这种坚如钢铁的花岗岩中，提取那么多可延展的东西，使之流动、破碎、液化、汽化，而汽化物又回归沸腾水的状态，再将这种生命的万灵药为我们引到地表，这就是一种巨变的过程。这是液态的动物性，只是还没有器官。不过，这种动物性掺进我们体内，很容易就化为我们的血液。有何不可呢？这极其自然。因为，这是我们母亲的血液，她为我们张开了静脉。

1　汤普森（Benjamin Thompson，1753—1814）：美国物理学家，伦敦大不列颠皇家协会的创立者。在对热的研究上，他推翻了那种认为热是物质流动形式的理论，建立了现代热理论：热是运动的一种形式。他提出了许多社会改革，推广瓦特的蒸汽机的应用，改进壁炉和烟囱，发明了双排锅炉、炉灶和滴水咖啡壶等。1798 年开始研究热和摩擦，写出《关于摩擦生热的实验研究》的论文。

2　泊松（Siméon-Denis Poisson，1781—1840）：法国数学家，以定积分、电磁理论和概率论等方面的研究成果而著名。他致力于将数学应用到电学、磁学、力学和物理学方面，他的《力学专论》（1811 和 1833），在相当长时间一直是力学的经典著作。他在静电学方面提出极有用的定律以及电流形成的理论，指出电流是由两种流质形成的，同种相斥，异种相吸。著作还有《毛细作用的新理论》（1831）和《热的数学理论》（1835）。他的概率论的重要著作《关于……审判概率的研究》（1837）首次提出泊松分布（或泊松大数定律）。

△ ▲ △

在一个相当短暂的时期，大约半个世纪，我们目睹了两次大革命。“哪两次？1815 年革命？七月革命（1830）？二月革命（1848）吗？”——非也。我指的是更大的、更重要的革命，是全球范围、整个大地的革命。

这两次地球的革命，与同时发生的政治事件完全吻合。说来也很奇特，这两次革命模仿了这半个世纪两代人的性格。

有人经历了革命火山的猛烈喷发，大规模战争的灾难，1815 年全国暴动，让帝国沉陷的大地震——有这种经历的人，也会同样看待地球当初的情景。他们注意观察，以同样的目光看待这些政治事件。本世纪最著名的矿物学家，利奥波德·德·布赫看高山，唯见中心火的革命行动、大地酝酿的暴动。他在法国这里发现一位狂热的赞赏者，埃利·德·博蒙先生。博蒙先生是一个不知疲倦的观察者、破除规矩的计算师，他运用一种系统思想对待这种隆起，将隆起的山脉组合排列起来，敢于沿着地下的走向，计算巨大的熔岩流，在芬兰找见踪迹，又在布列塔尼发现熔流。大胆的尝试，其重大意义无可置疑，在科学还不够发达的情况下也许办不到，但这终归是一个目标，一种未来的崇高理想。不错，地球，靠近地表的几层，迟早会估算出来。

地表隆起的这种大胆的革命，不仅违背《圣经》、大洪水，等等，而且也反对在任的各路教皇：布赫反对他的老师维尔纳[1]，埃利·德·博蒙则反对他的老师居维叶。尽管如此，这种革命还是为一些权威人士所接受，如阿喇戈[2]们、里特尔们、亚历山大·冯·洪堡们。敢于唱反调的只有一个声音，孔斯唐·普雷沃（Constant Prévost）发出的声音。

这就是我们论述大陆、革命的大地的地质学。然而，一成不变的英国，没有发生我们这些社会大动荡，判断地球自然就不同。英国在自己的内部看见了什么呢？一种渐进的制度，一点一点形成，没有大变化——一种平衡的管理，变化微乎其微——一种新生事物，不错，工业的英国，逐渐崛起，速度相当快，但是没有发生骤变，也没有展开斗争。这一切都自行完成，如同一个大蜂巢里所见的酿蜜，蜡脾蜜脾越叠越高。再打一个更大的、更确切的比方，正如在南半球海洋上所见，珊瑚骨静静地劳作，环岛建造被染成粉红色的白带，越扩越大、越升越高而露出海面。

英国的进取，到处奔波，进行殖民，还到处旅行，甚至逗留，长时间观察，获得极佳效果。他们仔细观察，大规模

1 维尔纳（Abraham Gottlob Werner，1750—1817）：德国地质学家。创立了水成派，即认为所有岩石都是在水中沉积而成的，他反对均变说，即认为地盾演化是个均一而连续的过程。他在弗赖堡采矿学校任职长达四十年，把一个地方性院校提高到世界著名的科学知识中心的地位。他的水成论由他的学生广为传播，但是在他去世之后，许多人抛弃了他的学说。

2 阿喇戈（Dominique-Arago，1786—1853）：法国物理学家，发现非磁性导体旋转产生磁性的原理，设计实验证明光的波动说，还与人合作研究发现光偏振定律。阿喇戈曾任巴黎天文台台长和科学院常任秘书。

考证，表面态度冷漠，却对什么都很注意，力图只看到现实本身，而且所见的现实是戴着他们英国的有色眼镜，一种工业创造的理念。将近1830年，我们民众起义正如火如荼，布赫、埃利·德·博蒙的观点似乎占了主导地位，恰好这种时候，响起了一个严肃的声音，赖尔[1]的地质学。论述有力的著作，颇有创见，第一次将地球描绘成一名女工，宁静地劳作，没有变故也不停歇，总在自我加工制造。

早在1800年，拉马克[2]就说过，大自然的方式既缓慢又温和，环境的影响、无限的时间足以解释一切，无论创造还是毁掉，都不猛烈，也没有突变。英国这个富有《圣经》传统、长期十分落后的国家，谁能料到它会接过拉马克的有点被搁置甚至被法国遗忘的学说呢？这样做却获得丰硕的成果。达尔文到南半球海域旅行，向我们指出那里不可计数的珊瑚

---

1 赖尔（Charles Lyell，1797—1875）：英国卓越地质学家。由于业余爱好，通过学习和积累经验而成为专业地质学家。最大的贡献是坚持并证明地球表面的所有特征都是难以觉察的、作用时间较长的自然过程。1828年至1833年间，他在意大利、法国、西班牙、德国等地考察，写出四卷本的《地质学原理》，收进了大量实例。此书不断修订，逝世前出了十二版。1828年发表的《地质学基础》，插图丰富，描述了地球最新时期的岩石和化石，证明地壳岩石记录了亿万年的历史，排除《圣经》和灾变论。

2 拉马克（Jean-Baptiste de Monet Lamarck，1744—1829）：法国生物学家，进化论者，认为所有生物均由原始小体进化而来，首先使用“生物学”一词（1802）。著作有三卷本的《法国植物志》（1778）、《无脊椎动物系统》（1801）、《无脊椎动物自然史》（1815—1822），改变低等动物分类体系混乱的状态。1809年发表的《动物哲学》，提出两条定律：动物的器官用进废退，环境影响获得的进展可以遗传。

虫默默地劳作，为我们人类建造未来可能居住的陆地。德国人埃伦伯格[1]同时也指出，安第斯山脉和别的一些山峰大大升高，下面不过是埋葬了一个微型世界：这个由贝壳、燧石、有机石灰岩构成的世界，是在几百万年间逐渐堆积起来的。

这就是战争学派与和平学派。——和平学派扩大了地盘。和平精神，不惜一切代价，科布登[2]在他国家的事务中提倡的这种精神，似乎鼓舞了赖尔、达尔文。他们在自然界取消了较量，期望地球一切活动都不产生震荡，地球演变，自行转化，极其缓慢，要持续几百万个世纪。

这种潜移默化论的地质学得以巩固，也是在博物学家那里找到了兄弟般的援手。演化论的那些大师们，我国的若弗鲁瓦·圣－蒂莱尔[3]、歌德、奥肯（Oken）、欧文（Owen）、达尔文，他们说明动物如何受环境的不同影响，又有选择有利于自身的本能冲动，如何成为动物并且演化。新地质学，其

---

1 埃伦伯格（Christian Gottfried Ehrenberg，1795—1876）：德国生物学家、显微镜学家、科学探险家，微观古生物学创始人之一。重要著作有：《埃及、利比亚、努比拉和栋古拉游记》（1828）、《纤毛虫是完整的生命》（1838）。

2 科布登（Richard Cobden，1804—1865）：英格兰政治家，国际自由贸易的倡导者。毕生不断提出自由贸易的主张。1857 年他联合各派，在下院通过提议，批评英国首相帕默斯顿对中国的侵略政策。

3 圣－蒂莱尔（Geoffroy Saint-Hilaire，1772—1844）：法国博物学家，曾创立"结构统一性"原理。1798 年加入科学探险队，随拿破仑远征军到埃及，逗留三年，采集大量标本运回法国。1809 年任巴黎大学动物学教授，开始研究解剖学，将其研究成果写进两卷本的《解剖学原理》（1818—1822）。他研究了胚胎学，为脊椎动物器官统一性提供重要证据。

实就是自然史巨著的一堂课，就是研究地球这个漂亮动物如何运动，如何自行变化。他们研究地球，就如同研究大象，研究鲸鱼一样。不过，差异也很大。地球大极了，无比巨大，行动也无比缓慢。要经过多少世纪才会发生变化。地球有什么必要着急呢？地球似乎知道拥有时间，自己前面有整个永恒。

社会反响对这种新学派很有利，我认为也合情合理，但是对先前的学派未免有失公允。地球的这些灾变、隆起运动，昨天所有人还同里特尔[1]和洪堡一起接受，能轻易地一笔勾销吗？那么多高山证明天翻地覆的变动，这是一目了然的事实。要改变观点，相信缓慢而平静的演化，就必须充分论证。

动物性生命，即使肌能最有规律，也会有一部分发生骤变：有时突发疾病，有时生理出问题。难道应当相信“地球—动物”在漫长的生命中，就没有任何类似的遭遇，没有经历任何骤变剧变吗？

1　里特尔（Carl Ritter，1779—1859）：德国地理学家，与 A. 冯・洪堡共同创立现代地理学。他受过自然科学的良好教育，又精通历史和神学。从 1820 年起直至去世，一直在柏林大学任教授。他认为地理学是一门经验科学，应当从观察出发，而不能从观念和假想出发；他还认为地理学是独特的科学，强调用一切科学来说明它的特性。他的巨著《地球科学与自然和人类历史》，1817 年出版第一卷，论及非洲。从 1832 年到去世，定期出版新卷，共十九卷，长达两万页，仍未完稿。

△ ▲ △

不过，我们似乎可以相信，在地球的最初时期，一切都很容易而温和。地壳还不存在，遇不到任何障碍，地球能够任性而自由地飞向光明，爱恋的星球。那是一个完全密封的坩埚，为什么推测会爆炸呢？这一点在地球古老的（远在火山时期之前）花岗岩中显而易见。这种地段的一位重要考察者，挪威人舍雷尔（Sheerer）说过，地球两种相混杂的生命，固态的和液态的，涌向表面，而三种基质（燧石、云母和长石）构成的花岗岩还处于糊状：糊状物逐渐凝固，最终成为圆形。

那里既没有火山岩渣、火山灰，也没有玻璃化的熔岩，绝没有后来显示火山可怖喷发的任何物质。越是上溯无限久远的时期，越难见到这种混乱状态、这种物质间的战争。一切都还平静。世界的长者是“和平”。

南半球海域的珊瑚虫无需喧闹，如今还在为我们建造一个世界。那么地球最初创造一个花岗岩世界，向天空运动时，为什么就必须产生更大的喧嚣、更大的轰动呢？头一批隆起的高山，不是刺向云霄，而是呈现浑圆的顶端，显出一种温和的庄严。阿尔萨斯地区秀丽的山谷、孚日山脉的圆顶山，都是创世所提供的最为赏心悦目的形态。那是乳房形状的斑岩。

年轻的地球在最初倾吐情感时，打开了这些圆谷，这些环状谷，这也是乳房，但形状正相反，不是凸出来，而是回陷下去，也同样称得上母乳。她的克什米尔山谷正是如此，那是她在雄峻的花岗岩山中的美妙天堂。

她内心深处绽放花朵，她在天真的抒发中向天公献上花萼。

△ ▲ △

如今，地球盛装打扮，光艳夺目，她还能念起她半存在的那种久远的时期吗？很可能还记得。那种情景真是无比温馨，内心的冲动没有什么障碍，能够冲高，自由地喷放，也能够随时看到（当然，尽管有浓雾和水汽），随时看到她全身心围绕运行的星球。如今，地壳把她罩住了。

任何个体生命，大家都知道是怎么回事。我们渐渐被我们的作品、我们的成果所包围，我们志得意满，就是这样增添了分量。然而，我们有时就会发觉，我们的人格不再轻便了。我们消失在这种所谓我们的财富之下。我们感到这样的财富太沉重了，有时压得不禁呻吟起来。

地球会不会有类似的感觉呢？她是否还能忆起她没有背负这么多成果的时期呢？可以相信她仍然怀旧，她在厚重的华丽外壳下，有时喘不上气来。我这话不是指火山爆发，也不是指那些似乎上升（瑞典）、下沉（格陵兰）的大片土地，而是指某种比作海洋大潮的地下震颤。

即使固态部分，她不是也有浪潮吗？友星从附近经过，难道她能无动于衷吗？即使在她的黑暗中，她不是也能感知太阳，这位父亲，这位心仪恋人的运动吗？她向往太阳的冲动，虽然克制，胸脯似乎还是不时起伏、膨胀……是遗憾？是憧憬？总是徒劳，不完整，无能为力，如同这世上的一切事物。憧憬失落，就好像思之再之，她只能隐忍，但是也难免哀叹。

十一

地球称为大陆的两座大山

△ 大地聚成两个最美的形状。

△ 亚洲的母性美。

△ 美洲，调节气候的巨大作用，通畅的道路。

一种精妙的场景，“le géorama”[1]，让冯·洪堡先生看得着迷。他在里面长时间逗留。这是一间球形大屋，观众置身于屋中央，仿佛从内部往外全方位地观看地球。两座雄伟壮丽的大山，人称两块大陆，美丽的轮廓十分壮观，海岸线弯曲圆浑，岛屿连成迷人的长带，装饰在两侧，好似生命的两个最热的炉灶，一切都让人百看不厌，牢牢吸引住观众的目光。

然而，任何一处都没有表现出真实。任何一处都没有显示相对高度、相对深度。任何一处都未能（旧地图也曾尝试，但无果而终）标明，每个地区内部力量无穷变化的活动。

在这方面，我们的感官背叛了我们：地球太大了，一切

---

1 法语合成词“géo”（地球）加上“（pano）rama”（全景），意为“世界全景大圆球”。圆球内壁绘成世界地图，人置身球内观赏。

都逃脱我们的视野。如果乘坐气球升得稍微高些，那么满目所见，不过是一幅大地图了。人一旦远离一切分神的景物，就主要靠思想，靠独自想象，才能全面把握这个漂亮而神奇的、不知比她腹中产出的任何生物复杂多少倍的存在物。

美在她那和谐的奔放姿势——既冲动又克制——奔向光明的爱、生命。

美在地壳这件华丽的外衣，如同无比巨大的鲍鱼，五颜六色，光怪陆离。

多么迷人，多么情深，体现在植物中，体现在三万种花卉，她那广布话语的奇观中；多么强而有力的动物性彰显，无数类似大地球的小星球，在母体上游荡，增添无限魅力和自由嬉戏的情趣。

她这线条和形貌之美，又因运动之美而富有活力，愈加美不胜收。

她的运动：自转，以及围绕太阳划出优美的弧线；她的内部力量不断上升，从自身到自身的运动；她的电运行，在赤道极为明显，而她的磁流，接近南北极则特别强烈；她在海洋流中的液态循环，还有她的大气循环，那么迅疾而轻盈，不断交换云彩和水蒸气，调解地表的生活。

△ ▲ △

地球集两种最美的形状于一身：圆形，美的绝对，以及二元性的和谐，在高级生物身上可以称赏的优雅。圆形适于地球的高度统一性，也适于地球的运动。地球靠上的部位（当然最敏感，组织也最完善），都是成双成对的；表现为两个半球、两块大陆，由她通常的潮流、电流和大气流不断连接起来。

地球应该采用什么形状，如果征询我们的看法，我们能够给她很好的建议吗？有些人抱着过分和谐的理想，会主张地球表层达到圆形的完美、单调的统一，这就不利于生命的多样性。另一些人少些数学的脑筋，多些艺术家的气质，很可能希望地球也像人一样对生，长成人的形貌，两个半球应当均等。这种均等，完全符合我们的雕像，但是不大符合自然了。两个半球实际存在的不均等，恰恰保证了行动。假如两边力量完全一样，每一边拉力都相当，达到完全平衡，那么地球就会静止不动了。生命就不可能飞跃，万物也不可能创始了。

这种特点新颖而大胆，与人的艺术大相径庭，但是源自一种高级的本能，长成的两个半球非但不均等，而且形状不同，方向各异，这就应合了多种多样的需要。一个半球按经度主要由东往西，沿着太阳的道路运行，有强大的电流。她朝这个方向的途径也正是人类的途径。另个半球则从北向南旋转，几乎接触两极，而地球两端磁力最强，也许吻合她内部的磁流。

不均衡，比任何形式都顶用，造就了大地的繁殖力。她的两座主要大山，人称大陆，外形就极不协调，但是能够提供变化无穷的生命舞台，激发和庇护生命，全方位地，在光照、温度、土质等各种不同条件下培育生命。

△ ▲ △

地球广阔而丰腴的母腹，向东向西产下各个国家，我瞻仰大地母亲，就好像看到我生身母亲时的同样感受。谁看到庄严、母性的亚洲，不会感到面对世间最可敬之物，不深深怀着崇敬呢？亚洲生出的种族，当然能最好地表达大地幽深的灵魂。从她那里产生多少艺术，多少思想！甚至我写作的语言，我在这里所使用的文字，也是将近一百个世纪之前，她在最遥远的东方发现的。

我看见那座圣山，确切地说，那片极高而俯瞰世界的高原，那里男人和女人一起找到了歌颂黎明、阳光、家庭、善良的阿耆尼[1]的第一首赞歌。

在中国平原和鞑靼延续平原之间，在幼发拉底河平原、波斯丘陵之间，亚洲居高临下指挥。她拥有的高原比美洲（洪堡岭）多上百倍，她就在中部的崇山峻岭上，俯瞰地球的全部外表。

繁殖力强的亚洲，生命的这个伟大的母亲，完全朝南半球的风敞开，是从南面受孕。然而，南风吹来时，又是多么

---

1 阿耆尼（Agni）：印度教信奉的火神。阿耆尼通身血红，有两张脸，一张慈爱可亲，一张狰狞可憎；有三条或七条舌，三腿七臂；头发竖立，犹如火焰。

谨慎小心，发生了多大变化啊！南半球的飓风十分可怖，伴随的长浪也非常险恶，但是受阻于新荷兰（la Nouvelle-Hollande），又受阻于数不胜数的岛屿，不得不绕行，从它们的环状陆地和海峡中间穿过，到达亚洲时就更加人性而温暖了，携带大量水蒸气。

1865 年，我有幸读到美妙的诗篇，神圣的《罗摩衍那》，从诗中的画面上（远比旅行者的描绘忠实可信），我看出亚洲多么丰富多彩，胸怀着许多个非洲和许多个欧洲。一级一级攀登她那些令人赞叹的植物带，就会发现所有气候。山下是热带的太阳，可是到了山上，就能呼吸拂面的凉风。往山上走，便从夏天进入春天。喜马拉雅山脉，这个巨人，有阿尔卑斯山脉两倍高，在中段就有我们这样的果园和果实。山间覆盖着苍翠的森林，峰顶附近还接受、容忍花神的存在；多么宽厚啊，而在我们这里，再低一万尺，也见不到花的影子。

我在拉马和锡达[1]之间的圣山脚下，度过了多少迷人的日子，面对晶莹的积雪，置身于曼妙的瀑布和开满鲜花的森林之间！[*]在那里，印度的四季，最美好的季节是冬季，略感寒

1　拉马（Rama）和锡达（Sita）：当时属印度，现属巴基斯坦的乡镇。

*　这部伟大诗篇的诗句，无比脍炙人口（参看我的《人类的圣经》第五节）："自从见到圣山奇特拉－库达（Tchitra-Kouta），这座雄伟高山的奇观，我就不再忧虑自己的放逐，这种孤寂的生活了。我在这里，同你一起，我亲爱的锡达，同我的兄弟拉什米那一起生活，我就丝毫也不戚戚度日了。你瞧这些高耸的山峰，熠熠闪光，直插蓝天。有的山峰呈银堆状，或淡紫色，或乳白色，另一些山峰则为绿宝石的翠绿。而这座圣山，正是一（转下页）

意，清晨有时甚至下霜，结成不易觉察的薄冰；然而太阳，然而春天，然而锡达的景观，都会激发繁衍的热情。

夏季是可悲的季节。大地一时涕泗涟涟，整个儿配合拉马的独居生活。加特（Gattes）山脉全是洪水和湍流，正好契合大地的痛苦。多产的泪水，流淌去消除平原烧烤中的干涸，很快让平原恢复快乐，又把锡达及其青春的全部魅力给平原送回来。*

△ ▲ △

大洋，陆地的主子，从各个方向紧紧围住陆地，以其波浪摇晃着陆地的摇篮；海洋从东往西的大潮流；从欧洲一直流向印度，如果不遇到阻碍；那么聚集的浪涛，借大西洋与太平洋的合力，就可能以极大的威力冲击印度或欧洲。大地介入，抵御，从北到南隆起了美洲，犹如一条弯曲的长蛇，

（接上页）颗辉映阳光的钻石！……”——这种描述很像霖奇森（Hogdson）在他上溯恒河源头中的描绘。他承认到了近前，面对面观看这些钻石山峰，不禁目瞪口呆。[《亚洲探索》（*Asiatic Resear-ches*）]

* 近来读到这句话：“印度，如今似乎老朽了”，比什么都让我伤心。噢！这是对人多么严厉的指责，对师长多大的怨恨！怎么不顾那些令人赞叹的工程？须知在多长时间，正是那些工程保持了那里平原的康泰，水资源的节省！……不管怎样，我们总归要抱希望。那是复兴的国度，生命的第一摇篮；印度始终握有生命的秘密。如果说意大利能走出坟墓，那么印度怎么就不行呢？拉马的哀伤终会结束。逃脱拉瓦那的锡达，回到拉马的身边会更美丽。

成为巍峨的分水岭，将大洋劈开；这一分水岭装饰着火山和积雪，还有阔大的泄洪道、无树草原（les savanes）和巴西高原大草原（les campos）。大洋分割成两个池塘，受到遏制，约束起来，在控制海洋的这条雄伟的火龙监视下，从两侧拍击并咆哮。

美洲这个庞然大物，两大块之间由一根线，仅仅由一根线——巴拿马连接，如同连起胡蜂两段躯体的细腰，这就赋予这只强大昆虫一种极其娇嫩的清秀特点。

这根线还就近牵着这条火龙极美的装饰物，一圈儿闪耀着火热生命的岛屿。

美洲的生命，喘息，不断地发泄，向西形成这股深蓝色沸腾的湍流，从安的列斯群岛下面喷涌而出，向东则表现在这些常年浓烟滚滚的十分高傲的山峰上。

△ ▲ △

美洲关键的问题，就是节制火与水。美洲通过火山，减轻、舒缓地球内部的窒息，预防她的痉挛；再通过安第斯山脉积雪的脊背，留住并支撑一片悬空的大洋。大量的水分（太平洋的水蒸气）升到秘鲁的高空，升得太高，据说88年间，那里没有下过一滴雨［德·马罗阿（D. A. de Ulloa）］。然而，水蒸气徒自升高，还是遇到高耸入云、巍峨的科迪勒拉山系，挡住去路，不得不缴纳高额的通行税，先供给一千八百古里长的雪域，才得以往东飞行。雪域还无限扩展关税壁垒，宽达二十古里，积雪不仅足够，而且过多，就让给平原一部分，在平原汇成许多河流；马拉尼翁河[1]、奥里诺科河[2]，泛滥的区域那么辽阔，简直不是河流，而是淡水海洋了。

不过，通过关卡的水蒸气数量还是惊人的。这种情景显而易见：瞧瞧水蒸气在大西洋上面打起的黑旗，昏暗的雨区一年能下 300 天雨；这样的大雨能摧垮非洲，在赤道一带使非洲恼羞成怒，变得无法栖息，成为一切生命的恐怖之地［参看《夏于山以及近来尼罗河源头之行》（*Chaillu et les voyages récents aux sources du Nil*）］。

△ ▲ △

美洲半球扮演两种杰出的角色。

首先是一个重要的调节者，一只眼注视欧洲，另一只眼注视中国和印度。

其次是一个重要的联络员，既开放又好客。

赤道非洲丛林极为茂密，根本无法通过。欧洲支离破碎，您每走一步都受阻。在亚洲，一切都困难，据洪堡说，就连大草原都布满纵横交错的高山。——然而在美洲，一切

1　马拉尼翁河（Marañón）：秘鲁河流，亚马逊河的一条支流；全长 1800 公里。

2　奥里诺科河（西班牙语“Orinoco”）：委内瑞拉河流，全长 2160 公里，投入大西洋的入海口形成宽阔的三角洲，这条河的流域形成 90 万平方公里的盆地。

都很容易。身体最弱的人，也能从一极走到另一极，不会遇到什么障碍。加拿大没有苍蝇的时候，蜂鸟就飞往秘鲁、智利。就连海洋也热情好客。贝壳粒子的微生物（人称“有孔虫类”）大军，每年都在美洲两端旅行，由母亲潮水从南方世界带到北方世界：那是定期潮流，从合恩角（Cap Horn，属智利）一直到佛罗里达，乃至更远，行程六千古里，犹如梦游。

△ ▲ △

亚洲仿佛一个绝对体：自身完善而完整，就好像一个自足的世界。美洲则是一个相对体，有向往，需要地球，趋向脱离自身。——自卑感吗？恰恰相反。正因为如此，美洲才比每个孤立世界更高，也真正具有人性。

美洲的北半部分，出自我们欧洲，目光总是朝向我们，似乎期待我们带去黎明。美洲，尽管年轻气盛，还是热恋欧洲，她的文明之母，她从欧洲接受了灵气，人类的全部过去。她注视这位母亲，正如地球注视太阳。当电极拉近两岸，允许纽约和伦敦之间对话，不时回复，我们看到美洲欣喜若狂，欢庆的场面令人感动。美洲此刻的希望，就是自然建造一座桥，美洲海岸借助隆起的一些点，缩短海路的行程［史蒂文森（Stevens），1867］；两个世界往来，只需航行四天了。

十二

冰山——极地

△ 极地气候与阿尔卑斯高山气候的差异。

△ 极光，磁电效应。

我们前文说过，科迪勒拉山系、阿尔卑斯山脉各高峰，都冻结并固定了水蒸气，成为中间的极地。而反过来，极地也令人联想到安第斯山脉和阿尔卑斯山脉。人们观察到极地和这些山脉的相似处。我们也应当注意，人们却不大强调差异。

攀登高山的人，是走向光明。他登上海拔五六千尺高度，就走出不确定区域，即飘动的云雾的海洋，站在这波涛之上，沐浴着宁静的阳光，便看见穿出云海的峰巅和冰川。

反之，向极地航行的人，是走向黑夜，即黑暗而奇特的世界，那里仅余的光亮，具有难以确认的魔幻效果。

极地是黑夜，而不是死亡。地球鲜活的灵魂，在那里有相当明显的活动，体现在那些显示巨大力量的涌动中；那些穿透冰层的山峰上，体现在地球黑暗的两端熊熊燃烧的火焰之间。南极有埃尔布斯火山[1]，北极有扬马延岛[2]，两座威严耸立的灯塔。

△ ▲ △

极地表层巨大的厚度，在我们阿尔卑斯山脉则见所未见，那是冬季连着冬季，冰层覆盖冰层，重叠堆积到了无以复加的程度！坚硬的水晶墙壁，两倍三倍地加厚，甚至征服了海洋，迫使海洋歇息了。同时受北部的潮流和南部暴风雨的余威的推涌，大海平静下来，表面先是像汪着一层油质，随后固定，终于封住了。

极地冰川没有阿尔卑斯山脉冰川那种痛苦状，没有那种种不同的变故。谷地坡上的冰川，毫不费力就行进，抵达并侵入毗邻的大洋。面临深渊的那些冰川，就自动跌落下去，在岸边建造自己的大教堂、排柱、拱廊、拱顶、尖形穹隆、扶垛，建筑的形体应有尽有，有的建在半空，有的建在海上，下面隆隆作响，忍受着固定不动的凄苦。

寒冷就是建筑师。那么用什么材料呢？乌云。我们的阿尔卑斯山脉只能接收风刮来的乌云。那么极地是怎样的情

1　埃尔布斯火山（Erèbe，英语“Erebus”）：南极罗斯岛上的活火山，海拔 3794 米。

2　扬马延岛（Jan Mayen）：北极岛屿，属挪威，位于冰岛东北方，岛上有火山。

景？那里是海洋起浓雾的世界！海水流到冰山脚下还很热，冒出大量水蒸气；开头，水蒸气拖曳着压在海面，继而受上方冷空气的召唤而升起来。大海不断地供应水汽，从而充实自己的对头，于是冬季将海囚禁起来。大雪纷飞，发狂一般落下。在酷寒中，雪花呈针状，一团团冰冻的细针。透明的棱柱体，无数面镜子，折射着极光奇妙的变幻。

△ ▲ △

这个怪异而可怕的世界，似乎命里注定，戴着一成不变的枷锁，仅仅受制于一种法则：晶化。严酷的法则，全化为笔直的形状，尖端棱角分明，威胁并禁止生命的柔和形体。动物的生命力抵御这种严酷。两栖动物、海豹，披着脂肪的铠甲，还有鸟，这个温暖的躯体，大自然最火热的生命，都能在冰的世界里生存下来。那么，极其脆弱的植物呢，能获取一个隐蔽所，一天的小小生存位置，一时的宽容吗？植物敢于冒这种风险吗？人们不以为然。有人从映着淡淡光亮的岩石旁边经过，走在苔藓上，很长时间也没有分辨出躲避在那里的微型植物，实在太矮小而不易觉察。要经过两个世纪才发现那些微型植物的存在。

北极的旅行者有时拿这些可怜的植物，比较阿尔卑斯高山上开的花。然而，比较这些地区，有多少不同的事物．足以改变生命存在的条件。斯皮茨贝格岛[1]的纬度，能与高山的海拔相一致。不过，除了气候，还有别的相似点吗？

在阿尔卑斯山脉，越往上攀登，空气越干燥、越稀薄。而在极地，大气滞重，饱含水蒸气。光线透过这样厚重的大气，能像透过一种阳光畅行的轻薄空气那样，传导热质和化学的全部能量吗？高山上，空气丝毫也不截留，阳光、热量全部由大地接收。斯皮茨贝格岛上的花岗岩，始终那么冰冷而凄凉。

冬季，也许全都一样。可是到了春天，我们阿尔卑斯山脉的植物一钻出雪层，就见到相助的阳光；太阳很勤奋，早起晚归，升得很高，直射幽谷。善良、真正欢乐的太阳，实实在在地唤醒世界。我在那里看到多少日日夜夜，极费力升上天边又消失，惨淡淡的那颗太阳，不正是同一个太阳吗？

四月二十一日，太阳发力了，不再落下，开始了长达四个月的一个白昼。但是，太阳多低，光线多弱啊！大地仅仅接受斜照的阳光，感觉不到多少温暖。鸟儿是大地的救星，这种生命力极强的生灵，以旺盛的生命力活跃并温暖大地。植物还没有死，小小的灵魂要感激鸟类。

假如植物有个梦想，有个愿望，那就是做母亲。植物怎么做，才能成为母亲呢？然而，小小的植物生命，刚从贫瘠的土壤中钻出来，如何才能达到这种高级的豪华生存，这种

1　斯皮茨贝格岛（Spitzberg）：挪威的斯瓦尔巴群岛（Svalbard）的主要岛屿。

交配并繁衍的伟大时刻呢？为了得到这样的时刻，只见这种植物自行微缩，成为微型植物。它缩小自己的全部器官，在微小中保持整体的平衡；而且，为了达到目的，甚至可以微缩成为原生物；淘汰形体，只留下精魂。它以这种代价，才能如愿以偿：拥有完全的生命，拥有爱，灵魂永存。

△ ▲ △

四个月的白昼，漫长的一天，没有休息，没有睡眠，这就是斯皮茨贝格岛的生活。这种生活，是否会受到阿尔卑斯山脉的羡慕呢？不睡觉，这对动物和植物是多么严酷的法则啊！大家知道，达夫林（Dufferin）爵士带到北极海洋那只公鸡的命运。白昼延长了，那只公鸡担心黎明时刻误了啼晓的本分，就忧伤而不安，仿佛意乱心烦，精神错乱，有时怪声怪调叫两下。黑夜即将结束的时候，它终于发狂了，小声梦呓，飞下岸边，溺水而亡。

这长达四个月的一天（当然十分必要，只因没有这样一天，冬季就会侵占这个世界，重又将其冰封起来），人要失眠；同样难以忍受。花儿不眠，就会无精打采，变得枯黄了。阿尔卑斯山脉则不然，瞧瞧龙胆多么幸福，开放一整天之后合上星状花瓣，以待次日重新开放，更为年轻而鲜艳。极地的花儿很可悲，不幸被强迫劳作，要一直感受自己存在，一直看着自己生活，没有间歇，不能忘却也不能休息。

△▲△

昏暗的世界，乍一看似乎空空如也，被剥夺了一切，是一个死亡的王国。可是正相反，通常意义的生命却大行其道。地球的两颗灵魂，磁和电，每个夜晚都在荒凉的极地聚会欢庆。北极光便是极地特殊的安慰。

大气流、海水潮流则是运载工具。两股海洋热流从爪哇和古巴往北方行进，冷却并冻结，然后又融化，不断回到心脏，而心脏借助磁流和电流，再使热流从赤道涌向北极。磁电作用的暴风雨是相关联的。到了夏季，极地开化，北方的潮流回到我们这里，给大地降温。这时，磁元素似乎迎头冲向电中心，从而引发狂风暴雨，尤其在这中心附近，电闪雷鸣，极为可怕，令人魂飞魄散。

极地恰恰相反，几乎从来听不见雷鸣。在冬季这种深夜里，仿佛一切都昏睡了。然而，天空异象，孕育更多的暴风雪！几乎每天晚上将近十点钟，天空猛烈炸开；突然照亮大地、积雪和冰川。大气中充满了冰粒子，冰粒子鲜明的棱角击碎空间，反射着颤动的光线。

△▲△

这种神秘的现象，直到 1838 年才被近距离观察了。一方面是布喇菲[1]先生，而他的几位合作者则在另一点上，跟随着他，一分钟一分钟地记录，然后再比较，总结他们的观察。在这种极其严酷的天空下，他们坚持了十三个夜晚（一月九日至二十二日）。

首先升起一道黑幕，紫雾还相当透明，能够望见星光。紫雾上方有微弱的火光。微光？很快就明亮了。出现一道巨大的弧形，非常明亮，双脚踏在昏暗的地平线上。

弧形缓缓升起，越来越明亮。从布喇菲的观察和计算中可以判断，那弧形能升到大气层的极限，高度超过二十五古里，也许有五十古里（参看埃利·德·博蒙的概述）。异乎寻常的高度，到了流星、火流星变得明亮耀眼而且白热化的区域。

无比壮观，可以说，整个大地都投入进来，既是观赏者又是演员。在前一天，或者数小时之前，大地已有先兆，用磁针到处都测得出来。在整个北极圈，磁针剧烈摆动，甚至从一极指向另一极。这种现象出现在南极，一直到我们北极，这就是给我们的警示。

淡黄色宏伟壮丽的弧形，平静地上升，只见它突然剧烈

1　布喇菲（Auguist Bravais，1811—1863）：法国物理学家，以晶体点阵理论方面的工作闻名。“布喇菲点阵”，就是以他的姓氏命名的。他深入细致地研究了点阵特性之后，导出了点在晶体空间的十四种可能排列方式。在《晶体学研究》（1866 年出版）一书中，他详尽分析了分子多面体的几何学。他还对地磁、北极光、气象学、植物地理、天文学等有广泛研究。

地动荡起来，化为两道、三道，往往能见到化出九道弧。那些弧形起伏波动。光的浪潮来回流动，犹如一面金旗翻卷飘扬，往返驰骋。

仅仅如此吗？那景象越来越活跃，长长的光柱、射流、形如标枪的光束，那么迅疾，锐不可当，从黄色变成紫色，从红色变成绿宝石色。

它们在嬉戏？还是在搏斗呢？我们的老航海员，头一批看到那种景象的人，还以为那是一场舞会。但是，对一个目光敏锐的人，对一个心灵更加关注大自然情绪的人，那完全是一场悲剧。他们不会看错，那是被囚禁的灵魂在抖瑟，在深深地悸动。继而，轮番上场，呼喊，激烈的回答，同意，不同意，挑战，搏斗。有胜利，也有衰竭。有时还动了感情，就像海的女儿，水母，浑身闪闪发光，她那盏灯忽而火红，忽而微弱，忽而黯淡。

一个特别激动的见证者，磁针，似乎积极参加了这场演出。磁针以其摆动，显然在联系、关注一切，表现这场戏的各个阶段，冲突，起伏跌宕。磁针仿佛紊乱了，惊慌失措，"发疯了"（这是海员使用的字眼）。

不过，谁目睹这种景象，都不会平静。如此宏伟壮观的气象变化，却没有一点声响，看起来不像自然现象，倒像一种魔幻。在阴森可怖的地方观看这种景象，不会赏心悦目，只能产生一种哀戚的效果。

结果如何呢？大地惴惴不安。谁能战胜，谁能压倒这些活跃的光？南极、北极都提出这个问题。

到了夜晚十一点钟。这是关键时刻。搏斗渐渐和谐。光也斗够了，彼此沟通了，和解并相爱了。所有光一起荣升，变成壮美的扇形、火焰的穹顶，宛若给一桩神婚戴的花冠。

电，赤道的生命，另一颗灵魂，掺进了北半球的王后——磁，大地的灵魂。两颗灵魂相拥抱，合成同一颗灵魂。

十三

火山——爪哇

△ 地球心脏；暖流动脉；爪哇、古巴。

△ 火山；火圈。

△ 繁殖力；鲜花魔鬼。

△ 诱食的植物。

地球有心脏吗？一个强劲的器官，地球借以显示能量，进行呼吸，一个因地球的变化而怦怦跳动的器官吗？这样的器官如果存在，那也不应该去地心黑暗的火炉中去寻找，那里是地球自身浓缩的一团。这个器官还是应该在地球内部奋力而终于升到表层，自由宣泄的地方，是在她的灵魂渴望遇到爱与授胎的伟大灵魂的地方。令人赞叹的神秘！但是绝不隐秘。地球有两面，有两片大洋，就自由地将这神秘置于光天化日之下，最灿烂的阳光下，置于波光粼粼的海上，火山大圈烛天的光照中。

这种主宰生命、爱、渴望的器官，一方面显示在印度洋中，在以爪哇为中心的火热的岛屿圈里；另一方面，显示在海地、古巴沸腾的盆地里。

这是一颗两叶的心脏。相互分离不过是表面现象，两者在环绕地球的赤道线大电流中合成一体。对于电流，空间或时间还算问题吗？

两叶心脏共同的明显征象，就是每叶连通的大动脉，即沸腾的巨大热流，从这两个心房喷涌而出。这股热流特别强劲，横冲直撞，独自奔流很长时间，在绿色海洋中形成一条湛蓝的脊背。在一千古里、一千五百古里开外，还能感到这股潮流的热度。

这两个心房的唯一差异，就是印度洋这个心房，火山还很有活力。而安的列斯群岛那个心房，许多火山都熄灭了。海地则压抑着它那些吼叫的火山。也许大陆临近的通气孔，或者巨大的热流，替代了那些火山口。这种热流，在许多地方，都促使火山停止活动。

△ ▲ △

里特尔说得好，岛屿和半岛都是有益的器官，大大促进了地球的发展。这真是一种奇观，只见美洲和非洲、亚洲的三个半岛、欧洲的三个半岛，如同电极，全指向南方，可以说在召唤热流负载的电。大地，以其所有尖端吸引大洋，而大洋也同样向往大地，前来爱抚、围抱大地，向海岸提供起伏波涛的优美。含盐的热流在温暖大地。继而，浪涛反而化为水蒸气，升起来，化为淡水，君临并渗透大地，使大地变得清新而年轻。

岛屿，显然是受惠顾的小块土地。浪涛包围，拥抱这些岛屿，监守它们的安全；带电的波浪，不断唤醒岛上的生命，就好像在激发生命。人的最高能力、思想，极其敏捷而灵活，在印度、希腊和意大利的岛屿和半岛大放异彩。与尖角相对的那些海峡、小海湾、大海湾、港湾，乃至地中海，都成为生命繁衍的摇篮。地中海是半被囚禁的海洋，挣扎搏斗，但是方式很温和，以其接触摩擦，激发生命力。

这些地方通常是火山区域。希腊岛屿，以及安的列斯群岛、印度洋岛屿，纯粹就是火山。有人认为火山不过是一种意外事件，地壳的偶然现象，他们的观点无法向我们解释，那些岛屿为什么都紧密相连，彼此呼应。人类的理智当初找到的假想，恐怕更符合事实。这种假想能更好地解释，地球上的火山显然排列有序的缘故。

古代人认为那是内部世界的口，自然而又必不可少。人们看到昆虫的气门，或者贝壳张开半扇，就会说道："它们是通过那儿呼吸的，如果堵上，就能把它们憋死。"火山运转不好的时候，地球的确感到窒息。地球痉挛起来，就是所谓的地震。长时间的震动，绝不表明，如某个人所断言的那样，是岩石坠落，无非是山体崩塌。我们能明显感到气息在地下剧烈地运行，就是排不出来：压缩的水蒸气，要找一个出口减压。

大西洋淹没陆地，也绝非天方夜谭（洪堡语）。在处于胶着状态这段时间，地震可能非常凶猛，坚硬的地壳不再提供通道，阻挡深层物质通常的上升，上层辉煌的土地拒绝下层黑暗的土地，她的嫉妒的姊妹升上来。这样，就可能发生大灾大难，直到地球健全器官，自造出呼吸、发泄的途径：火山。我们最普通的人身上，都有一套必不可少的生命器官，而生育我们所有人的这个星球体，怎么可能就没有呢？

呼吸是生命首要的、最不可缺少的功能，而地球布列这种功能就不如其他功能那么匀称。几乎形成一个圆圈：分布上千座火山，里特尔称之为“火圈”。这种烛天的烈焰，令世人恐惧，也给世界带来安全。亚洲和波利尼西亚[1]的火山守望者，望着安的列斯群岛的守望者。无数死火山在大洋洲星罗棋布，还有两百多座在活动。火山带转向北方，经过日本、堪察加半岛、北极火山，以及美洲北端，然后向南，到墨西哥、秘鲁。

这些火山都是威严的人物，个个都有独特的面貌。中国的火山，被火焰穿透的冰川，一点也不像墨西哥霍鲁约山（Jorullo）：霍鲁约是座大火山，能产小火山，周围全是灼热的子孙后代。更不像基多[2]的火山那个大怪物，仅仅臀部就有两千八百平方公里。

绝不要夸大恐怖。这些喷放烟火的巨人，在他们的手臂上、怀抱里，在极高处，有他们哺育的大城市；犹如大兀鹰巢的城中，排列着人居的精舍华屋，虽然离雪峰极近，又终日刮着海风，暖暖的土地却让人住着温馨而舒服。基多，全

1　波利尼西亚（la Polynésie）：中南太平洋中的群岛。

2　基多（Quito）：厄瓜多尔首都，地处海拔 2500 米。

球地处最高的城市，平静地占据由火山和地震修理、折磨的土地，在深渊上架起桥梁，听见脚下呻吟之声也不介意。

△ ▲ △

假如目光能从太平洋移向印度、美洲，纵观尽览，那么毫无疑问，这样巨大的火山带就会显得宏伟而可怕。不过，地球是在中间地带欢庆，奉行大自然的伟大婚礼。

在芳香特别浓烈的海上，岛屿连成的一个迷人的圈中，爱和死亡在火拼。爪哇从它燃烧的山峰向天空喷射烟火。爪哇，死亡、丰产、神圣的爪哇。

爪哇拥有大量火山，面积极小，火山数量却与全美洲相当，而且比埃特纳火山威力还猛［《石英细脉》（*Rafles*）］。还应当补充爪哇的液态火山，它的深蓝色的大脉（日本称为“黑河”），流向北极，给北极海域增温，含盐分多，比人血还咸。

热海、烈日、山火、生命的火山。蓝山（les Montagnes bleus）上，无日不有暴风雨，电闪雷鸣，人不敢直面。带电的雨水汇成湍流，增强土地的活力，让植物疯长。森林也一样，在烈日下冒着蒸气，酷似半山腰的火山。

在最陡峭地段的森林，往往无法抵达，而且有时极为茂密昏暗，就是中午也得举着火把［《环游爪哇，亚洲日记》（*A Tour in Java*，*Asiatic Journal*）］。大自然，没有见证者，在那里大摆植物的盛宴，招待巨怪［布吕莫（Blume）语］

和鲜花魔鬼。

寄生在根部的无茎植物（Des rizanthées）抓住一棵树的根部，汲取汁液和生命力。据说，有一株粗达六尺。这些植物夜晚在森林里开花，响声如雷，颇为恐怖。这些黑暗的女儿鲜艳夺目，丝毫也不依赖阳光。她们接近地面，由温暖水汽和地球的气息滋润，长得非常硕大，仿佛是地球的春梦、情欲的奇思异想。

征服那里，付出很高代价。许多人毫不犹豫，付出了生命。植物学家布吕莫在《爪哇的植物群》（*Flora Java*）的开篇，讲述所有那些在他之前去探险、踏上不归路的人凄惨的故事，谁读了都不能不动容。令人回肠九转的《奥德赛》，叙述者本人一时落入努萨岛（Nusa），一座盛开鲜花，盛产毒物的奇妙的小岛，身处绝境，却不气馁。他的几名最亲近的仆从、他身边的一切全死了，他也只能听天由命了。几个爪哇人前来将他救走。他丝毫也不懊悔，虽然九死一生，但是毕竟获得这种花的奇迹。他说道："我病了，命在旦夕，必须尽快写，印出来，因为，可能明天我就会死去。"

△ ▲ △

爪哇有两面。南面，已经是大洋洲了，清风吹拂，布满珊瑚虫、石珊瑚的活岩石。北面，还是印度所拥有的最有害健康的东西；冲积层的黑土地正在发酵，大自然进行处理自身死亡部分的工程，合成与分解。班塔姆（Bantam）那座富足之城，也不得不弃置了。那里一片废墟。繁荣的巴塔维亚城[1]，是一片墓地盛景。在上世纪30年间（1730—1753），那座城市吃掉了一百万人，仅在1750年一年就死了六万人。现在清洁一些，就没有那么可怕了。

被旧世界遗弃在那里的牲畜，据说境况很凄惨。夜晚有蝙蝠，毛茸茸形体巨大，别处见所未见。白天，即使正午，遥远时期的幽灵也不怕显形：那时期蛇长翅膀，怪龙能飞翔。大量黑色动物，皮毛的颜色同山上的黑色玄武石完全一致。虎也是黑色的，这种可怕的毁灭者，1830年一年还吃了三百人。

△ ▲ △

地上这么恐怖，半空那些火山则高高炫耀天犬的暴力。火山的模样也像一些人。从前的居民力图让它们息怒，给它们造庙宇（仅在一座岩山上，就见到四百座小庙废墟）。火山也拥有祭坛，也有偶像。恐惧造就艺术。仍然存活于世的雕塑师证实，马来人多么恐惧，他们也心灵手巧。

这些火山巨人各不相同，各有各的名字。有的如印度的神祇、《罗摩衍那》中的英雄。有的起了（当地神仙？）吓人的怪名。古努尼滕格尔（le Gununy Tengger）是一个巨大的火山口，周围两万尺，喷射的烈焰浓烟等于四座埃特纳火山，

1　巴塔维亚城（Batavia）：印尼雅加达的旧称。

骇人的绝壁渊底深达两千两百尺。另一个火山口出现在一片奇特的荒原上，镶嵌着泉水，是熔岩穿透了坚硬石英石而形成的火山口。有的定期喷放，就像一只规矩的牲口。有的沸腾着含硫的水，流进小池塘，即使冷却了，还始终那么激动，不断起涟漪。有一个泻了一湖奶，那白色如同幻视。——还有一处，整个地区都布满大泉眼，汩汩流出咸水，最粗大的泉水射柱嬉戏跳舞，下面发出雷鸣般的吼声。它在玩球，抛起巨大的泥球，直径二十尺的泥球，泄气，爆破，泥浆溅向四面八方。——阿朱纳火山（l' Arjouna）、拉奥火山（le Rao），随着浓烟滚滚涌出沸腾的、呛人的潮流。伊真山（l' Idjen）忽然有一天醒来，倾泻出一条河流。

这就是火山的任性，各有各的玩法。然而在地下，它们似乎就分得不那么清楚了。有时，一座火山喷发了，另一座也燃起来，还不是距离最近的，而是相距遥远。这里发生一场地震，那边很远的一座火山熄灭了，就好像一口气吹灭一根蜡烛。

火山有很多极为独特之处，其一就是它们的根基全部有沟槽，座下的古玄武石，仿佛岛屿的基座。它们喜爱玄武石的形状，轮辐状线条、深深的沟纹，粗糙地模仿了地球这些黑色前辈的建筑术，如斯塔洪岛（Staffa）凡加尔（Fangal）溶岩洞的列柱。有人想用各种偶然来解释这种现象，是水挖出了沟纹。然而，水纹不可能如此整齐划一。水绝不能将这种像伞骨的奇特形状，辐射到火山的圆锥体上。奇异的一致，又同样突显出火山的千差万别。全是同胞兄弟，然而各自不同，样子奇异，古怪而可怕。

△ ▲ △

这些狂怒的火山总在咆哮如雷，可是在深处却变得稍通人性了。自从上一次大爆发（1772 年），它们就没有做多大恶了。再也没有看到那种凶猛喷射的情景，势欲将山体本身抛起来，将方圆四百公里变成黑暗和灰烬的海洋。它们今天的功绩，主要是倾泻咸水和大量泥浆。它们引起岛屿地震摇晃。居民都习以为常了。火山引发的闪电、暴风雨，根本没有形成飓风。爪哇虽然位于赤道，但是在这种持续不断的变动中，并不像非洲那么惨：非洲有重重封锁的黑区域，被永不停歇的暴雨压垮。爪哇也没有加特（Gatthes）湍流所造成的灾害。爪哇的雨分配得更为均匀，而且富有火山水蒸气，并借助雷雨之力，使之化为肥沃的盐分，土地的欢乐。土地畅饮火山，畅饮暴风雨，沉醉于勃勃生机。[本生[1]《火山的瓦斯》（*Gaz des volcans*）]

---

1 本生（Bunsen，Robert Wilheim，1811—1899）：德国化学家。他与 G. 基尔霍夫共同观察到，每种元素都放射出有特征波长的光，这些研究开辟了光谱分析领域。这种光谱分析后来对太阳和恒星研究极为重要。唯一著作《气体定量法》（1857），详尽阐明测量气体积的方法。他还有不少发明：称为本生电池的碳锌电池，可燃气体燃烧装置的本生灯。

△ ▲ △

两条山脉构成了爪哇的脊梁骨，也在岛内集中地形成了遮风挡雨的山谷。侧旁的许多山谷方向相反，整个布局多样化，各种朝向都有。不同的地形生长不同的植物。谷底，石珊瑚虫的遗骸构成的土壤。稍高一些，就是花岗岩地基，覆盖着肥沃的热土火山灰。从海面到山顶，整个就像一架巨形梯子，提供了六种不同的气候，因而从海洋植物群和沼泽地植物群，一直到阿尔卑斯山上的植物群，都应有尽有。无与伦比的梯地，每个梯级的植物都品种繁多，十分茂盛，既有占优势的品种，又有过渡的品种，从一级导向另一级，没有断带，也没有突然跳跃，因而一路上山。穿越六种气候，看不到彼此之间有任何严格界线［穆勒（C. Müller）］。

下面，红树林聚集水蒸气，对望印度和那沸腾的锅炉。不过，朝向大洋洲和百岛世界的一边，挺拔的椰子树，脚踏进绿波中，清风吹拂微微摇晃。

棕榈数量极少。在竹林和橡胶树林的上方，爪哇还有一条华丽的腰带，爪哇森林，一色柚木，坚不可摧的柚木，橡木中的橡木，世界首屈一指的柚木林。这是一种巨型槭树，高大的枫香树。

这里盛产人类的一切营养品，五大洲的各种食物。稻米和玉米，印度的无花果和香蕉，中国的梨，日本的苹果，还有桃、橙子和菠萝，在爪哇产量都很高，说起来谁会相信呢？甚至草莓！草莓在溪水边就繁殖起来。

无可指责的大自然。但是就在旁边，另一种自然开始了，极为可怕，即高能量植物的自然，诱食的植物，诱惑，致命，它们与生命并轨，便缩短寿命。

从一端到另一端，正是这些植物统治当今世界。国家成败，皆由它们而起。这些可怕的妖精，随便哪一个，改变了全球胜过任何一场战争。它们将火山置于人体内，而我说不清是一颗什么灵魂，一个凶残的精灵，似乎比地球上的精灵还不人道。大革命尤其改变了时间长短的概念。烟草消磨时日，使人对时日漠然。咖啡提神，便缩短时间，将小时变成分秒。时间从而死了，到了明天，我们就算交代了一生。

令人迷醉的罪魁祸首，先要指出烈酒。还有糖，爪哇盛产八种，充分提供这种导致狂热，让人短暂发力随即衰弱的东西。也同样盛产烟草，这种梦幻之草，缭绕的烟雾遮暗了世界。

幸而爪哇也产一种解药——咖啡，产量极为丰富。咖啡斗烟草。咖啡也取代烈酒。仅仅爪哇一个小岛，就提供全球饮用的四分之一的咖啡。咖啡十分高级，晒得很干也不怕减轻分量。

咖啡是人的好补品，也有负面作用，减缓肠胃的蠕动。咖啡过于精妙，能模仿并激发做爱的力量。在那些炎热的地方，气候酷烈，容易寻欢作乐，不断有所欲求，男人在内外之火的夹击之下，身体就会削弱而垮掉，只好求助于刺激情欲的香料。那些辛辣的刺激物，先辣嘴，再烧五脏六腑，让人精神起来好把人吞噬掉。爪哇及其周围岛屿，从前仅仅以

“香料岛”知名，其实也是剧毒品、医用毒物的产地。关于这些致命的植物，有很多骇人听闻的故事，汁液有毒源自它的波洪－乌帕（Bohon-Upas），稍一接触，人就会登时毙命。

△ ▲ △

谁要观看东方，看看东方所显示的情欲和凶险的魔力，就应该在灿烂的阳光下，参观爪哇大市场。印度巧手制作的首饰，摆在那里引起女人的渴望，诱惑与寻欢作乐的代价。另一种吸引，极力寻找酷热而险恶的热带植物的疯狂，尚未命名的可怕花草散发的芳香。白天的煎熬过后，夜晚特别美妙、深沉，惬意的休息。不过，也别太高兴了，随着幽夜渐深，人只能呼吸到死亡的气息。

请注意这样一点：如此光彩夺目的市场，赋予它一种阴森效果的，正是这群人全是暗灰色的，黑乎乎的色调，而且所有动物都是黑的。在这阳光灿烂的国度，形成了奇特的反差。酷热似乎烧焦了一切，将一切染成黑暗之色。体型极小的马来回走动，如同一道道黑色闪电。水牛步履缓慢，驮来水果、鲜花，生命最鲜亮的馈赠，但是它们如戴孝一般，一身蓝黑色的皮毛。这种时刻，我不想乱走，上山。上山可能撞见黑豹，那绿色的豹眼，在夜间能发出慑人心魄的亮光。谁晓得呢？森林高傲的暴君，黑虎，此刻开始游荡了。令人丧胆的幽灵，在爪哇，马来人以为那是死亡的精灵。

第二卷

一

太平区域——草场

△ 我们的植物可爱的群居性。

△ 当地草药的疗效。

△ 外来植物的入侵。

“为生存而战。”（达尔文语）这一伟大而简略的提法，在自然史中开创了一个新时代。这句话贴切地表明多少生物（动物、植物）在一起生活，进行剧烈的竞争，它们既凶残又无辜，为了生存而杀生。

我要说，这种搏斗是无罪的，能维持大自然的平衡与和谐，即“大自然从自身到自身的安宁”，甚至算不上搏斗，不如说是交换，轮流。在热带地区，这种情况加速进行，如追风逐电。* 每个生物都有自己的时间，及时生活，紧紧抓住自

* 这创立了一种技艺，利用这种斗争的技艺。一个地方地力太强，草木疯长，有害的树木短时间就蔚然成林，而印度人很有灵性，早已领悟植物间的战争，便用来对付疯长的现象。在种植香料的田里，一种野草，白茅（le lalang）潜入，侵占地盘，特别凶猛。人们束手无策。如果不是认识白茅的死敌，黑儿茶（转下页）

己那份生存元素。绝无迟到者。也休想延期，把住不放另一个索取的东西。每一个都抓紧说："轮到我了。"转起轮子！推动磨盘！这景象令人眼花缭乱。由火花汇成的一条激流，闪耀着流过。这就是芸芸众生。不过，人的火花，精神，在过去的当儿，还要观瞧。

△ ▲ △

这里，轮子转得没有那么快。搏斗也没有那么激烈。要观察搏斗，我们还得多花点时间。这里的生物不太需要相互摧残。在欧洲这样的气候，生存竞争的景象也同样壮观，但是温和得多。在仇恨和战争中，我们的植物并不那么凶残，彼此倒是能够宽容，更为温厚地相互容忍。在平原上，在潮湿的岸边，它们确实很拥挤，有时还真有点窒息；不过，再高一点的地方，就疏散开了，从草地到森林，倒是相得益彰了。

这个普通的词，"草场"，离开欧洲谁能理解呢？我们草地生长的植物，当然在气候更差的地带还会见到；但是，它们爬上高山，自身又变化多大啊，变得皮实，野生而多纤维了。在这里，还有什么比草地更温馨的呢？

（接上页）（le gambir），更为凶猛的一种草，那么白茅就会挤死田里的全部作物。如同放出雄狮扑向一只老虎，黑儿茶猛攻白茅，将其消灭干净。危险的同盟者。幸而黑儿茶筋疲力尽，胜利后便死去，成为解放了的土地的肥料。

△ ▲ △

只有一样植物可能要争地盘，苔藓铺成的绿绒厚地毯。女人、小孩最娇嫩的脚，赤裸着走上去，还会觉得更加柔软，感到一种爱抚。这种绿色也十分悦目。深绿的颜色，又很欢快，极为平滑整齐！凑近前观察，这是一个微型植物世界：这些微型植物还保护、养育更加微小的植物。

更加微小的植物，如果更加强大，长得更高，从苔藓而成为草，就能置身于这些高贵的巨人——禾本科植物的庇护之下了，而禾本科植物长成的森林，就称为草坪。禾本科植物，无与伦比的家族。在植物界里，禾本科植物分量最轻（花能随风飘走），但也最务实。正是禾本科植物养育了人类。它们也在保护、教育一群将来要扮演重要角色的幼小植物。它们收容、遮护、培养未来大森林的矮小森林。某一种树，百年之后就能长得高大粗壮，起初幼小的时候，有普通的青草簇拥相伴，实在太幸运了。这些温柔的小姐妹在四周扶持着小树苗，保护它不被风吹倒。假如它一出生，就在它父亲茂密枝叶的浓荫下，既缺少空气又不见阳光，那么它会长成什么样子呢？

树将来也会很好回报青草。它长得高大强壮之后，反过来保护小草，遮蔽暴风雨。

互助关爱的温馨世界。在苔藓、青草、各种植物和荆丛之下，传播着同样一种精神：容易交往，宽容与温厚。从草地到森林，从森林到高山，都散发着这种精神。我们往上攀登，就进入太平的区域，走向一个静谧的世界，而这个世界，表面看来不那么繁盛，但是可能发现未知的巨大生命力。

△ ▲ △

在阳光和阴影适时替换的有利地方，这些益于生长的山坡上陈列着各种健康的生物，我观看并寻找。

我看见这里有我祖国的植物，能表示未来的马鞭草和槲寄生，意味人不会死。我看见有我家庭的植物，救命草（la salvia），是我父亲十分喜爱、在中世纪高度受赏识的一种植物。我看见我珍爱的香草，比起热带鲜花甜腻的、可疑的香味来，这种苦味的芳香要有益上百倍，而对于大脑来说，那些外国鲜花的迷醉有多危险，这种香草就有多大益处。我们的香草，迷迭香、墨角兰，是野生的，样子又很普通，却能讲出我们爱情的所有传说，讲述那种“让苦涩变得十分甜美，让人细品流泪滋味”[《甜美如何治好各种悲苦》（*Qui dulcem curis miscet amaritiem*）]的爱情故事。

当地植物的治疗效果很好理解。这些植物身上有我们的精神，有我们美妙的回忆。它们熟知我们所有情感的秘密。它们同我们的血统、我们的心灵关系更加紧密，它们也更加投合我们的体质。我们是温带中间区域的人，能更好得益于这些植物，而不适应它们的同类，它们那些火辣辣的姊妹。粗暴的医学，起源于残酷的时代。外科就是一切的军事时期草菅人命的医学，主张立竿见影，追求速效，当然爱用那样的猛药。那些草药治好了黑人、黄种人、生活在不同气候条件下的人、健康状况不同的人、有特定食谱的人、生活习惯截然相反的人，因而治好了完全不同的病症。我从中得出什么结论呢？就是那些植物，如果说救了他们的命，那么用到我身上，就会要我的命。它们猛烈的药力足以向我保证这一点。

热带危险的植物群强迫事物就范，在极小的体内集中了无穷的力量。其效果与真正的医学背道而驰：真正的医学者在延续病弱之人的生存。热带自然则相反，要缩短他们的寿命，其乐趣、得意的行为，就是促使生物迅速接替，让生命的轮子转得更快，不间断的生物流快速通过。

△ ▲ △

我的草地，绝不像英国公园的草坪。英国公园的草坪整齐划一，剃得平平的：小草不断割短，受到抑制，永远不会有爱，永远不会有短暂的幸福，蜉蝣所享受的瞬间。那里的青草在勃勃生长中，每天遭到践踏，结果极矮，贴着地面，丧失植物的样子，仅仅成为大地毯上的一根线，朝向阳光的一个细尖。无情的镰刀将其腰斩。可悲而又可怜。目光要从那里移开，愿意投向自由而幸福的、开满鲜花的野草地。我的草地是一小片海洋，在微风中，波浪往返流荡。即使农民，也把青草完全当作一种作物，侍弄并等待收获的时刻：到了那时，这种植物富有爱的两种汁液和初生的母性，能同时贡献出芳香和丰产。

在靠山下的草坡上，开了花的草没膝高。轻盈小花的禾本科植物，金黄色的黄香草木樨，红色的苜蓿，紫色细小的老鹳草，结了红荚的野豌豆，它们都扮演小灌木，以其微型模仿原始森林，而且在你的脚下还反抗，散发着一阵阵清香。这些小花挺拔，顾盼自雄，是草地的贵妇，护叶也往往像长的翅膀。在树篱中间，红色的长春花谦和地围着草地，成为装饰的花环。在山间小道，春水丰沛，汇成小激流，最爱生长高大的勿忘草。在不太潮湿的背阴地，婆婆纳开的花，好似蓝色的眼睛，十分迷人，虽然一派天真，但是那么清澈，那么锐利，不失为一颗灵魂，在同灵魂对话。

△ ▲ △

我们这里生长多少种美妙的花，同我们密切相关，精深地体现了欧洲的自然，我们何必到全世界去寻觅奇花异草，来装饰我们的花园呢？

在上半个世纪（十九世纪上半叶），一个广泛的现象改变了我们欧洲，即外国的各种植物群，突然盲目而疯狂地侵入。在我出生之前，刺槐就进来了。我童年时，在那不幸的年代，还看见进来可悲的绣球花。我青年时，又进来庸俗的大丽花。成年后，更是看到一下子拥进来吊钟海棠，以及十万种植物。许多本已经退化了。有一些花卉，在本土非常秀丽，在这里靠肥料催长，变得肥肥大大，现在完全成为装饰品，粗俗的装饰花了。真正法国的植物群，固然有点贫乏，但是迷人，灵秀，是我们国魂的合法妻子，却被这些姘妇所取代了；而这些外来者，经过培育，长得特别粗壮，那种鲜艳夺目的颜色，正投这个时代粗俗品味所好。我们巨大的花坛，栽得满满的，乃至过于饱和，令人联想起那种特别沉重、特别花哨的披肩，扼杀了真正的羊绒披肩，将东方艺术带上蠢笨之路。

四季丧失其效果，也丧失其自然而深沉的诗意，完全被意外开放的外来花卉给搅乱了，只因外来花卉不了解我们一年的时节，经常反季节开花，比如说，在我们悲秋的时侯，它们却笑逐颜开。秋，惨淡而动情的时节，而远来的花卉以为春天来了，让我们一路领略它们五颜六色的喧闹。

然而，眼睛会逐渐习惯于它们怪诞的音乐会，如同耳朵适应铜管乐器一样。感官鲁钝，也导致我们的心灵鲁钝，没有品味，也没有记忆，胡乱追求乐趣。

假如卢梭也像我们这样，被这些异国花卉搞麻木了，那么，他就不会三十年后还说："啊！我认出长春花啦！"

一个更有艺术气息的时期终会来临，不再像今天这样，突然而轻率地让这么多外国花木侵入。到了那时，要接受一种植物，必须先了解它的友谊圈，那些在周围与它相伴的姊妹，甚至还得了解（尽可能）原产地大环境所有协调的因素。最美的花，一离开本地，就可能显得可笑了。刺槐，可爱的树木，异国形态，枝叶清疏，在我们北方树木庄严肃穆的氛围中，观赏效果往往极差。

在法国，有一个情况很严重，就是取消橡树。看到枫丹白露森林里，有用木材替代了橡树，谁能不感到痛心呢？不能遮阴的瘦松树，下面也不长草，以假春天来装饰冬天，真是可悲的继任者，而它的前任，这个认识并庇护过我们祖先的森林之王，张开数百年的绿荫。

我们高卢人的花草树木最初的族群，该有多么庄严而可敬啊！它们都有亲缘关系，结成深厚的友谊。它们之间，它们和我们都是亲属关系。它们了解并能讲出我们的思想，跟我们讲话能针对我们的需要。在经受考验的日子里，去看看橡树，它们就教你增强毅力。它们外表虽然粗犷，但是照样能体恤哀伤。橡树在常春藤紧紧的拥抱中，同枝条有上百尖刺的枸骨叶冬青友好相处，而且深绿的叶子富有光泽，装饰冬天的浆果展现华美的紫色，看上去美不胜收，内心伤痛的人见了，不能不感到几分慰藉。痛苦王国的崇高教导，庄严而强大的美物的崇高教导，发自一颗战斗并掌控命运的灵魂。

二

森林——生命之树，金树枝

△ 传说；生命之树、痛苦之树。

△ 神秘莫测的树枝，能召唤，能治愈。

树木呻吟，叹息，哭泣，宛如人声。约摸 1840 年，我们在阿尔及利亚的法国人伐了好几棵树，深深受到触动，不免有些惊恐。树木，即使完好无损，也会呻吟和悲叹。大家以为是风声，其实往往也是植物灵魂的梦幻，它们体液的紊乱：它们体内的循环并不像我们认为的那样平稳。

古代从不怀疑树有灵魂——也许是模糊的，隐秘的——但确是灵魂，同任何有生命的造物一样。人类相信这一点有上万年了，早在僵化自然的中世纪经院哲学之前。认为唯独人有感觉，能思想，而众多生物仅仅是物，这种目空一切的观念，是中世纪悖论的现代版。科学今天教导我们的恰恰相反，十分接近古代的信仰。科学告诉我们，任何生物，即使进化最小的，自身也在劳作，努力，有一定的感觉，要确保，增强自己的生命，有“选择”（达尔文语），有时非常灵巧地运用手段达到这种目的。每个生物为了生存和生长，为了不断地繁衍，都有“自己的技艺”。

△ ▲ △

在城里和学校里，那种爱钻牛角尖而又自命不凡的人，就可能嘲笑“树木的灵魂”。然而在荒野，在南方或北方严酷的气候中，就不会取笑了：在那种地方，树木是救星，树木是人的兄弟，这种感觉非常明显。

斯堪的纳维亚半岛的人认为，原始人曾经是一棵树，树是宇宙的生命，从天、地和夜中汲取生命力。

这种崇拜终止了吗？从来没有完全终止。一位旅行者近来在高加索发现了，夏尔丹[1]也曾在波斯发现过。从前，在伊斯法罕（Ispahan，伊朗古都），居民祭祀一棵悬铃木，给它摆满了供品，完全像我们在希罗多德[2]著作中看到的，薛西

---

1 夏尔丹（Jean Chardin，1643—1713）：法国旅行家。1665 年到波斯和印度旅行；1671 年，经过土耳其、克里米亚、高加索，再度游波斯，约 1673 年到伊斯法罕，在波斯居留四年后，再度访问印度，最后经好望角返回法国。他记述全部旅行的《夏尔丹游记》（又译《沙丹游记》）于 1711 年出版。

2 希罗多德（Herodotus，前 484—前 430/ 前 420）：希腊历史学家，所著《希波战争史》为古代第一部夹叙夹议的伟大史书。他在撰写这部战争史时，用新的观点处理人种学、地理学和神话学的资料，将整个历史解释为东方和西方的斗争史，而以公元前 480 年薛西斯入侵希腊为斗争的顶峰。他明确地划出了历史与史前史的分界线。

斯[1]点缀，装饰他那棵小亚细亚的悬铃木。

一棵树，立在大草原上，立在一望无际的单调景物中，啊！一棵树，就是一位朋友！沿着里海海岸走一两千公里，什么也看不见，什么也遇不到，唯有途中一棵孤零零的树。那是爱，那是任何行客的崇拜物。每个人都奉献给它一点东西，即使鞑靼人（实在拿不出什么），也要拔下几根头发或者胡须［参看扎莱斯斯先生（B. Zaleski）的《英俊而有趣的阿特拉斯》（*le bel et curieux Atlas*）］。

△ ▲ △

任何观念，都要通过其成果来判断。谬误永远创造不出成果。创造一个世界的观念，毫无疑问，这就是真理。树木博爱的这种观念，有无限的创造力，创造出来，并且丰富充实了古代世界。单单这种观念，就赋予古代世界以惊人强大的农业，而正是强大的农业造就并再造世界，在经历战乱和各种各样灾难的过程中，强大的农业始终是世界复兴之本。

孩子说的话就是传奇故事。这个世界还年轻的时候，两个精彩的传奇故事告诉我们，树木是一颗灵魂："生命之树"（这是波斯人的观念），一棵造福并造生的灵魂，造出丰沛的

1 薛西斯一世（Xerxes I of Persia，约前 519—前 465）：波斯国王。大流士一世之子和继承人，公元前 486 年即位，前 480 年率兵 500 万（现在估计 316 万）进攻希腊，先是节节胜利，后海战败北，退回亚洲，广筑宫室。

泉水，造出四条河流，流向世界四方。

“痛苦之树”（这是希腊人、叙利亚人的观念），一棵被囚禁、极易受伤害的灵魂；埋葬在树林里受苦受难。

两种信仰产生同样效果：极大地尊敬树木，虔诚地保护树木，对树体现出一种非常温柔的情感。树木也确认这一点，就实实在在地创造，多多出泉水，灌溉并增肥土地。

△ ▲ △

波斯人的观念，既真实又高尚，基本含义为柏树，金字塔形的树木，尖顶酷似火焰，是天地之间的一种媒介。无可置疑，树木吸引并接收这种气候难得的雨露和水蒸气。树木的枝叶阔大（例如悬铃木，在亚洲也倍受尊敬），能深深吸进潮气。一方面取之天空的云雾，另一方面供给下面的土地。可以肯定，极力寻找、祈求、渴望得到的珍宝、水，能在树木旁边出现，先是微量，形成不易发现的细流。但是等等看吧。附近还有树木，另一条细流来增援头一条，随后又出现了许多，成百条细流形成灌溉网，维持一方的生命。

在希罗多德的史书中看到，波斯有四万条地下水渠，不由得人惊诧而怀疑。大约 1800 年，马尔科姆（Malcom）勋爵在那里发现的水渠数量更多。仅在一个省份，就有 12000 条留下了痕迹，还在证明东方这个花园神奇的丰美。[参看我的《人类的圣经》（*Bible de l’humanité*）]

△ ▲ △

希腊人的观念强烈而震撼人心。人生活在苦难中，过度劳累，回到家里，就向他的树诉说这一切，“将他的心交给树”，置于花中或树干里。谨慎的金合欢花，为什么夜晚紧紧地闭合呢？就是为了保管好人心。天啊！如果残忍地砍倒这棵树，那么人心会如何呢？因此，男人将心置于哪棵树中，他只告诉他亲爱的妻子。树保管这颗心，在男人死后，这棵树就是她的爱，甚至是她的神，死去的人和活着的树合成的神。女人在哭她丈夫时，往往透过泪水看见树也在哭泣。

伊茜丝在一棵树中又找见她丈夫，而那棵树已经变成叙利亚一座宫殿的大立柱，没有比这更催人泪下的故事了。还有无辜的萨图（Satou）的故事，比什么故事都感人：他受到凶狠妻子的错误指控，被囚于棉毛荚蒾（peréa-laurus）的表皮中，后来得到颂扬，成为法老，而他的全部报复，就是让他妻子同他一起登上宝座。

战俘，贩卖奴隶，拐骗儿童，这些素材催生了神话故事、令人伤心的传说。阿多尼斯受到残害，被野蛮地宰杀了，他就苟活在比布鲁斯（Byblos，黎巴嫩古城）的一棵松树里，在树中永世哭泣。在土耳其弗里吉亚（Phrygie）地区，能听见开花的巴旦杏树里呻吟之声，那就是阿蒂斯，温柔而可爱的孩子。幸而杏树张开，只见那孩子走出来。真让人喜出望外！那位母亲喜极而泣，已经泪流满面，众人也都不胜欢喜。我们可以判断出，树木有这样的传说，在亚洲该多么受喜爱，呵护和爱抚。

多多纳（Dodone）的橡树还活着，还在讲话。但是在希腊人心中，这种宗教已经衰微了。他们看到薛西斯爱上一棵悬铃木，觉得很可笑。尽管他们关于达芙妮[1]和维纳斯的神话很美，他们却不大敬重，也不大爱惜树木了。他们的泉水也相应减少了。土地也不那么肥沃了。随后，基督徒来了，穆斯林来了，他们都深深鄙视大自然。树死了。水干涸了。地中海沿岸干旱，不长草木，完全是一幅光秃秃的荒原景象。

时间的中间点，终结古代，开启中世纪这样确实动人的一点，就是维吉尔[2]。在维吉尔的笔下，森林爱遐想，满腹忧伤，充斥着梦幻，仿佛同凯尔特森林有血缘关系。在凯尔特森林中，永生的槲寄生被我们的女巫砍断，有金色的反光，让人联想起维吉尔的金树枝。

金树枝做什么用呢？能召唤生命，相当于引导死者的节杖[3]。它能引来亡灵，能迫使其来赴会：我们的悼念，显露真形（至少在梦中），倾听我们的叹息、我们的祈祷，并且回答我们，还同我们一起哭泣。

---

1 达芙妮（Daphnê）：希腊神话中的女神。她已有所爱，为了逃避太阳神阿波罗的追求，便请父亲将她化为月桂树。阿波罗无奈，就用月桂树枝叶编成花冠。据说这是桂冠的由来。

2 维吉尔（Virgile，约前 70—前 19）：拉丁诗人，著有《牧歌》、《农事诗》，以及罗马民族的史诗《埃涅阿斯记》。关于他有许多传说，他是对西方文学影响最大的诗人。

3 节杖（le caducée）：希腊和罗马神话中众神的使者、亡灵的接引神所持的节杖，上绕双蛇，杖头有双翼。

令人感动的奇迹！然而，长了翅膀的灵魂要飞走，离开我们，我们手臂怎么也拉不住，金树枝果真有如此威力，要把灵魂留在人间，当是更容易的事了。在无声的悲痛中，瞻念未来一片漆黑，又不让心爱的人知道，谁在这种境况下，不会衷心许下维吉尔的愿望："啊！金树枝，如果在森林里，我能找见你该有多好！"

△ ▲ △

莽莽森林！树叶和梦幻的海洋……我在林中游荡了多久！如果我不是手持这根金树枝，召唤各个民族，生活至今一直在昏暗中探索，我的青春又能在哪里度过呢。

这是我付出的生命代价，才复活了那么多被遗忘、被低估的人，才成为他们的正义的工具、命运的修正者。在夜晚悲凉的时刻，这种念头又浮现在我的脑海，增强我的信心。召唤已逝世界的这种天赋，我既然得到了，能一无所成吗？这根金树枝，我是怎样获取的呢？太喜爱死亡了。我年少时，就住在墓园。我不知疲倦地唤醒墓园精魂。

时光流逝，我不再那么喜爱死亡，在心里说道："你等一等吧！"

我讲这话是为我自己吗？——不错，为我本人。我心中还有爱。

按说，我做了许多。以耕耘和著作算，我活了三辈子还有余。如果不是在我心跳震颤的极脆弱之点，从这些念头中又出现一个念头，一个惴惴不安的念头，我也就会接受这种命运了。

△ ▲ △

大森林啊，我从前在您这里找见这根再现一些世界的珍贵的树枝，您就不能告诉我，您在哪里为我保存着这根救命小草吗？

我知道，您掌握生命的秘密。您将生命给了万物。您无数的叶子，具有不可抗拒的吸收力，固定了飘浮的水分，再将水倾泻给我们的田地，从而滋养世界。人们以为丧气的黑树，恰恰相反，以其针叶吸引活跃的、带电的云，大地的欢欣。您富有旺盛的汁液，能不断自我再造，也饱含这种树脂黄金，能保养生命，治愈疾病；您目送人走过一生，而您活在世上一千年了，有的能活一百个世纪。比埃及的所有斑岩更坚固，更持久，见到过第一位法老，听到过《梨俱吠陀》[1]的第一首颂诗。

年迈的大祭司、高明的医生，请你们告诉我长生的奥秘。奥秘的完全传授体现在你们身上，体现在高山的森林里。向上攀登，每登上一个梯级，就丢下一点自身在下面的苦难。

---

1 《梨俱吠陀》(*Rigveda*)：古印度吠陀教最早的经籍，内容为颂诗。

三

森林的阶梯

△ 栗树。山毛榉。松树。

高山的阶梯，头一个梯级生长着高大的栗树，为森林排成壮观的入口。

在大家族的意识中，它们都是可敬的族长。中央栗树非常铺展，向各处抛出去五六株栗树，它若不是那么高昂着头，就更彰显其繁殖力而不是雄心了。幸运的后代，能告慰它遭受的伤痛和损失。这根最初的树干，不管怎么中空了，还照样绿叶成荫，乐得在这些孩子身上看到自己的身影。这些孩子紧紧靠着它，贴得很紧，往往连接起来，和老树干结成一体了，从而产生一种奇异的生灵，有时不可思议，让人以为是个妖怪。绝非如此，那是过度的天性，过度相互依恋。幼树离不开慈爱的母体，而母体长期竭尽全力抚养孩子。

△ ▲ △

栗树喜欢空间、新鲜空气，爱生长在林间空地。栗树叶特别绿，生机勃勃，像手掌一样张开，（仿佛）讲话的姿态。这一只只漂亮的手，尽可能地寻找阳光，舒展开来，贪婪地吸收阳光。栗树枝叶繁茂，虽然重重叠叠，但是层次分明，彼此错开，以免枝叶之间过于相互损害，以免相互遮阴，窃取阳光。栗树偏爱花岗岩、砂岩的砂粒，扎下根去能感受温暖的辐射。栗树不惧怕火山熔岩，在熔岩石还热的时候，就深入其黑色的腹心。栗树还在闪闪发亮的火山岩渣中间营造一个暖室，能向自己反馈热量。在我国奥弗涅地区死火山上，栗树就在火山口安家，直逼张大的口边缘，以其绿色的青春装点火山口。

栗树喜爱火山，也喜爱废墟。在基亚文纳城（意大利）附近，很热的深谷中，一片栗树林占据了孔托山（Monte Conto）坍塌的大片乱石堆。六十尺厚的废墟，如今掩埋了哭泣（Pleurs）村，栗树林就在上面安营扎寨，展现一片绿色。

△ ▲ △

其实，真正的茂密森林，也仅仅始于生长在更高处的山毛榉林。山毛榉枝叶丰厚密实，形成浓荫，不过，样子特别欢快，表明人可以信赖，可以深入树拱下面，随同山毛榉林登上高山。从亚平宁半岛到挪威，到处都能发现山毛榉林。维吉尔的这棵“fagus”（拉丁文：山毛榉），曾为蒂图尔（Tityre）遮过荫凉，您在北欧也能见到，而且在汉姆雷特的家乡，丹麦多雾的岛上，山毛榉比在任何地方长得都更高大，更欢快喜人。山毛榉是欧洲的孩子，是所有树木中最为均衡的一种，能适应我们欧洲的各种气候条件。

山毛榉长出那么多叶子，就不得不贪婪，根须伸向四面八方，寻找营养。然而对其他树木，山毛榉并不显得太霸道，在激流边上能容忍楷木，那里的水蒸气也滋润着山毛榉的另一个兄弟，英俊的椴树。在沙土地上，则生长着桦树，总在晃动的欧洲山杨，那淡淡的枝叶，为一式欢快的山毛榉增添几分忧伤的色彩。

山毛榉冲森林微笑，冲人家微笑，立在那里燃烧，闪闪发光，那炭火一团樱桃红色。农民也将山毛榉引为骄傲，农民用来制作的粗糙的鞋、漂亮的木屐，这种素材激发灵感，创作出南方最美的一首歌谣。

山毛榉叶子太茂密，反而对自身不利；树荫太浓，根本不是装点大地，把阳光全遮住了。树荫下不长什么花草，几乎只有蕨类、白色的绣线菊还能忍受这种潮湿的地方。山毛榉本身也苦不堪言，树荫层层叠叠，繁复浓厚，非常幽暗，枝叶要不断地追逐阳光。从山毛榉树枝躲闪绕行的姿态，就能清楚地看出它们多么奋力追求空气和阳光。看得出山毛榉的需要和渴望。它那姿势有点像一个运动中的人。

毫无疑问，正因为如此，山毛榉怕冷，可是也要冒险上山，以便更畅快地呼吸。从而三番五次遭遇危险。严厉而高傲的山变化无常，以严酷的气候遏制上得太高的山毛榉的胆大妄为。山毛榉虽然等到五月就可以发叶了，但是经常受到沉重打击。1867 年 5 月 24 日夜晚，整个阿尔卑斯山区经历一劫。23日，日内瓦湖突起风暴，夜晚上冻，更有甚者，第二天又烈日炎炎。树木正处于酿汁液的脆弱时刻，丝毫也没有料到会出现变故。胡桃树晒焦了，变成黑色的幽灵。山毛榉枝叶变红，穿上秋装，十分灿烂，不错，以色彩画家喜爱的鲜艳的火热色调染红高山。

正在酿汁液时不料突遭袭击，正在发情时不料突遭遏制，这对树木非常残酷。树还在梦想，似乎觉得夏季很长，真到八月才梦醒。即使在八月份，又能怎么样呢？开花吗？不可能；发展吗？不可能，只是发几片叶子聊以自慰，确认自己还活着。

低坡上的栗树、高坡上的富含树脂的树木，运气就好多了，就好像是常生树。栗树不断地自我再造，由自己的孩子簇拥着，同它们结合，存活在它们年轻的生命中，毫无理由死去。杉树和松树就有保障，由树脂封闭保护起来，能抵御寒冷和大风的侵袭。它们节俭的生命能无限期延续，消耗少；在叶子上也不怎么付出（杉树叶能维持十年）。山毛榉太能挥霍了，每年春天抛掉的叶子可以汇成海洋，毫不计较地倾泻生命力。这种生命力，在树皮里非常旺盛，很容易就治好病症；山毛榉也仅仅以这种生命力对抗灾难与伤痛：总那么年轻，欢快地应对命运。

△ ▲ △

山的强大生命力、体现在宽宽带子上的健壮的生存，有赖于两种树木的友谊：绿色的山毛榉、黑色的杉树，两种差异很大，但又极好相处的树木。山毛榉欢笑，杉树哭泣，这都无妨。它们共处于同样海拔高度的山上，有时杂处，更常见的是毗邻。它们划分了领域。山毛榉在南坡，杉树在北坡，照不见太阳，杉林一直探到潮湿的、雾气阴森的低谷。

这里是高大的白杉树（梳状叶冷杉），双重哀悼的乔木：内白，外黑。长长的树枝非常粗壮，再加上长长的暗绿色梳状叶，特别能承负积雪；如果积雪过重，树枝压弯，发出呻吟声，那么冷杉在高尚的痛苦中，只能显得更加庄严。

那是一个无比巨大的幽灵吗？有时还真让人以为是幽灵。冷杉枝上立着晶莹雪，有时看上去又像一只巨鸟，张开威慑的翅膀。在南方地区，人们觉得杉树有一种阴森之气。可是在北方，人们喜爱杉树。在波罗的海沿岸，从普鲁士的沙地到西伯利亚荒原，杉树是人的安慰、牢靠的避难所。杉树的长枝一直垂到地面，在夜色的保护下相当神秘，俨然一所大宅，收容了许多在露天过夜就会丧命的生灵。在这种气候严寒的地方，没有杉树，多少生灵会死于非命！如坟墓一样渊默，一望无际，又都一模一样，彼此总那么相像，杉树是可怜的流浪者最好的藏身之所。人跟松鼠一样，信得过杉树黑手臂的搂抱，从一棵走向另一棵，能行走两千多公里。杉树望向南方，树枝指着方向，引导逃亡者，为他充当指南针。多少回啊，杉树掩护、引导流亡者！

△ ▲ △

来到这里，可以说是山的救星，真正的守护者。这两个伟大的劳动者，杉树和山毛榉，两者联袂，就足以保护高山了。它们在山上进行伟大的工程，从真正的行家植造森林。

应当想一想，山上坪台狭窄，森林成不了大气候，可是在我们这里，在山脚和山腰，森林还一望无际，其工程不可思议。

双重的工程。一方面，森林接收，阻止并分割山上那些所有沟壑，防止剥离山体。另一方面，森林不断地修复山的流失，充实山体，堆积起残骸，固定大片的飘浮物质。森林犹如强大的呼吸器官，吸住飘来的轻雾和浓雾，以及乘雾在林海中航行的所有物质。森林召唤，指挥这些空中过客，迫使它们降落。杉树在这方面令人赞叹，以其尖端吸引云雾。山毛榉则用叶子畅饮。景象十分壮观，只要雾气中斜射进一缕阳光，森林就好像烟气腾腾。其实，森林是在呼吸。

△ ▲ △

在杉树下行走该有多好！一年四季干干净净，毫无障碍，大地给人一种纯洁的崇高印象。在这种有益的气味中，还有什么比空气更纯净的啊！您会逐渐感到进入多么恬静的心境！我们不必惊讶。地球初期就有的这些可敬的树木，从枝叶尖端滤出大量的电，而电引起的暴风雨横扫世界。至今树木还起这样作用。在外界的暴风雨中，我们内心的暴风雨会平静下来，我们的躁动也会消停。假如说森林很昏暗，假如按照人们最经常讲的，“轻快的梦飞起来，落到每片叶子上”，那么至今世间沉重的梦，水蒸气托上来的魑魅魍魉不在这旦。生命，越往上攀登，就越轻盈，少些幻想了。甚至夜色，也很明亮清澈。透过黑树的枝叶，夜显示那颗闪烁的星、微笑的星辰、神圣的光和现实。

△ ▲ △

我不知道在这些高海拔地区，是什么大能量的喜悦将我捉住。高大忧伤的杉树离开我们。这里太寒冷了。杉树的长手臂太粗大，抱不住尘世的骚动。我们这里需要的是短粗的树，枝臂短，不会托着那么多积雪。一种勇气十足的树，生长在高山，饱含树脂，全身浸透而得到保护。我们需要松树，阿尔卑斯山脉这位顽固的斗士，穷追不舍，跟随高山一直到无法攀登的陡坡，就紧紧钩在绝壁上。松树只怕雾，不喜欢下面的潮湿，敢于抗击寒冷，追求澄澈的天空，以其四排气孔贪婪地汲取阳光。松树往山上迁徙，就得不到山下的丰富营养、勃勃生机的刺激。但是，松树另有一种更高的生活，空气和阳光的生活，时而还有焚风的呼唤、暴风雨的雷电。

松树没有了白杉那样巨大的羽翼，牺牲树枝，多长叶子。叶子布满松枝周围，如同一根根投枪，从四面八方吸收营养，以保树体强壮。松树的全部思虑，就是如何长成高大的乔木，今天迎击高山的风暴，明天成为帆船的主桅杆，在海洋上迎风破浪。

△ ▲ △

这些英勇无畏的树木，丝毫也不为自身耗费。绝不讲究华丽。毫无装饰。它们冲上危险的陡坡，有许多别的事情要做。寒冷的风、光秃秃的岩石。它们攀登，扩展，尽可能系住细瘦的根须，也只是勉强地抓住地面。它们要一棵挤着一棵，一行紧靠一行，树多势众，才能相互支撑，也支撑着高山。

在解冻的危难时刻，没有松树的阵列，山就可能毁了。山体就会爆裂，出现裂缝。融化的水冲进裂缝，汹涌而下，裂缝越冲越大，破坏、摧毁山体，将山上的一切全冲下深谷。唯有松树能阻止这一切。人们仿佛听见山在呼喊："我的孩子们，坚持住啊！"

然而，山上还有一个怪物，雪崩，冰雪和岩石掺杂在一起，从山上崩塌下来，从一个岩角跳到另一个岩角，其势无比凶猛。松树遭难啦！可怕的雪崩，首先砸到松树的头上。松树惊叫，发出折断之声……刹那间坠入深渊，完全消失了。老天爷啊！再见到那些松树，成了什么状态呢？滚落下来，根子朝上，残缺不全，样子很惨！满目一片废墟！……然而，松树以其尖端，也破掉了雪崩的冲势。近年在比利牛斯山脉巴雷日附近，就见到了这种情况。比积雪还厉害，滚落下来的是冰块，切断、扫荡一切……松树全部毁掉，但是救了山谷。

富含树脂的树木不止一个种类、一个族群。它们构成一个植物群，形体各异，讲述史前的不同时期。它们与蕨类、木贼、蝉属同时期而生，它们总是以特殊品种模仿那些生物。例如，它们的麻黄属还继续模仿木贼，通过咬合而延长，叶子也有鳞片。含树脂的高大树木，如南美杉、北美红杉，从前展现其青春力量，长成山一样的大树，如今还让大地感到惊奇。加利福尼亚的红杉，巨大无比，高达300尺，道咯拉斯（Douglas）讲，简直美到了极致。在内华达山（la Sierra Neuada）的山坡上，圣安东尼奥（Sant Antonio）泉水那里，能见到上百棵这种古代巨杉。有人伐倒一棵，显示了3000年树龄［据卡里埃尔（Carrière）］。

这些树木各个时期都有，生长在各种不同气候的区域。黎巴嫩有雪松，阳光明媚的东方有松柏。挪威和阴暗的北欧则有杉树。

在南半球，含树脂的树木集中生长在气候温和的地方，它们的生活与北半球的同类差异极大。它们不必承负积雪，也不受风暴的袭击，呼吸更为畅快。巴西、智利的杉树，叶子就像我们的小枸骨叶冬青。安波那（Amboine）、新西兰的达马拉（le damara），全都冒着热气腾腾的火汽，完全可以扩大肺叶。于是，它们舍弃松树的细针叶，扩充叶面，完全自由地吐纳了。

我们北半球的松柏，都是真正的禁欲主义者。它们依靠集中力量、英勇的节制来渡过最艰难的考验，从而战胜生存地，也战胜了时间。有用而又有益之材，在许多方面为人类服务，又几乎不向人类提出任何要求。

△ ▲ △

独自漫步在瑞士的高山牧场，有时会遇见一棵古杉，保存了多少世纪，用来给羊群挡风遮雨，看到古杉，便不由自主，油然而生一种虔敬，一种感激之情。漫步者在那里会感到那棵树的伟大角色，感到它是朋友和终生保护者。那些牲畜：山羊、绵羊、母羊和懒洋洋的奶牛，无不深知这一点，它们出于本能，要去树下休息，一眼就认出它们的“gogant”（沃州当地给这类保护树起了这个名称）。夏季，它们就在高山牧场安家。附近流水潺潺。大树枝叶上下许多层，吵闹着聚居大量的松鼠、昆虫和鸟类。树周围不远处，有阳光而且避风的地方，生长许多野草野花，都是被清除田地，被农民无情地称为害草。而古杉不驱逐任何生物。它是所有那些生物之父，也相当于当地的保护神。

四

高山和鲜花的梦想*

△ 1857 年至 1867 年各种打算和初步实施。

△ 我们在普罗旺斯度过的几个冬季。

早在游览阿尔卑斯山脉之前，那些高山的花卉、美妙芳香的草木，就已经在我的意识面前飘浮流动了。那些阳光的女儿绝不肯下到平原，或者说，一下山也就香消玉殒了。上山去会那些花草，到神秘的隐居地去看她们，这种强烈而隐秘的愿望，早已在我的心中萌生了。

那些花草，我们全喜爱，喜爱她们的颜色、她们的芳香。我呢，我还希望进一步，同她们交往，稍微了解一点她们想些什么。我小时候，利用难得的课间休息的机会，就到

* 引自《一个小女孩的回忆》(1867)。
这部作品的作者，正是米什莱的第二任妻子，比他小 30 岁的阿黛娜伊丝・米雅拉莱。——译者注

我父亲的花园里，同她们闲聊。她们就像我的小同学，一些小女孩。我小声对她们讲述我的情况，我的重大伤心事。她们相当认真地听我讲，不过，样子都很谦抑，矜持，不大回答。这也无妨，我一直忠于她们。尤其漫长的星期天，我母亲进城去了，我们就更能自由自在地守在一起了。于是，我可以从容地观察她们的生活、她们无声的语言，深入了解她们的性格。其中一个开花更早，另一个则缓慢而疏懒。有一天，还有一个病了，我为了安慰她，就给她送去水和最好的土，并且对她说："你怎么啦？"

后来，我结了婚，便有了我自己的小花园，家庭的极好休憩场所，消磨（我丈夫不在家的）长长的时日。我的花草，完全由我亲手侍弄，没有任何别人插手，她们对我也就讲得多一些。她们告诉我，她们喜爱什么，讨厌什么，她们健康状况，或者感到虚弱，甚至还向我透露一句她们的爱情。的确，她们什么都可以对我讲，我绝不会用来伤害她们。再者，她们性情温和，十分审慎，也让我放心。我一派天真，独自一人在家就干活，如果有时间梦想的话，那么我也完全可以把我的梦想告诉她们。哪儿还有更自然的忏悔师呢？而且，我也相信能给出好主意。她们无比纯洁，又充满诗意，但是丝毫也不浪漫，反倒特别讲究实际。况且，我每天都安排得满满的，要做针线活，操持家务，照顾我丈夫（尤其在他出门的时候）。就连看书的时间都很少。

我身边就是风暴，人类历史的斗争，这位满腔热忱的伟大工作者。他极其温存而体贴人，有意不让我介入这些可怕而黑暗的事情。他闭口不谈最残酷的史实，向来只对我讲大事件。多亏了这样细心关照，我才保留自我，保持年轻，继续我的童年生活，同这些体现青春的小生命为伍。他也获益良多。不管他一天过得如何，到了晚上，他总得回到一个更加温馨的世界，了解一下哪种花开了，看一看我们的家畜是否回来。

我们就是这样通过了1851年的考验，一场由于他正撰写1793年的历史而加重了的考验。他追忆所有这些死者，如果没有大自然对历史的这种温和而胆怯的斗争，他本人能够挺下来吗？在我们南特美丽的荒原上，有大自然在，将他围住，但又不打扰他的耕耘。在最黑暗的日子里，还记得有一天，一件意想不到的事情，突然带来别种思绪。那是我们的大玉兰树，有一朵开得正灿烂的花朵从树上飘落，得意洋洋地来到客厅，以家庭女主人自居了。那朵玉兰花沁人心脾的芳香，那么浓郁，那么美妙，一种爱与生活的郁烈香味弥漫空气，透过关闭的房门，一直钻进最隐蔽的幽室。

△ ▲ △

心越来越交融在一起，怎么各自工作呢？我们的结合，从第一天起，仿佛就是完整而笃深的，不过，又日益紧密，变得更加灵犀相通了。我获取了他的一点成分，说不清楚是什么，属于这种造就或再造生活的激情。大约1856年和1857年，我的激情更加高涨：那两年气温高（正如我们的老师沙茨所说），保障了十年丰收。我做梦也没有想到，我身体这么病弱，后来还会写作，不料有一天，我还真拿起笔来，开始为他写东西了。简单的记录，纯粹的尝试。然而，只写我的心灵，同大自然不分彼此的心灵，与花鸟，与一切单纯的事物为伍。他受到吸引，也跟随我一路走来。我们从不分开，上路旅行了，这一美好的旅行——进行得太快，振翅飞翔——写出《鸟》《虫》《海》。这几本书精彩地描绘了世界……唔！我深知这其中的缘故！

可是，我的身体太不争气，总是病倒。我不可能相信寿命，只是遗憾不能给他我最宝贵的东西，一直追随我的东西，我的关于花魂的梦想。1858 年春，我生了病，还试图写一写《草木之死》，讲述草木临终那么驯顺，那么平和，无声无息回到共同母亲的怀抱。1859 年夏季，在大海和吉伦特河之间芳香四溢的荒原上，我沉浸在不凋花[1]的芬芳中，很想试写一个微妙题目：《沙丘的植物群》。很迷人的题目，始终是当地的灵魂。这颗灵魂集中体现在她的传说中，我让人给我吟唱过。她是国王美丽的女儿，掉进大海里。不过，她又在岸边开了花，而且总是附体在野生的迷迭香枝上开花，香气馥郁，但又饱含苦涩、忧伤和遗憾。

在吉伦特河河口这个美丽而庄严的地方，我心中萌生多少念头啊！至少，我实现了一个，《植物的每年周期》，一年期间形貌的替换，给了我丈夫（为了他当时必须发表的“妇

1 不凋花：指蜡菊、灰毛菊等花卉。

女”的研究）。植物宛如人妻，亦步亦趋跟随着男人。春天时节亮丽，眼色迷人，夏季则支持男人，成为他的好奶母；继而到了秋季，男人疲惫了，她就让他振作起来，向他倾注欢乐、安宁、忘却。

我们在耶尔群岛[1]度过的几个冬季，比什么都更能唤起我的思绪。丈夫携我来到海岛，就是为我向大自然讨一个缓期，讨一点寿命。我不动地方，就看见世界五大洲的鲜花一齐开放。气候的差异在这里消失了。地理学在这里遭到否认，也被取消了。花卉的巨型巴别塔，个性全混淆不清了。这里就好像是中心点，大自然从这中心点往全球分发植物。

黄金果实累累的高大棕榈树，在这里代表非洲。桉树在这里代表澳大利亚，八年之间长高不下百尺。不过，欧洲，甚至北欧，在这里都同样有辉煌的表现。在耶尔岛狭窄的广场上，华丽的棕榈树，在我们的榆树旁边就像一株草。我们的榆树古老雄伟，但又那么年轻，叶子那么精密，高雅而朴实无华，可以说无与伦比。

这美丽的海岸突然一片火红的时刻，北方的这种清新的形象，在我们毗邻的外省里，就对我产生强烈的影响。这真是美妙的仙境：在花园，在尘土飞扬、最干燥的道旁树篱上，一夜之间就开遍了鲜花。如同花卉的火山，名副其实爆发了。不错，但是对我来说太强烈了。我激赏，我也求饶。

1　耶尔群岛（lies d' Hyères）：法国的小群岛，位于地中海，与非洲相望。

五

续篇——1867 年 5 月的瑞士

△ 莱蒙湖。渴望游览恩加丁山区。

我们逃离了耶尔岛，转而到了瑞士。什么对比也没有如此强烈。真让人以为往程两千公里。我们从未这么早（将近四月末）来游瑞士。难得的好机会，我们有一年时间，能完整地看到四季嬗变，看到在每年周而复始的这种宏伟的进程中，每一种植物都适时报到。这些植物都不大急于抢先。五月一日，这一美好时刻，到处倍受歌颂，仿佛是生命的节日，但是这一天倒显得颇为严肃，有所克制，甚至可以说相当理智。

日内瓦和沃州谨慎的葡萄藤并没有抽芽，就怕寒潮又卷土重来。美丽的湖，湛蓝湛蓝的湖面稍嫌生冷，上方始终盘旋着壮观的雪线，冬天在那里还开足了制冷器。应当在这种时候观赏那些山峰：它们在冰川和晶体岩石奇幻的闪光中，千变万化，还由不停的降雪相互沟通，在夏季尘世生灵大批涌现之前，相互间还过着它们伟大的孤独生活。

这一切多么审慎，多么严谨，于是我也调整自己，与之步调一致，感到大大静下心来了。在这些还光秃秃的丘冈上，我就觉得（在普罗旺斯盛大春天的喧闹之后）万籁寂静无声。

△ ▲ △

五月份尽管又来几次冷空气，季节的步伐却很快。在有保障的地方，葡萄藤都相当快就抽芽了。草地都开满了鲜花。上午天气还很凉，但是中午就热了。这就产生了一种大和谐。我丈夫精力旺盛，加紧工作。我呢，重新有了活力。

这地方风气极佳，少女们可以独自出门，非常安全。妇女享有完全的自由。早晨是我偷闲的快乐时光，独自轻快地出行，勇敢地登山，来到还非常清爽的牧场，甚至走到树林的入口处。诚然，树林并不吓人，也不昏暗，主要是散布在笑盈盈草地间的栗子树。放牧的牲畜还没有赶到高山上去。我看到它们吃草，连同美丽的，甚至珍稀的鲜花一起吃掉，不免有点心疼，我真想质问奶牛和马。不过，这些可怜的牲畜净吃乏味的食物，当然很喜爱品尝这些香甜美味的鲜花了。

山上的万物似乎还在睡梦中。一座高峰遮暗了这座山。唯独湖对面的几座山照到一束阳光。鸟儿醒来了，不过啁啾之声还很低。山脚下的村庄，羊圈的门打开了。牧羊童吹起粗制的号角，召唤羊群。一开春，韦托（Veytaux）的山羊每天都上山，我们走同一条路，情愿相伴一段时间。我用了几把盐，就交了不少山羊朋友，走到哪里，它们都会认出我来，非常随便地向我讨要。

△ ▲ △

不知为什么，同一地点总是吸引我。傍晚，我喜爱忧伤的景物，早晨喜爱万物醒来的欢快，但愿有一种全新景色的意外惊喜。从前几次来瑞士旅行，全赶上秋季，只有藏红花还展示淡淡的花朵，这次见到满山遍野百花争艳，这种景象真叫我心醉神迷。我不大认识算术，看图形什么也学不会。必须看实物。抱着这种渴望，独自去探寻陌生者，该是多么激动人心的事情啊！

在尚巴博（Chambabo，韦托附近），我已经在一片栗树下发现一个花坛。这棵强壮的大树容忍下面生长一些小花草。这些花草也乐得有大树的庇护。冬季，厚厚的树叶就将它们覆盖，掩藏起来。到了夏季，树叶烂了，变成腐殖土，就供给这些花草养分。大树给它们造沃土，这无疑给了它们鼓舞，好几种就干脆在树下安家了。栗树毫不生气，接受这些冒失的植物，而它那老树干在花丛中，就像一束鲜花了。

尤其铃子香，只愿意在栗树脚下开花。即使在最背阴的潮湿角落，野苣也挺起纤细的茎，撑着它那冷白色的花穗。野苣旁边还有黄精，挂着一串白色小铃铛。耧斗菜花，哪里也不如这里开得美丽。在深紫色的花心里，又有最温暖的金色的富丽堂皇。花蕊被沉重的花粉压弯了，一副爱情的忧伤姿态。夕阳斜照，光束透过花瓣时，紫色就通明透亮，只见里面仿佛血液循环，从里往外闪耀着一颗带电的灵魂。

每天这样锻炼令我着迷，尤其引诱我登上更高处。恰恰是这种引诱，促使我不忠于山下的花草了。我渴望认识她们在阿尔卑斯山上的姊妹。上山的坡很难行走。这是一条3000尺长的巨大梯道，沿着一片山毛榉林，将人引到高山牧场。我每天早晨尝试，寻找，总是希望突然发现阿尔卑斯山的一个女儿，一个迷路的女儿，走到下面一点的林间空地。但是，我始终走不到，每次都筋疲力尽，中途而返。

越有障碍，追求的欲望就越强烈。无论夜晚还是白天，这种阳光的植物群总要浮现在我的脑海：这种植物群非常高洁，能够完全脱离尘世的救护，仅仅靠一束光，靠太阳纯净的一瞥活着。啊！假如生命有秘密，是不是到那里就能捕捉到呢？这些高尚的孤独者，是不是掌握许多事物的秘密，而大自然不屑于告诉她们的姊妹，下方那些更为粗俗的花卉呢？

是否有高山峡谷，容易通过，无需登山把人累死，不用怎么费力，我这虚弱之躯就能遇见阿尔卑斯高山植物群的圣殿呢？丘迪和兰伯特（Lambert）十分美妙的书，回答了我这种愿望："那就是恩加丁。"

他们出色的、严谨的绘画，对我具有无限的吸引力。那个特殊的地方，山谷高出大部分山峰，同冰川齐平，您一伸手就摸得到，那些奇异的花，只生长在九个月的冰雪期的地方，尤其瑞士五针松（l'arole），生长在冰上的那种勇力，一切都深深震撼了我。

然而，恩加丁距离远，非常远，位于瑞士的另一端，在蒂罗尔地区的边缘。还有许多许多事务，推迟了太长时间的事务，召唤我们回巴黎，这个事业和学术中心。五月份，恩加丁还白雪皑皑，怎么能上山到欧洲最冷的地方呢？又是一个障碍！推延时间。我们必须等到七月份！我们一年的安排，要做出多大变动啊！

更有甚者，美丽的棕发女使者从雅维尔纳兹（Javernaz）下山来卖花，她说即使在雅维尔纳兹，在瓦莱州的这个门户，在锯齿状的南峭峰的前面，我们的雨到那山上就化作雪了。逢多雨的年份，恩加丁会是怎样情景呢？能留给夏季一点时间吗？是不是总裹着它那冬季悲哀的殓布呢？

多少合情合理的理由，阻止这样一次旅行啊！然而，不知道怎么总有一个声音对我说，去一趟绝不会后悔。事情越难，我的渴望越增强。我决定如实告诉我丈夫，向他全盘托出。我天真地对他说："我真想去看看恩加丁！"

从来不发奇想的人，忽然有了这样一个念头，就值得特别关注了。这何止一个念头，而是一种痴迷——突发的，不错，但是非常强烈。一个特别理智的人受到诱惑，这让人惊讶，也令人感动。这不是一时心血来潮，可以规避或者排解掉。这事极其认真，不亚于爱情本身。已经有了各种迹象，特别是最重要的一点：一种强烈的情感，又在内心压抑着那种激动，尽量掩饰，真要表露，也只能说出五分话。

我感到有理由进入这种迷恋。原来是要看一看那个极为偏僻的角落，人称"阿尔卑斯山脉未知区域。"[帕蓬（Papon），1857。] 原来是要看一看那些神秘的湖，三海之源：

莱茵河、阿达河[1]和因河（即多瑙河）。尤其要重新找到一个巢，在沉重的德国下面，重新找到一个古代的纯法兰西。雪山上的奇葩，还能活一天，明天就消失了。

我头脑里转悠着这些想法，一句话也没有讲。不过，恰好这时，我看见一位十分了解当地的瑞士学者，便说道："先生，请指给我一条去恩加丁的近路。"

1　阿达河（Adda）：意大利河流，波河的支流，全长 313 公里，发源于瑞士的贝尔尼纳河谷。

六

山脚下等待——阿尔卑斯山植物之爱（1867 年 6 月）

△ 植物学能同动物学分开吗？

△ 爱植物等于爱动物。

季节不宜，只好延期。这一推迟，六月份我就只能去一个宜人的地方度过，便去了贝城，瓦莱州的门户。这次机会难得，非常难得！我在这世上，终于有一点时间静思了。

离开莱蒙湖，到了一个休憩的地方。视野不再像洛桑那样辽阔，也不太光彩夺目了。看不到两岸的争斗和悲剧了，就像在沃韦[1]、梅耶里[2]之间那样。只觉得到了某个地方，便停下来。罗纳河摆脱了瓦莱州，不那么逼仄，到了平原方显自己的本色，呼吸畅快了，然后投入莱蒙湖。景物庄严，宏伟大气，但是完全人性化，并不以势压人。我们置身于莫尔克勒山脚下，面对南峭峰，不过还有相当距离。这些高峰，山腰缠着山毛榉林和杉树林的绿带，山脚下第一梯级，则由披

1　沃韦（Vevay）：瑞士沃州城市。

2　梅耶里（Meillerie）：法国城市。

着栗树林的秀丽的丘岗构成。就在贝城上方，五千尺高的山上，尽管海拔很高，还有雅维尔纳兹欣欣向荣的牧场，植物学家珍视的地方。

我撰写的历史著作，好在接近尾声了，与之分手还真有点遗憾，我已经感到这部历史著作离我而去，前往广阔的天地。不过，我还保留了自己。这很不容易，毕竟这样规模的写作能耗掉好几世生命，而我仍然活在世上，精力充沛，坐拥近十年来大大增产的这些丰硕成果。

△ ▲ △

时间帮了我大忙，我毫无遗憾。然而，阳光中却掺杂了几点黑影。犹如南峭峰，它那高峻的花岗岩，虽未给景物蒙上忧伤之色，但有时也平添几分肃穆，同样，年岁也警示我，不免瞻念未来。尤其我保存的一点，心在跳动的地方。假如说我还有翅膀，像阿尔卑斯山上的鸟儿那样，那么我栖止的树枝在颤动，让我时刻感到尘世什么也不牢固。

“有什么表情的天，就有什么情绪的人。”今年天气变幻不定，从春天往夏季漂移，一天欢快，一天愁惨，始终确定不下来。贝城六月份天气很热。这种气候有点令人烦躁。一阵阵热雨起不到调解作用，反让人萎靡不振，而草地花木倒很滋润，但又过分滋润，过分慵懒了，把生活化为一场梦。

大自然自说自道。应当倾听。我一时离开纷争的人类历史，过去十分艰难，现在也十分艰难的人类史。我拾起另一部历史，没有那么黑暗，也更和谐而迷人，而且更加契合我周围的花草。高山从各个方面呼唤我们。我们不乏兴致，也不缺少庞大的计划。如果不是季节的缘故，我们也许有了大行动。可是，有一次气温太高，还有一次下了雨，就把我们拖住了。对此我心烦吗？应当承认，我不太心烦。站在阳台观赏这种温暖的阵雨，雨景美不胜收。我们少赏一些花，这样也许更好，能同眼前的花密切相处，进一步探问，吸纳它们的精魂与芳香。

△ ▲ △

这些美丽的造物，倍受喜爱和追求，却毫不拿架子，如果我们不去拜会，她们就来见我们。格里永的女使者可爱而认真（一个沃州女儿，已经成为瓦莱的，有了意大利人的模样了），经常给我们送来雅维尔纳兹最新开的花。她在家里得不到温暖，就到高山牧场上，同花草一起生活；真正属于她的房屋，就是“les gogants”，即当地留下来的、时常用来遮雨挡风的大杉树。她在山上游荡、寻觅，也许偶尔能碰到一头奶牛，有时见到阿尔卑斯山的雄鹰，此外就见不到一个活物。在非同一般的地方过这样孤独的生活，这就赋予棕发美丽的姑娘一种说不出来的气质：带有乡土气的高贵。她的眼神里含着忧伤的温柔。她可不是没有文化，甚至还炫耀会拉丁文。花草的俗称，她能讲出学名来（不是伪造的吧？）她送来的鲜花倒是货真价实，经过旅途还那么鲜艳，秀色可餐，仿佛刚从牧场摘下来。

我的视力极佳，但是不能观察入微，不适于审视这种细微难辨的小小花世界。即使有人指引，我也看得不清不楚。有一天，从雅维尔纳兹来了一位老师，点拨了我，让我顿时开窍了。鲜花的这位代言者就是一种花，蓝色龙胆，那么庄重，还装饰以黑色。惊人的象形文字，一下子抓住我的注意力。我用心观看，受到震撼。我看见了。

△ ▲ △

我拥有最好的书，好多是很新的版本。我读过描述花卉的部分，随即找出来，又重读一遍。不过，书中讲述的不够精彩，语言多么粗鄙！它们仔细保留了无知时代给花的器官所起的名称。荒谬的名称，不仅推迟初学者人门，而且给所有人要认识的事实投上令人恼火的暧昧的阴影。它们用阴性名词（anthères，étamines[1]，等等）来指示阳性，用阳性名词（pistil，stigmates[2]，等等）来指示阴性。这些名词（pistil，étamines），全不符合物体的形状。

为什么要保留这种可笑的方言呢？无疑是墨守成规，但

1　这两个法语名词，前者意为“花药”，后者意为“雄蕊”。花药、雄蕊均为花的雄性器官，而其名词则为阴性，故名实不符，容易造成混乱。

2　这两个法语名词，前者意为“雌蕊”，后者意为“柱头”，两者均为花的雌性器官，而其名词则为阳性，同样名实不符，容易造成混乱。

也是为了掩饰这些无害的秘密，尤其是有意模糊花卉与动物特别相近的方面。在某一点上，花木比珊瑚虫和轮射动物还低级，在别的方面，花木又比它们高级。必须跨越三界的神圣鸿沟，矿物界、植物界和动物界，是旧经院哲学的划分。今天我们已经知道，有些植物每天四小时是动物，这种鸿沟还有什么意义呢？

△ ▲ △

我这无知者拿起杜沙特尔（Duchartre）先生编写的简明教程，大学（极佳）的正式课本，看了头一眼就明白一件大事，我们能了解多少吸取营养的生活呢？根本没有。他只讲了两页（第 707、760 页）。我们能了解多少爱、繁殖呢？全部，至少可以说很多。他用了三百页，说得明明白白，详详细细（第 426—689 页）分类，还用了三百页，仅仅基于繁殖器官的特点。

植物学，简而言之，迄今为止并非别物，纯粹是爱的科学。

这门学科同动物学难以分开，是相互印证的关系。爱是平台，动物是花，花是活物，几乎难以分清；花有时还高于低级动物群，趋同于最高级的动物，趋同于人。

△ ▲ △

营养吸收是一件奥秘的事，爱则不是。在爱的方面，大自然毫不掩饰。这是大自然的光明之作，表露无遗，毫无遮掩，毫无困难，只是相爱的双方很小，往往小到了极点。大自然仿佛乐在其中，为了更好地表现这种爱情戏，就让场景和小演员千变万化。三十万种形态（这是已知的开花草木的数目），还没有穷尽大自然发明的热情：宣示爱，这显然是大自然的乐趣所在。

事情是这样进展的。炎热的一天，阳光灿烂，叶子非常欢快，便卷起来，形成一个小屋，温暖的摇篮，柔软的秘室，里面就要诞生一个小生命。叶子纤维鼓起来，出现一个微小的雌性体（雌蕊），稍微拉长的细微的母体，已经有了胚珠，但是跟处女似的闭合着。雌蕊周围一些冲向阳光的投枪状微型活体，便是雌蕊的情侣，追求者，都郑重地向雌蕊求爱。

几乎总是冲向阳光，上得更高而离“她”更远的小雄性，最终如愿以偿。“他”接受两种吸引力：给“他”染上金黄色，赋予“他”生命活力的灿烂的阳光，以及温柔的母体呼唤“他”回来，接近所爱对象的内部惬意的温暖。这是两种诱惑。自由、变动的生活（“他”那轻盈的头飘忽着），还有这种好似花儿上帝的灿烂的阳光，这些不是应该占优势吗？不错，物理学可能对我们说。爱情却否定。这个求爱者会像男人那样行动。“他”更爱“她”，并且俯过身去（甚至低首下心），往往勉强地从阳光转向昏暗的深处，寻找“她”，仅凭这种动作就示意，“她”胜过整个世界，爱情胜过太阳。

七

阿尔卑斯山脉植物续篇——山花在爱中进步

△ 爱的若明若暗，植物和动物两界相同。

别种花朵则不同，不是雄性超过雌性，伸向更远更高，而是雌性控制全局。比起那些小情侣来，雌性又高又大，是主宰，似乎给这些求爱者设立了一个永世的难题。

这种景象，就是我这蓝色龙胆提供的。汁液苦涩的庄重的花，爱情充满障碍。场面有五分悲剧的色彩。从幽深的碧蓝瓶状体中（底部呈现忧伤的黑色），一位高贵的妇人亭亭玉立，周身白色处女装束，绝非乳白色，色彩没有那么柔和，绿色的汁液透出一种严肃的色调。而一群追求者，身形极小，略微呈现淡淡的金黄色，从下面围住她，围得紧紧的，但是无济于事。她高不可攀，在他们上方摇摆着双头，确切地说，是爱情的两张迷人的口，脖颈围着华丽的绉领，褶皱十分怪异。

我不禁怜悯起这些不幸的追求者。她高高在上，在上方展开伞状体。这样就封死了，不给他们留任何接近的通道。

他们若是伸延，往高里长，也不会有什么收获，马上就被边沿儿给挡回来。她好似维索山的绝顶，十分险峻，四周全是突岩，几乎不可攀登，能打消登山者的愿望。

求爱者身形小得几乎看不见，谁若是认他的情欲同身体的大小成正比，那就真真大错特错了。欲望为他创造了语言。他用颜色表达。他用热度说话。他不讲我们这样乏味的话：“我这火热的情感，我的激情。”他是在爱恋的对象周围改变温度，让她感受到一种非常温柔的火焰，即他和爱本身。拉马克在海芋花中，头一个观察了这一现象。萤火虫也同样，在夜晚用光亮叹息。瓦尔费丁（Walferdin）灵敏的温度计，放进花心那些求爱者之间，就能让我们测出激情的度数。比起我们所了解的动物的情况，花的激情不知要超出多少倍。在某种花中（旱金莲），雄蕊十小时消耗的氧，是它自身体积的十六倍。那么热带的花、爪哇或者婆罗洲疯长的植物的花又该如何呢？

这种热度，当然能让对方心软心动。这还不够。任何爱都有其魔力，都有其秘密、吸引对方的技巧。鸟儿有羽毛、歌声。所有动物都有媚态。它们通过媚态施展一种磁性的魅力。在植物的爱中，芳香就是这种磁性的魅力，是爱的强大诱惑。雄性在恳求，吸引雌性，用香精将其迷醉。神圣的语言，的确无比美妙，不可抗拒。如果说我们人类（不了解这种微妙的小世界），对散发的香味极为敏感，如果说女人闻着香气会激动，不由自主地乱了方寸，那么小小的“花女”又该如何呢？“花女”受周围的这种溢香的灵魂侵袭，乃至浸透而饱和，她应该在多大程度上，事先就败下阵来，何止败下来——还大大改变了。

△ ▲ △

不幸的是，龙胆身上并没有这种芳香的诱惑。这些追求者运气不佳，不能以这种迷魂的魔力来动摇，扰乱所爱的对象。因此，不发生奇迹，就毫无希望了。这些追求者或者因自身的欲火，或者太阳的照射而干枯，燃烧殆尽，化为轻轻的粉尘，被风吹起来离开本体，飘浮在空气中。必得如此，在飘忽不定中，他们才会有一种意想不到的、令人赞叹的运气，恰恰飘向所爱的对象，而且还会有一种更大的运气，恰恰飘落在“她”的怀抱中。人们可以断言、打赌，说这种事不可能，还不到百万分之一的几率，高傲的“处女”只能孤单地活着，孤单地死去。

这些追求者只有一样可恃的东西，即数量巨大：进入活性粉尘状态，就分散开来，无限增殖，在这种无限中捕获一次机会。命运可以造就一个幸运儿。正因为如此，雄性花粉才大量增殖，必须以数百万求爱者，情敌的阵势，才能确保爱情终于选定一个丈夫。

这些求爱者只能祈求风，呼喊：“渴望的风暴啊！刮起来吧！将我们带走吧！……”他们成为风的玩物，飘浮游荡在空气中，事先就注定，几乎全体都会夭折。——这也无所谓！他们不惜任何代价，还是要升空，以便能够降落。她只能接纳从天而降的。我不抱希望。然而，奇迹还是发生了。上帝伟大！

△▲△

不过，降落的粉粒，会受到款待吗？我不免怀疑。这个高傲的女性，还处于完全封闭状态，会严厉地拒绝“他”吗？有人可能这样认为，大谬不然！“他”在门口发现了……蜜！

这种蜜就是花的应允，这是花的普遍习俗。蜜来迎候，消除疑虑，抓住了命运之子：他在如此幸运的时机到来。可以这样表达这一情景：“你好！进来吧，这宫殿属于你了……你赢得了，胜利者！”

重又找到这个辉煌之地，这间深处昏暗，无蓝色华美的壁厢、白丝绒的内室，能亲近这个曾经多么高高在上傲视他的、骄矜而非凡的女子，洞悉她的秘密，这对于生翼的粉粒来说，该是多么神奇的鸿运啊！……

命运发生如此变化，没有谁能抵挡得了。这种蜜，这种出乎意料的示爱，又该如何解释呢？毫无疑问，他骄傲地以为，她准是这样表示：“我顺从了，你是我的主人！你是上帝派来的。——不是亲眼所见，我绝不会相信你能从天而降。——你是强者，你很伟大。”

同样出于自豪的心理，他认为她要表达这样意思：“朋友，我多么盼望你来！我梦寐以求，让我等得好苦啊！……”

或许他真有这些想法，或许这爱的饮品，这蜜进入他体内化为烈酒，使他沉醉，我惊奇地看到（在显微镜下）他变大了，突然巨大无比，躯体激增，延长一百倍，三百倍，乃至上千倍……我一时惊慌起来，这样激增不可思议，照这种势头继续下去，那么角色就要调换了：我就成为微粒子了。

不过，我还是衷心祝愿，全心全意支持他。于是，我高声说道："愿你幸福！……啊！愿你幸福！亲爱的粒子！……谢谢！光荣属于爱的伟大灵魂，正是爱的灵魂，给了花，给了人，给了星辰，给了大千世界，这样无限大的时刻。"

△ ▲ △

"可是，谁没有看出来，这一切纯粹是无意识的，它们在这方面是盲目的呢？"

比动物还盲目吗？谁知道呢？比人还盲目吗？我看不见得。

花，在繁殖方面，不仅等同于动物，而且从物的某种关系来看，有些种类还等同于哺乳动物，等同于人类。[参看罗宾（Robin）、沙赫特（Schacht）以及洛尔泰（Lortet）关于"la Pressia"的最新论文，1867 年]

"不过，本能是否参与了机械力量的游戏呢？"任何生物，进入这种亢奋的状态，在冷静的观察者看来，总要引人产生同样的怀疑。在黑暗和光明两个世界的界线上，一切都那么混乱，那么模糊不清。爱就是一片模糊，尤其在创造的时刻。甚至在更为温柔的梦乡，本能也不断地参与这两种因素，即相交错、轮替或相混淆的命数和意愿的活动。

△ ▲ △

大约 1780 年，出了一件全欧洲都大大惊奇的事：大家认为蜜蜂做工一贯按部就班，命定不会改变，却得知它们改造住所，以便应付一种新的局面。它们加固蜂巢，在洞口增加暗道机关，只因从美洲来了可怕的天敌，残害马铃薯、特别贪吃蜂蜜的天蛾［据胡贝尔（Huber）］。

花也改变生长方式，新品种有所创新，有所进化，是老品种未曾经历过的，人们若是了解这些情况，又会怎样大惊小怪呢？然而，这种事发生了！

我拿来阿尔封斯·德·康多尔[1]一段论述，以及杜沙特尔、哈蒂格（Hatig）等人的一段论述，放到一起来比较，不禁惊呆了，顿时陷入深度的诧异，我看到花卉一个大家族大部分属于阿尔卑斯山区，都生长在夏季极短的地方，采取了一种

1　德·康多尔（Alphonse Pyrame de Candolle，1806—1893）：法国出生的植物学家，提出了植物发生地理学（研究植物地理分布的一门生物学分支学科）的研究和分析的新方法。继其父，瑞士著名植物学家奥古斯坦·德·康多尔之后，任日内瓦大学植物学教授和植物园园长。编辑出版了《植物界自然体系序论》（共十七卷，1824—1873）的后十卷。1867 年他发表的《植物命名法规》，进一步完成其父对命名原则的研究。他所著的《推理植物地理学》（1855），是他对植物地理学最重要的贡献。

缩短爱的全新技艺。

植物界也同动物界一样，雌性发情要缓慢一些。在一段时间，雌性似乎还犹豫，但仍然在准备，在梦想。天真到极点的梦想。我指的是这种蜜，从母体微微隆起的部位排出来，是雌性迈向雄性的一步。这一切还不算什么，但是出现了这种情况。

阿尔卑斯山是新生山脉（相对许多其他山脉而言），生长大量风铃草、菊科植物，开的花似乎也是新型的，有人认为是在阿尔卑斯山脉上创造出来的。（德·康多尔：《地理学》第1318、1322、1323页。）

这些高山地区的花，在稀薄的空气中，享受充分的日照，当然长得更加高雅。不过，它们经历的夏季太短（好多种只有5周！），覆盖的雪一融化，便完全暴露在冷风之中。它们不像山下那些软绵绵的姊妹，也不像许多早在阿尔卑斯山脉之前就有的古代种类，根本没有时间梦想，必须当即爱，当即繁殖，否则就永远没有机会了。本能，环境逼迫，都加快了事物的进程。花儿等不及情侣了，将一根无害而甜蜜的针射向情侣，而情侣接住，便带着隐退了。（据哈蒂格、杜沙特尔、格里马尔等人）

孩子出生，要尽快成熟；明天就要下雪，冰层就要覆盖大地。种子只有一天时间，要传播就得有翅膀。母亲赋予种子一种前所未有的新器官，我是指极轻的羽饰，能携带种子飘向四面八方，从而救了种子。如果下雪了，种子雪藏起来，可以等待，这个品种就能确保延续了。

动物的本能，还会多做出什么来吗？或者，说得更坦率一些，人的思想还能大有可为吗？新环境促使花产生一种前所未闻的母性预见、一种爱的新技艺。

这很美好，这很伟大，可以说神圣而崇高。

爱情就是如此，这就是爱情，在生物和种类之间，“普天下平等”。谁也没有什么可骄傲的了。爱是一样的，无论处于最高还是最低，无论是花还是星辰。无所谓高低——也无所谓天堂里还是爱情中——爱也是天堂。

△ ▲ △

我满脑子这些思想，无暇他顾，但是喜不自胜。到了暮晚时分，最后几缕阳光透过树林，不是射到满湖霞光的辉煌的湖面上，而是经过我们多荫的山峦树丛的筛滤才到达我们这里。这里，陷入沉思的高大栗树，已经越发昏暗了，在我们上方展示偏于淡黄的白花，散发着好闻的、非常好闻的香味（生命的真正气味，超越了植物的生命）。栗树越来越昏暗，我们想沿着牧场回住所。今年我运气好，到处都看见牧场鲜花盛开，我往山上走，到处都在收割牧草。这景象十分美妙，也十分动人；说到底，这是花之死，在发情的时候被割倒。随着我逐渐上山，逐渐深入阿尔卑斯山区，五月到韦托，六月到贝城，七月到施普吕根（Splüghen），以及恩加丁高原，看到的都是同一景象。一年之间，我经历三个春天。

贝城的乡野，是饲草的王国。我们居住的地方，迷失并淹没在一片牧场的海洋里。今天傍晚，天色更暗了（已经分辨不清花了），我们穿越的这片牧场，部分收割了，部分青草还挺立着。几名割草工回来，客气地向我们道晚安，对我妻子摘下帽子，称她："小姐。"

牧场的芳香，既不强也不弱。不是能上头的干草的香味，也不是雨后割的草过分潮湿的效果。这种清香有益于健康，特别好闻，但是又极纯净，冒昧地说，这世间任何芳香都不能与之相比（就是玫瑰香和草药的芬芳也一样）。

我们缓步往回走，小径很窄，在这植物的海洋中几乎看不出印迹。她走在前面，笑盈盈的，想必心中喜悦。我紧随其后，处于半梦半醒的状态。她的衣裙左右飘动，拂到香草，给我送来阵阵芳香。

八

格里松斯人之路——高山之死

△ 格里松斯人和瑞士人的对立。

△ 尤利尔山路和山口。废墟和岩沟。

我沉浸在梦想中，懒散的研究中，这种状态随着六月过完而终止了。瓦莱地区气候宜人，温暖如春，我原地不动，穿越微型爱情的神秘之旅，这些使我在那里逗留，忘记了旅居他乡。不过，六月也为我们打开了高山区域之路。迟到的夏季终于融化了积雪。我们向往的、决定一游的恩加丁，即可成行了。估计恩加丁从漫长的冬季走出来了。于是我们动身了，不能太晚了。我们在七月份发现了第一个春天。不少品种的花期延迟，要等到八月份。也有好多种急不可待，已经贸然绽放，结果被霜冻逮个正着。可见，唯一开花的时间很短，九月份又要下雪了。

△ ▲ △

从 1800 年之后，格里松斯人[1]才成为瑞士人。他们的国度，几乎从整体上来看，与瑞士形成鲜明的反差。

瑞士平原海拔较低，山峰拔地而起，非常高大。格里松斯地区山峰不太高，却坐落在海拔很高的山谷。老实说，那地区就是山脉辽阔的脊背，河谷、平原本身就是高山，一年有六个月积雪，恩加丁地区则长达八个月。

恩加丁是欧洲最高的地方，不仅可俯瞰意大利［基亚文纳（Chiavenna）、科莫（Como）］，还可俯瞰海拔已经很高的蒂罗尔地区。恩加丁拥有数以百计的湖泊、300 座冰川，向四面八方提供水源，加宽莱茵河、阿达河，尤其倾泻出因河，很快就冠以多瑙河的伟大名字，流出 2800 公里，最终注入黑海。

瑞士是地球上得天独厚的地方，生活特别舒适，极少负担，所有居住在这里的人，都力图成为瑞士人，居民尽管种族不同，也都力图同化。瑞士作家也有意混淆一切。唯独一个例外，比奈（Binet）先生说得好，格里松斯人（尤其恩加丁地区）还在斗争，抵制这种清一色的进程。他们的家园地处偏远，据说是意大利最古老的种族，伊特鲁立亚人

1 格里松斯人（les Grisons）：原先在神圣罗马帝国治下（916—1648），后来独立，1803 年加入瑞士联邦。格里松斯现为瑞士一个州，德文称格劳宾登州（Graubünden），面积 7100 平方公里，人口 17 万余人，首府库尔。

（l'Etrusque）的避难所。他们的语言属于罗曼－凯尔特语种：意大利语式的词尾，并不妨碍词根几乎总是法语。[参看梅尼牧师（Menni）翻译的《福音》]

△ ▲ △

我们古老的法兰西非常明智，从来没有把瑞士人和灰色联盟（les Ligues Grises）混为一谈。而灰色同盟，也确实背向德语瑞士，目光投向意大利、法兰西。灰色联盟者主要流亡到这里。他们同我们的关系，非但丝毫也没有改变，反而加强了他们纯粹凯尔特－意大利人的天性。

从前，这地方呈现出十分鲜明的对立：一个非常文雅的种族，生活在一个非常荒蛮的地区。阿尔卑斯山区可怜的动物，受猎人的追捕，也受喧哗的游客、醉醺醺的登山者的惊吓，纷纷逃到这里，好多种类还在这里生活。鹿在这里就大约一直生存到1840年。熊，没有攻击性（在不太饥饿的时候），现在还隐居在下恩加丁森林里。无害的旱獭，在萨瓦地区差不多被消灭殆尽，还继续生存在格里松斯地区，高山荒原上，看见您走近便发出吱吱叫声。在雪线附近，您会看到比雪还白的雷鸟；一有动静，雷鸟就逃开飞走了。岩羚羊也没有灭绝。

从前这里还有羱羊[1]，这种出色的动物，是长角兽类（山羊、岩羚羊等）之王。现在只能在恩加丁纹章的图案上看到了。羱羊种类消失了。再过一段时间，人们也许会作为消失的事物，谈论起恩加丁了。

△ ▲ △

名称意味深长："Curia"和"Chiavenna"，位于这个地区的两端，在很大程度上，表达了它的历史。"Curia"，即"Coire"（库尔），是法院，罗马当局在山上建造的高等法院，大主教力求保留，只因这个地方一年冰冻六个月，与外界隔绝，但是，法院在贵族之间，在孤立而又非常民主的乡镇之间，却起不了多大作用。

"Chiavenna"（钥匙），意大利一座可爱的城市，坐落在斯普卢加山（Spluga）和马洛亚谷（la Maloya）的下面，位于这些巨大梯级的最低一层，能打开，关闭通向德意志、意大利和拉丁罗马[2]三个种族和三个地区的隘道。而拉丁罗马种族（灰色同盟）一直认为这是他们家园的钥匙，因而属于他们。他们为这个阳光灿烂、盛产葡萄酒的温暖地方斗争了两

1 羱羊（le bouquetin）：又称北山羊，生活在高山地带的哺乳动物，形状似山羊而大，雄雌均有角，雄的角大，向后弯曲。

2 拉丁罗马（romanche）：讲拉丁罗马语的种族。拉丁罗马语又称列托－罗马语，系瑞士四种官方语言之一。

百年。他们最终丧失了这个地方，脱离意大利，反而越来越受滞重的德意志的影响。这种影响从大瑞士中心往前推进，将他们取消——善意的。这就更糟了。

△ ▲ △

库尔城威严屹立，坐落在岁月风化坍塌的石灰岩山上，望着它的起泡沫的灰色莱茵流过：莱茵虽然还是湍流，但已经蔚然成河了。

下城商贸发达，文明程度高，居民都信奉基督教，每年都在这里举行州议会：州政权控制了旧政权，即高大的主教堂。我在哪里都没有见到保存如此完好的教堂，不但富有，装满了历代的珍宝，而且能够如此忠实保藏好这一切。主教堂高得惊人，豪华的廊台几乎有皇家气派，在屋顶之间也望得见。那宝座比上帝还高出百尺。起义作为权利，也写入这些激进的灰色联盟的特权中。民众最大限度地保留自主权，随时提出自主权的要求。他们从法官那里收回权威，亲自实施革命的审判，然后一切都恢复安定。三个联盟，其中一个名称特别鲜明："Lia dollas dretturas"，即"公正或审判联盟"。

△ ▲ △

在所有道路中，我偏爱人类走过的历史大道。例如，要进入意大利，我更喜欢古道，渐进而合情合理，走塞尼山、圣戈塔尔山，不愿意取道猛烈跳跃的辛普朗山。同样，前往恩加丁，我也走通常的道路，尤利尔山口。另一条道以后再说了：斯普吕加山那条出色的公路，意大利通途，会让我眼花缭乱，看不到我感兴趣的方面，瑞士与格里松斯的对比，我进入的地方独有的特色。

尤利尔山路一年四季可以通行，因而旅人总是优先选取这条路。这个名称比“Jules Cêsar”[1]要古老，据说取自凯尔特人信奉的一个神的名字，那尊神曾把两块史前巨石放到最高点。至于在这里发现了罗马古币，这仅仅表明罗马人继凯尔特人之后，占领了这个地方，并且修建了常用通道。

在中世纪，商人、朝拜的信徒，往来交错，全走这条路。莱茵地区、士瓦本[2]地区的人，就是沿着这条他们觉得很荒凉的道路，前往东方的大门户威尼斯，前往希腊或者埃及、塞浦路斯、耶路撒冷。

踏上尤利尔山路，第一眼就看出这绝非德国土地。塔西陀[3]在他的《日耳曼尼亚志》中明确指出的特点，并没有改

---

1 罗马皇帝恺撒，他的名字“Jules”，与尤利尔山名（Julier）同出一源，但这一命名与恺撒无关。

2 士瓦本（Souabe，德文“Schwaben”）：德国历史地名。

3 塔西陀（Tacitus，约 55—约 120）：罗马帝国高级官员、历史学家。曾任罗马的财政官、行政长官、执政官等要职。他的巨著《历史》和《编年史》总共三十卷，今仅存数卷和部分残卷。《日耳曼尼亚志》记述了莱茵河上罗马帝国边界地区的状况，着重指出日耳曼部落淳朴道德和原始陋习。书中强调这些部落如果一致行动，对罗马的高卢地区就会构成严重威胁。

变，德国人喜欢分散居住。那些外国佬，高卢一意大利人则相反，爱聚在一起，组成村落居住；“城邦生活”是他们种族的特点。

我从苏黎世方向过来，沿着瓦伦斯塔得湖[1]（Wallenstadt）游览，看见数以百计的木屋（尤其在高高湖岸那片秀丽的牧场上），全都孤零零的；那些房屋相互隔离，根本不考虑择邻，也毫无排列秩序，而且正相反，完全依照用途、个人的喜好、奇思异想，随意选址、朝向各不相同。不过，他们还是在一起生活，始终是“部落”。然而，意大利一凯尔特人却认为，“城邦”才是理想。

在格里松斯、库尔的大地上，一直到尤利尔山区，过了山进入恩加丁，各处都以村落聚居。这是他们种族喜群居，与人为善的天性。当然这也是一种安全的需要。长期安定的生活，丝毫也没有改变他们谨慎的习惯。谁也不离开群体。高踞坡上的大道可以非常清楚地看到，下面从一个村庄到另一个村庄，间隔的牧场没有人烟。西班牙匪帮、奥地利匪帮、基督教派、天主教军队、罗昂[2]和黎塞留[3]，仿佛还在争夺这个地区。

1　瓦伦斯塔得湖：今为苏黎世湖。

2　罗昂，这里指罗昂公爵（le duc de Rohan，1579—1638）：法国军人，著有《回忆录》。在宗教战争期间，他是胡格诺派的领袖，率领新教派部队同法国天主教派进行了三次战争，表现出坚毅的性格与军事才干。

3　黎塞留（Riohelieu，1585—1642）：法国政治家，红衣主教。他是十七世纪法国王权和法国国力强大的缔造者。他主张法国国王拥有绝对专制的权力，反对德意志哈布斯堡王朝在欧（转下页）

山路地势极高，如果没有景物警示，还真的丝毫也感觉不出来，只见许多地点光秃秃的，既不能种庄稼，也不生长果树，牧场的草很稀薄，牛羊也相当瘦小。森林不茂密，显然很潮湿，生长在泥炭沼地里。那里散发的沼气有害而致病，大多由寄生的植物吸收了。树木往往披上假奢华外衣，苍白的地衣从树身四面垂下来，徒增一副惨相。路易斯安那州的沼泽地就是如此，柏树林也都罩着俗称“西班牙人胡子”的枝条。

到处皆然，五六户人家组成一个小村落，矗立一座高高的钟楼，一座雄心勃勃的教堂。古老的天主教还沉重地压着这个地区的大半个地方。这些教堂是意大利风格的，由外来的画师做了壁画，而好多壁画还相当入眼。有时，两座相近的小村落共用一座教堂。不过，敌对的乡社，更多是独立拥有教堂，以满足虚荣心。看得出来这种建筑的必要性。这些教堂建在半山腰，居高临下，往往成为一座坚固的堡垒。我在高处注意到，一个村庄在湍流岸边有一座老教堂，已经足够了，但是在半山腰的山丘坪台上，又另造了一座教堂。

△ ▲ △

过了三个灰色联盟宣誓（1471 年）联合的著名地点，再

（接上页）洲的霸权。在宗教方面，黎塞留是胡格诺教派的眼中钉，1628 年，他派兵围困了胡格诺派据点拉罗舍尔城。

走不多远，景色就有意思了，显得壮观了。在下方左边或者右边，总能看到一条美妙的湍流，奔腾的水流浪花飞溅，跳跃着往前冲，又猛然坠落，有时扎进令人眩晕的深渊。那水显然非常纯净，略微发绿，同人们此前看到的混浊的，近乎深灰色的莱茵河，形成极大的反差，那是巴勒（即巴塞尔）或者斯特拉斯堡的莱茵河。且看！这纯净的湍流，其实就是莱茵河，在受到黑色杂质污染之前的莱茵河。这条湍流带下大量残骸，在严重风化的石灰岩中闯出路来，怎么还能如此清澈呢？我也想不大明白。我看见湍流从坡下奔流，而陡坡下面冲毁严重，已经半掏空了，没有任何支撑点，不禁为四只小山羊担心，只见它们冒险从这样摇摇欲坠的土坡下去，动作敏捷得出奇，惊险轻盈的姿势非常优美，往往纵身一跳，便到达一小块绿地。冒极大的危险，只为啃一点青草！

这段莱茵河属于意大利。德国的终止了。这里只能听见响亮的意大利语，不时夹杂着古拉丁罗马语；山路蛮荒，再也见不到牧场、树木了，但是，我不揣冒昧地说，有了这美丽的光明语言，上山的路就变得欢快，变得光彩了。这种语言也同纤细的花，同开始出现的朴素清香的阿尔卑斯山草木相得益彰。意大利黑眼睛、长相很俊的孩子，向我们抛来这些话和这些花。

△ ▲ △

然而，这一切渐渐停止了，没有孩子了，也没有草木了。

唯见石头。一片寂静。最晴朗的七月天，最灿烂的太阳，一路却很凄凉。道路穿行的尤利尔山圆谷，是一大片山体崩毁的乱石场。

这一路上，我萌生一种见解，而且在我脑海频繁再现："高山之死"。病态的森林难以保住土壤。在更高处，稀稀落落的矮树林；是消失的森林的残余，力图延迟崩落的时间，但是徒劳。大面积的"lapiaz"（他们这样称呼这些岩沟、细谷），如下雨般滚下碎石土块。走这条山路，如果说不用担心雪崩的话，却要受到滚落的泥土、细碎的残骸的威胁。还要经过横木搭建的掩体：横木棚顶接住滚落之物，使之滑落到山路的下方。这比滚落的积雪更令人感伤。

这些岩沟，在阿尔卑斯山脉和汝拉山脉都一样，表面瘦骨嶙峋，往往呈现一些特定的怪异形象。结晶的石灰岩消融时留下石头蜂窝，犹如不酿蜜可悲的蜂房。晶石体的地段，突出的部分更无规则，构成一片废墟遗迹的迷宫。含有贝壳或尖利的燧石成分的坚硬部分，还在坚挺着，岩石间竖起许多薄石隔壁，纵横交错，呈现一幅凄惨的骨架的图景。

到了山岗，便看见"魔鬼墓地"，这是瑞士给起的名称，据说这些乱石堆就是魔鬼的遗骨。枯骨，总是移动，享受不到坟墓中的安息。太阳过于灿烂，无情的阳光射到枯骨上，晒得更干枯了，什么也不敢接近。就连牧人和猎人都避之犹恐不及。这里无法行走。奶牛受到暴风雨的惊吓，如果投奔到这里，在这石头迷宫中如何找见它呢？水全部漏下去，形成不了泉水。岩石布满裂缝，无论融化的雪水还是雨水，全部从岩洞漏掉，狭小的漏斗下面连着无数深不可测缝隙。

四五千尺的高山，这危险的底部却以杜鹃花、野生刺柏为标志。有时，这里会骗取信赖，用一点草地吸引花。在这些花的下面，侵蚀正悄悄地进行，以便有一天突发，地表剥离，裸露出丑相，花草永远不再回来了。

大自然多么像人啊！我写下这段时，一种恐惧侵袭我的内心，恐惧我在这个时代看到的精神岩沟。如果说居伊昂夫人确认“湍流”、江河、溪水无不有灵魂，那么，何以否认这些遭受永世劫难、干燥枯索的乱石堆的灵魂呢？许多岩沟的状态，全是什么也不生长的恶劣土壤。许多则棱角尖锐锋利，一接触就能伤人。还有的（而这是最糟的），鲜花下面是死亡，微笑下面是深渊。

更有甚者，假如这种毁害伤及下层，利己主义、贫瘠荒芜的低俗岩沟向下扩展，假如广大的民众受到侵蚀，对一切都丧失兴趣，即没有渴望，也没有向善的动力了，那该是怎样的局面啊？人们时常担心。每个世纪都有人发出绝望的呼吁。大约 1800 年，格兰维尔（Grainville）写出了《最后一人》。塞南库尔（Sénancourt）和拜伦，以及许多人，都认为世界到了末日。我认为这个人是永生的。这个人通过意想不到之点，通过人所不察的还年轻的情感，总是能够再生。十九世纪，如今在许多事情上漂浮，但是非常稳定地行进在科学的路上，还有很大的变革的机遇。它将从精神的源泉里收回它的心，并且大力借助于光明，重新燃起道德的火焰。

△ ▲ △

瑞士经历过数座大山都整个倒下来，在几十公里长的范围填平山谷，埋葬村庄。大家始终记得罗斯山（Rossberg）、迪亚布勒雷山（les Diablerets）等惊天动地般崩坍。比利牛斯山脉就没有发生这种灾难，不过，山体内部的破坏持续不断，也许更为活跃。寒夜和烈日粗暴地轮替，比起阿尔卑斯山脉来，留下的烙印更为明显。比利牛斯山覆盖的冰层少了，受积雪的破坏大了。冰川节俭了，代之以积雪突然融化，野水夺路而下。春天猛然受非洲热风的控制，融雪立即汇成激流，汹涌奔腾，冲毁湖泊，破坏了映现高山的华丽镜子。到处所见，这些杯状美丽的湖已空无蓄水，姿态虽还高雅，但不免给人以凄凉的印象。攀登加瓦尔尼山，每步都见到水塘，这是从前一层层排列的湖泊。比利牛斯山脉现在仅存二十来面小湖。高山花冈岩体受到侵蚀，随同积雪一起崩塌，摧毁这些小海湾（如同冲毁湖泊那样），顺着埃布罗河（l'Ebre）、阿杜尔河（l'Adour）、加龙河，直接逃进海洋了。

扯回话题，尤利尔山圆谷，主要不是宏伟，而是很大，山头呈暗灰色，积雪部分融化，只能非常凄惨地说明，阿尔卑斯山脉这道大墙壁终将塌毁。我看那是积雪，根本不是冰川。极小部分为纯白色，尽管今年季节晚，许多处积雪已经开始消融，这里隆起来，那里则相反，塌陷下去，变成淡黄色，用不了多久便融化成为灰色的雪水，将大量泥土冲下山去。山体这样侵蚀，水土这样流失，究竟怪谁呢？只怪积雪吗？积雪还要怪南方刮来的风、焚风、撒哈拉吹来的西罗科热风。而西罗科热风也要说指责沙漠吧。是撒哈拉派我来的。我有什么办法？”

照我看来，积雪也好，热风、沙漠也罢，都可饶恕，我只怪人。

“怪我？”人说道，“这些峰顶那么高，我根本上不去，我有什么办法呢？”

峰顶？毫无必要。在支撑峰顶的山坡、下面几层梯阶，却大有可为。

积雪，当然每年都会改变山峰。到了七月份，积雪当然要融化；可是，山上覆盖的原始森林，如果一直受到敬重，这道活堤坝，长久得到我们祖先的尊敬和爱护，如果大斧也知敬畏而不毁林的话，那么大量的雪水就会被阻断分流，成为许多小溪，而不会汇成湍流了。

在破坏最严重的地点，有人说：“大自然在咽气”，而大自然正是在这些地方创造过生命。什么也不能让她气馁。她曾经特意创造出强壮的动物，力大无比，桀骜不驯，毫不畏惧恶劣的气候，怎么说呢？那些动物恰恰是从她的艰苦生活中汲取力量的。尤利尔圆谷一片荒凉，全都倒塌了，只是中央还剩下几间草房，逃避石头雨；而这里，要说从前，却生长着扶持山腰的树木，也许有一大片森林。我们看见了遗迹，不可否认的证据，表明这里的树木曾经十分茂盛。我看到两棵松树，心下十分赞赏：两棵瑞士五针松，傲然挺立，几乎靠在一起，特别亲密，无疑根须相连，相扶相助，结为同一个生命。两棵松树占据一个由栅栏围起来的颇大的院落。难道这是块墓地，有五六个不幸者在此生活？至少，这两棵非凡的树木是他们的安慰，当然也是他们的钟楼，他们的教堂。大家完全理解，一座神庙，在这里就可能是一棵树。这两棵松树粗壮的枝伸向天空，就像七枝的大烛台。

这是树木中生命力最强的，但是生长也最缓慢。这种树木需要几百年才能长成，不可能重新栽植了。这两棵岩松立在这里，就好似一种悲惨的抗议，宣告："永远灭绝。"

九

恩加丁

△ 这地区高尚而严肃的面貌。

△ 意大利－凯尔特这个种族的灵敏。

△ 移居。

除了坐落在科迪勒拉山系上、海拔极高的基多与另外几座城市，我认为恩加丁就是地球上人居最高的地方了。在欧洲，这是确定无疑的，而恩加丁地处最高的村庄，克雷斯塔（Crésta），海拔 6500 尺。

一道小州（Petits Cantons）山谷，海拔仅仅低 1000 尺，就保护得好多了，有果园，还种了庄稼。恩加丁则相反，刮北风还是刮南风，畅通无阻，遭受狂风的侵袭。东风从贝尔尼纳高原[1]冰川方向刮来，也相当于北风。似乎只有西面，恩加丁才有屏障保护。

1　贝尔尼纳高原（la Bernina）：阿尔卑斯山脉的高原，海拔 4052 米，在因河与阿达河之间。贝尔尼纳山口，海拔 2323 米，连接瑞士的恩加丁和意大利的瓦勒泰利纳地区。

为了更好地衡量恩加丁的高度，必须从意大利方向过来，由科莫逆流到基亚文纳，穿越栗树林、葡萄园，再从基亚文纳到维科索普拉诺。于是到了马洛亚山口，十分陡峭的巨大石梯的脚下，是一条穿越杉树林的盘山路。走完盘山路，还得往上攀登，抵达凶险的山顶，只见一片荒凉，终年受大风的击打。再转身望去，一眼便看到雅各所建的天梯[1]。

反之，若是取道尤利尔山口，那要稍微走点下坡路，就不会意识到，那段下坡路本身就是一座高山。迎接您的，友好地为您打开这地方大门的，是西尔瓦普拉纳：这秀丽的山村，极为洁净，刷成白色的房舍看上去很富裕。三面小湖，湖水很绿，映现周围岸边落叶松的倒影，尽管上方压着肃穆的山峰，在阳光照耀下还是显得很欢快。这几面湖有水流穿过，故湖水非常纯净，可以饮用。这里作为阿尔卑斯山脉一景，总体并不大，但是布局效果极佳。最显眼的中心点，圣莫里茨温泉浴场，宽敞而阳光充足，向我们展开笑容。圣莫里茨是个居民颇多的小镇子，开了几家店铺，有几个小商贩。镇子坐落在倾向尤利尔山脚下的半山腰，居高临下，又几乎与山谷相连。进镇之前，出镇之后，依次观赏这几面湖，及其周围的牧场、树林，能领略两种不同的景致。

落叶松呈淡绿色，正是儿童玩具的油漆颜色，比较喜幸。在杉树、粗壮的松树不能生长的地方，又见到这种淡绿色，

1　天梯：这里指巴别塔，即由挪亚的后裔雅各率众建的通天塔。

一棵每年都换叶的树木的青春模样儿，总不免让人感到有点意外。不过，还有更大的惊奇，就是在轻淡的山阴下，看到阿尔卑斯高山最珍稀的花，牧场上的雏菊，在这里完全像在别处一样常见。美丽的黄色银莲花，是植物学者百般渴求的，不惜任何代价，多难攀登的高山也要上去采撷，在这里非常多，简直太多了，车轮都几乎辗上了。我们车上的女士都惊喜赞叹，压低嗓门儿连连发出叫声。已是晚半晌（傍晚五六点钟），在东面山坡盛开的这些美妙的鲜花，在这种时刻照不到多少阳光了。它们全靠自身的美，丝毫也不借助于阳光的效果。它们在这夕照的阴影中，纷纷向大道倾斜，仿佛一只只眼睛，一只只大眼睛望着我们，显得那么神秘。

真是惊艳的场景。这些超凡的特殊花草，黄金也难买到，从不下山惠顾我们的花园，却孤零零生长在这高寒地区，而众多普通植物也不能来到这里。过了圣莫里茨，山谷宽了，相当开阔了，但是特别萧索。沿湖有三两座秀丽的村庄，依次在远处显现，村庄之间只有荒凉的牧场。一路上没有人家，也没有庄稼，也没有什么工业设施。一片静穆，正像到了高山之巅，例如登上里吉山所得的印象。不过，最重要的差异，就是在里吉山荒凉的牧场上，能看到阿尔卑斯山脉的所有高峰，能有说话的对象，能问候锡尔伯霍恩峰或者少女峰。这里虽然很美，也很宽敞，但是视野更为集中。贝尔尼纳高原的群峰，以及众多冰川和山泉，明知距离不远，也只能从缝隙中略微窥见一点。一般来说，群峰躲在次要山峦拉开的幕布后面。只觉得无比巨大，待要寻觅，却又不知哪里才能找见。

△ ▲ △

切莱里纳（Celerina）比圣莫里茨镇海拔低一些，就完全是平川了，已经暮色弥漫，笼罩在密布的水网傍晚升起的潮气中。向右侧望去，顶多十分钟的路程，有一座教堂、一座钟楼，上面还映着落日的余晖。这是当地居民的第二教堂，刚开始我还以为是给天主教徒建造的，其实这地方全信奉基督教。这种第二教堂坐落在每个村庄旁边，看守墓地，纯粹是为死者建造的。

萨马登村（Samaden）人口多一些（估计有四百户人家），设有中心驿站、法庭和学校，相当于上恩加丁的首府。全村建筑很像样。许多住宅颇为气派，门前有豪华的台阶、铸铁或铸铜的漂亮扶手、美观的铁栅栏（大多是上世纪的）。真有点像公馆。然而，那些书籍、导游手册介绍说，这些是富宅，就不靠谱了。在当地，极少见富有人家。您所赞赏的，是一种缓慢而正当获取的富裕，是明智和节俭的成果。侨居大城市二十年，在寻欢作乐和醉生梦死的奢华环境中，坚持艰苦朴素的生活，挣了五六万法郎带回家，买一块价钱贵而收益少的牧场，建一幢好房子。这个地方严冬季节长，房子要建得很好才行，可以关在屋里休息。养几盆花，虽然很费劲，但总归是生活中唯一的情趣。

△ ▲ △

这一切既可敬又感人。对任何事物都那么认真，都极其在意，在这小地方相沿成俗。一个人劳动了一辈子，有亲身感受，总会敬重几分应享的退休的安逸生活。萨马登有荷兰秀丽村庄的那种庄严，但是少些富实，显示一种特别适合于我的简朴。我在教堂看到用美丽的拉丁罗马语写的这句话："荣耀归于神"（A Dio sulet onor ed gloria），这句话特别适合于那些通过努力，获得一种体面地位的人。再往前不远，有一幢装饰鲜花的房舍（甚至有点像花园），我看到房前用德文刻了这样一句感人的话："一个人在逆境中得到了救助，时来运转后还记得暴风雨。"

在这庄重的村子里，有一家旅馆接待您，好极了——胜过豪华饭店！漂亮床单和美餐。真的很好，就连最喜欢舒适的英国人也留下来，稍微忘记一点自己的国家。这家旅馆诚实待客，一个难得的特殊标志："我在这儿喝到咖啡了"，没有添加物，真正的咖啡。三十年间，我在旅游中，喝到真正的咖啡也只有过两次，第一次在比利牛斯山区，加瓦尔尼附近，第二次就在萨马登的贝尔尼纳旅馆。

△ ▲ △

将近凌晨四点钟，我悄无声息地起床，到窗前站了一会儿，透过潮湿的玻璃窗观望周围的景色。低矮的山丘覆盖着疏密不均、明暗不同的树林，山丘之间的谷地、牧场和小湖，离地面水面几尺高飘浮着水雾，缓慢地爬行。整个景象颇为凄凉，有一种让人猜不透的神秘。这是夏天，而又不是夏天。太阳逐渐升起来，我看清楚了萨马登所处中心的地位，是道路的交汇点，而主要公路沿着几面小湖，从马洛亚通往蒂罗尔，另一条公路则交叉而过，只见它上坡通向蓬特雷西纳（Pontrésina）村，右侧倚着贝尔尼纳群山。这里进行小型贸易，有德国的谷物和意大利的红葡萄酒。

约摸十点钟，我在萨马登街上散步，忽然产生打听点什么的愿望。我瞄准三个在街上交谈的年轻人，看样子显然都是聪明人。他们看到我，反应也很正常，毫无我们小城市的居民看到外来客的那种令人反感的好奇神态。他们有礼貌地回答我，态度热情，却不是假意殷勤。这三个男子大约三十六岁。看他们言谈举止极有分寸，就明显感到他们有见识，有阅历，深谙世事，但是仍旧善气迎人。

侨居生活培养了他们。他们态度谦和，特别招人喜爱。我忍不住要举一个事例，是从（日内瓦的）比奈先生一本非常出色的小书里选取的。

比奈先生叙述道：我的一位朋友上次旅行，到了锡尔斯－马利亚村，在他所租的房子看到很多书籍，从中发现一部将近二百年前的旧手稿。这部手稿是由本地一个去苏黎世上大学的青年带回来的，出自他的几位老师的手笔，回忆友谊和对他的关照。只见手稿上有这些著名学者的签名，还有仔细绘出的纹章。而且，回忆完这一切之后，还写了不少安慰这名学生家人的话。这个青年受到喜爱和器重，只可惜害了病，英年早逝。

△ ▲ △

我们在贝尔尼纳高原公路上的蓬特雷西纳村住下来，能看到附近的罗斯格大冰川，脚下便是几股湍流的交汇处。傍晚之前，将近下午四点钟，我们出门走走。外面刮着清凉的西风（但是不冷），落日的一束阳光从尤利尔山顶射下来，也调解了凉风的温度。有人在给桥的护墙盖薄木板，以防突然冰冻又化冻会使石砌的墙开裂。这场景引起我遐想。我感到这寒冬的恐怖，冰冻四十度，能把湖水变成石头。这跟西伯利亚一样，但是又有所不同，这更加糟糕，就是太阳有时又突然忆起邻国意大利。一阵暴晒，就像大斧一般，劈向这块冻土，劈开，晒得一切爆裂，扫荡并烧毁一切。

这高原地区居住三千人。可是，不去外国挣钱，我认为这地方就不会有人居住了。怎么来耕种呢？一位居民，黎利先生的一本出色的笔记（托萨拉茨先生转交给我的），就完全说明了这里什么也指望不上。下雪季节，不仅长达七个月，而且夏天有时也会突然降雪。种黑麦毫无把握。有人试着种点大麦。我亲眼看见一块大麦田，是在向阳坡，非常避风的地方，但是种大麦极少见，也难保收成。饲草往往是手割的，不是抡长柄镰刀。草长得很矮，不过，非常鲜美，带点甜味（非常自然，草中夹着许多花）。因而产的奶质量高，数量少。

制作的奶油和奶酪不够吃，还要从外地买来。圈养的牲口照料得很好，吃上如此甜美的草料营养特别丰富，产下出色的幼畜、灰毛漂亮的小牝犊，都争相购买，能卖出好价钱。

树林里有一点活干，还有搞一点运输，能干的事不外乎这些。外出打工是这里的法则，是这个地方的命数。

△ ▲ △

很少家庭的人去外国当兵。给那些国王当雇佣兵，镇压他们的臣民，在恩加丁倒没有什么人认为这是丢脸的事。但是，这里人种个头儿矮小，没有高大的粗汉，可以招募去编入瑞士雇佣军。况且，这里的人有意大利的灵气，有一种艺术天赋。孩子长到十一二岁，便带到威尼斯、米兰、罗马或者那不勒斯学艺；在那些城市里，孩子很快就能从事他家乡所特有的艺术创作，一种意大利人喜爱的艺术。

众所周知，莫扎特的同胞，萨尔茨堡山区的牧民，就从事木雕艺术，将木雕作品拿到纽伦堡去。蒂罗尔地区就总是制作玩具。卡诺瓦[1]还年轻的时候，就雕刻奶酪来练手。相

1　卡诺瓦（Antonio Canova，1757—1822）：意大利杰出的新古典主义雕刻家，被报章誉为十八世纪末和十九世纪初欧洲雕刻的权威。第一件重要作品《达埃达洛斯和埃卡路丝》（1779），近乎洛可可风格。1802 年接受拿破仑邀请，到巴黎任宫廷雕刻师，为拿破仑制作了半身雕像和骑雕像。其名作，1807 年完成的拿破仑之妹波利娜·波尔盖泽的雕像，横依睡椅几乎裸体，是古典女神与当代人像的完美结合。

传，米开朗基罗有时做雪雕。恩加丁少年则雕刻糖块，制作模型。

十七世纪和十八世纪，意大利游手好闲成风，宫廷和社会生活，除了狂欢就是狂欢，实际上极少变化，因而特别喜爱出乎意料的情况，那类即兴的小玩意儿。在结婚和生孩子的庆典上，在舞会上，在盛宴席上这类神圣的场合，花束和抒情诗如雨点纷纷降落。喜庆中的一个喜庆，就是结尾时，在乐器的伴奏声中，多情的甜点心，加糖的抒情诗隆重登场，描绘礼拜堂、岩洞或者高山，还有鲜花盛开的森林、结晶体的冰川。按照《阿明达》[1]和《忠诚的牧羊人》[2]的风格，加进去牧歌。于是，什么艺术都混淆起来。餐后点心是歌唱、表演。这就说明了为什么小学徒吕利，在这种艺术中成为乐师。

求美，难办的是不分时间。必须应对各种任性的要求，不断地即兴发挥，通宵达旦营造一个世界，创造出这些牧歌、这些阿尔卑斯山，就像扎一束鲜花那样麻利。然而，糖也不好处理，不掺进面团里，一切都无从谈起。当时还没有模具。全部要用手来操作，而年轻人大胆而灵巧的手总有时尚感，掌握女性的古怪喜好，知道什么能引人高呼："Oh! à la

1 《阿明达》(*Aminta*)：意大利诗人塔索（Tasso，1544—1595）所作的牧歌剧。1573 年春天为宫廷演出而创作。剧情大致为牧人阿明达爱上山林水泽女神西尔维娅，但遭到女神拒绝。后来，他误信女神夭亡，痛不欲生，便跳崖自杀，幸而遇救。女神知其爱情坚贞，遂与他结为夫妻。

2 原文为意大利文：*Pastor fido*。

signora.”（啊！献给夫人。）

△▲△

面团艺术比什么都复杂，最没有定规，也最难学了。这是“与生”俱来的。完全是大自然母亲的赠予。幸运的本能，预见一种毫无定准的动因，灵感所产生的变化不定的效果！要有惊人的直觉，手法纯熟，不太犹豫，但是当停便停，分寸掌握恰到好处，过一点点，少一点点，都会前功尽弃。这个分寸极狭窄，又极精准，要求一种决断，慧心灵性的一闪念，这是法兰西之外不常见的。德国的表走得慢，意大利的表走得快，他们不是过，就是不及。我们恩加丁的高卢人，就完全具备这种法兰西的天赋。

不过，这种艺术越不是教出来的，入门就越难。到了某种时候，师傅也拿不准，有些担心，不免像班维努托·切利尼[1]在关键的铸造现场（如果可以相比较的话），以为毫无希望那样大发雷霆。碰到这种时刻，学徒就大难临头！真让人

1　班维努托·切利尼（Benvenuto Cellini，1500—1571）：意大利佛罗伦萨金匠、雕刻家，在法国和佛罗伦萨都有重要地位。曾为教皇服务，任教廷铸造厂铸压师，设计出多种金属制品，现仅存为教皇设计的两枚奖章。1540 年应法国国王弗朗西斯一世邀请，到达枫丹白露，用黄金制作一只盐碟，并加入法国籍，还受命制作了十二只以神话故事为题的银烛台。1545 年返回佛罗伦萨，得科西莫·德·美第奇信任，完成《帕尔修斯》（铜像）和托斯卡纳大公胸像，这是继米开朗基罗之后，堪称佛罗伦萨展出色的雕刻作品。

为孩子胆战心惊：他瞪眼瞧着，却帮不上手。

孩子的命运，的的确确非常艰难，他下了山，离开广阔的自由天地，下到这种洞窟，城中的地下室，终日闻着烧煤的致命的蒸汽味。追求欢乐的漂亮夫人走在维维埃纳大街上，闻到地下室的这种芳香，却想不到为她做这一切的青年艺术家过着怎样凄惨的生活。

然而，还是出现一线光亮，第一次成功，从恰如其分涂抹的颜料上，看出这种金黄色调特别温暖，以至一位前辈（敏锐的观察者）有理由宣称“赏心悦目”。所有画家都欣喜若狂。伦勃朗就努力采用橙黄色，用来温暖他所居住的地下室。

一个天真的穷孩子，克洛德·洛兰，什么也不会，始终是个单纯的少年，他仔细看了这种颜色，看进了眼睛里，就从一个糕点小学徒变成一个大画家。他从北方的地下室学会这种颜色，带到意大利，用到他的画幅上，倾注了对光的这份深情、固定太阳的这种爱的魔力。

△ ▲ △

有一个现象难以解释：这些侨居者生活在泥淖中，生活在腐败而有害的环境里，却似乎没有多大改变。其实，他们十二岁、十四岁背井离乡，就带着一个情人，是这个受宠爱而严厉的情人很好地保护着他们。

这个情人，就是未被玷污的贝尔尼纳高原洁白的雪。在地下室，在烧得白热化的黑炉膛里，她显现了。

这个情人，就是阿尔卑斯山区的花草，生于贫瘠的土地，但是超尘拔俗，远远高于山下的俗物。

正是这些紧紧拉住他们。他们长到二十岁、三十岁，透过那些城市的阴暗，还念念不忘。他们在外面闯荡，经历了多少坎坷奇遇，怀着忠诚的心回到家乡，还深爱着永恒的冬天。

十

雪与花*

恩加丁俗谚道："九个月冬季，三个月地狱"，颇令外来人惊诧。即使夏天，气温再高，也不至于热死人。拿今年来说，这季节很冷，七月份还生火。

然而，每天早晨，不管炉火怎么温暖，室外怎么冷，我也要挣扎着出门。奇花异草近在咫尺，诱惑力太大了。我们住在海拔六千尺的地方，只要再攀登两千尺高，那么就无需费力，便可以零距离接触阿尔卑斯山脉最高地区的植物。一位勇气十足的夫人同我一道登山，还有几位好朋友，不知疲倦的山里人。

不过，也有一次，我独自去了荒山野岭，不知受到什么独行乐趣的引诱。恩加丁还是鲜为人知的偏僻的地区，全是荒凉的山谷，来访的客人也只有风、太阳，有人可能认为这是精灵的神秘王国。这正是我要寻觅的。必须到一处僻静的、任何人偷窥不到的地点。

* 这一章楷体部分，均为米什莱夫人的记述。

如果说有谁知道这样的地点，那只有一个人，肯定是科拉尼，有名的猎人的儿子。科拉尼本人到了老年也成为猎人，狩猎植物。他只看重两件事：传统和大自然，认识所有树木、各种石头，同当地的灵魂完全契合。每一种花事先就非他莫属。他能准时去采撷，在家里就知道贝尔尼纳高原哪面不为人知的坡上，哪种花草开放的时间。

今年季节晚，雪期刚刚结束，他本人也急忙再上山瞧瞧，心情比我还急切，要抢先重新占有这座高山。天气还很恶劣。在这种海拔高的地区，风向变幻不定。一天要数次改变风向。虽是夏季，我们也常遭受春寒的阵风袭击。每天夜里还结冰。我们动身的前一天，太阳落到一大片变动而诡异的乌云后面（恶劣天气的征兆）。科拉尼知道不是什么好兆头，但是什么话也没有讲，只是喃喃咕哝着不为人知的草木和花的名字。

△ ▲ △

我四点钟起床，六点之前就准备好了。天空阴沉沉的。狂风扫荡着开始降落的雪花。无所谓，我们还是启程。乘坐山区的小篷车，前面完全敞开，我一动不动，迎着刺骨的寒风：这种风穿透力极强，能像钢针一样刺入骨髓。

我的右侧是贝尔尼纳高原，透过抖瑟的五针松枝叶，看得见白色的山峰。左侧景色更为凄凉，耸立着光秃秃的山，连积雪也没有，似乎极不好客。我们的车子顶风行驶，速度很慢。路上行人寥寥，都是在这星期天去听讲道的，他们不禁奇怪，看到“一位脸色苍白的夫人”，在如此糟糕的天气出行。

我们抵达一家旅馆，跟萨马登那家一样，也叫贝尔尼纳旅馆。无需进一步探求，从这一点就可完全看出，这条威严的高原山脉影响之大。看得见上面的冰川，许多棱角赤裸裸向我们显示绿宝石的锋刃。冰川向我们逼来，让人感到那压倒一切的重量。只要看一看冰川，就会不寒而栗。

在这阴惨惨而凄苦的一天，看到所有这些巨峰一座连着一座，比什么都宏伟壮观。群峰聚首，由灰蒙蒙的天空映衬，犹如白色幽灵，那景象好不凄怆。只有一个黑点，贝尔尼纳峰的尖顶刺向天空。道路两侧，全是旧冰川遗留下来的乱石。车从死者中间驶过。

虽是七月份，旅馆仿佛是为了逃避冬天折磨而建的避难所。没有人接待我们，门户紧闭，室内都点着大火炉，不知怎么连生活都低调了。——老板娘可怜我，给我盖了厚厚的被子。我们进入山谷。

这里，就好像巫婆施了魔术，树木突然消失了。视线全被遮挡住，在两座大山之间，景物越来越逼仄。山谷成为一条狭窄的走廊，爬坡通向斯特雷塔山口。山路颠簸，十分难行。一条浅灰色的湍流，在下方奔腾。车不能硬往前行驶了。我们在贝尔尼纳换乘了装草料的大板车。一片雪地挡住了去路。我像孩子似的，既害怕又敢闯，欢快地穿过雪地。

△ ▲ △

天壤之别，多么鲜明的对照！残暴的天给我们送来严冬。雪子替代了雪花。狂风呼啸，抽打着我们的面孔。我们的头顶，整个天空越来越阴暗。——可是，我们脚下，雪域的边缘，则有生命最可爱的形象。无可比拟的春季银莲花，微微躬身，一副淡紫色的理想装束。银莲花的花期已过，但仿佛在睡眠中，梦见美好的时刻。长长的淡黄色丝线，轻盈而柔软，而且带电，都倒伏在银莲花上，包裹着花蕾。——我问候初现的“阿尔卑斯”，一颗美妙而温柔的灵魂：正是这颗灵魂，让我在凄凉的地方看见了上帝。

人世在我们身后逐渐闭合了。再往前走，便荒无人烟了。到处一片令人敬畏的孤寂，然而，多么接近死了的自然的门槛，眼前就是这些永恒的坚冰！

我的向导健步走在我前面，他经常上山，见到一颗新灵魂，心情丝毫也不会激动。他既热衷于猎花草，也热衷于猎岩羚羊，从他的眼睛里，很可能看到野兽的闪光。每捕获一个猎物，他就哈哈大笑，显露一点猛兽的特性。这些花，便是一种猎物。

天空这么愁惨，这么阴冷，与生命为敌，尽管如此，空气中却弥漫着鲜花的芳香。月桂花色调类似紫丁香，也令人联想丁香那种沁人心脾的芬芳。在月桂树旁边，红门兰属的香子兰，从淡绿色的草间探出深紫色的花穗。再也没有比香子兰更为忠诚的芳香了。即使放倒了，深藏在腊叶标本集里，它的香魂还在回忆，似乎还在爱。

蓝色的大龙胆，已经开始凋谢，杯形花朵闭合了。巴伐利亚的龙胆光艳照人，在牧场上是主角，鲜亮的天蓝色星盘，在抖瑟中熠熠闪光。在这阴惨的一天，它是荒山上的全部快乐。正是龙胆还给我缺失的天，给我一片深邃的双重的天。

这地方气候太严酷。我根本没有找见树林的女儿莉内（la Linnée）：她通常隐蔽在五针松树下，在树荫下身披飘动的华丽长裙，佩戴稍有风就颤动的淡粉色轻盈小铃铛。我在这里甚至没有见到在尤利尔山斯普吕根山上发现的花（勿忘草和粉红色的马先蒿）。山坡太陡，没有形成泥炭沼地，从其发酵的泥水滋养这些花草。

这些花草用各种不同的谨慎方式面对自己的命运。龙胆花开花谢都很及时，茎长多高也看寒冷和受摧残的程度，往往要短一些。聚伞圆锥花序的风铃草，钟状花并不随风飘散，而是紧紧聚拢成为穗状，形成一窝蜜蜂。另一些花草，叶子集中在茎根，好似一圈领饰，始终靠近地面。这些花草，作为奶母和营养的供应者，都有这种防范的智慧。唯独乳子，花蕾，在晴朗的日子，一跃冲向阳光，贪婪地吸足阳光之后便死去。

这个自然条件恶劣的地方，却还是个避难所。移居到高山上的小花草，随着雪崩滚下来，落到此地，以为这里能够安居。于是，小花草根据所需的水、温度、阳光，进行自我调整，确定生长方向。然而，这里同样寒冷。冬季随着寒冷在这里延续（甚至到七月份）。可怜的小草（la fridouline）迁徙至此，还是没有改变命运。

这里空间狭窄，寒风比山顶还要凛冽，许多匆匆开放的花。容颜惨淡的高山钟花，不断受寒风的抽打，只好屈从于这野蛮的精灵，逆来顺受这样残酷的命运。

△ ▲ △

这工夫，科拉尼已经完全把我忘掉了，他走了很远，消失在乱石堆的迷宫里了。只剩下我了，孤零零一个人；我得到了所要寻觅的：高山的忧伤。雪天白惨惨的，半明不暗，万物静止不动。天空没有一只飞鸟，也没有一只飞虫给空间带来活气儿。一声嘶叫令我浑身一抖（那是一只受惊的旱獭），随后荒山显得更加幽寂。没有一条小溪，没有一股潺潺流水。下面那条湍流距离很远。只有空气，因受折磨而呻吟，不时还嘶叫，爆发出哀怨的长号。

我丝毫也不恐惧，但是整个一颗灵魂独来独往，感到正穿越无限，回到上帝那里。我这激动的心情中，甚至还掺杂着一种强烈的、古怪而苦涩的渴望。如果我喜欢这里，何必还下去呢？……

这就是登山的醉意、这种地方的诱惑力、飘飘欲仙的需要。然而，天也并非离这里更近些。天在我们心中，在无可指责的生活和心灵的正直中。

十一

恩加丁的命运

△ 将来要变成荒原吗？

我喜爱荒山野岭和高山牧场的程度要差些，更愿意在路上和村子里遐想。我想要接触当地人，可是难得遇见。我们在下面逗留过的蓬特雷西纳村，驿站和旅馆还有几张人面孔。上面的村子，仅仅五分钟的行程，就不见人影了。房舍非常洁净，显然也挺富裕，全都关门闭户，（七月份）连窗户都关得严严的。街上没有一个孩子，也没有一条狗。空寂无人。

我在荷兰曾经参观过美丽的村庄，也是空荡荡的。虽然房舍小，但是特别阔气，装饰着大理石和瓷器，还有绘画、收藏品，往往还拥有小船和运河，不像恩加丁的住宅这样沉闷肃穆，当然也缺少大仓房所显示的乡土的尊贵：大仓房赋予本地住宅一种说不清的可敬的古老氛围。

这些房舍，大部分比得上名副其实的堡垒。看这厚厚的墙壁，就会感到敌人，大冬天就在眼前，消停片刻，明天又要卷土重来。人们也能感到，外出务工的人在大城市里生活安全，习惯了更加温和的气候，回到家乡建房，在这荒山野岭中就处处考虑防卫。我一生多少遭际和磨难，阅历多了，头脑里似乎也产生过我们的贝尔纳尔・帕利西[1]提出的问题。帕利西生活在危险的时期，就有这种考虑："如何把自己包裹起来，关在大安宁里面呢？要营造一个稳妥的藏身之所，能保证安全的厚厚的甲壳或贝壳，不正是模型吗？"

贝壳如欲完美，就应当绝对封闭，没有任何开口。至少开口很小。在这面厚墙上，如同在一块岩石的凹陷处，窗洞从外往内收缩，最里面才是窗户。老实说，这种住宅主要是看里面。自成一个世界，不渴望外界任何东西。顶多旁边有个迷你花园。每个小方块的蔬菜（少见的种植）都围上了木板，就好像一只货箱。花卉在九个月的保护期间花费很高，在夏季天气最好的日子展现在窗前，不乏娇娆的姿色，但是要遵守随时回到保护箱的条件。

△ ▲ △

最现代的住宅，地基垫高了，正门建了我说过的颇为气派的台阶。老住宅很有特色，过厅特别大，拱顶低矮昏暗，

---

1 贝尔纳尔・帕利西（Bernard Palissy，1510—1589）：法国制陶师，主要从事于制作颜色铅釉的简朴粗陶器，多为圆形或椭圆形的碟子、水罐，以及船形调味壶，饰以花木、禽兽画或寓言神话故事图案。他的《令人惊奇的论述》（1580）一书，是关于自然历史的讲演。他还探索过中国白釉的生产奥秘，研究成果写入《黏土的艺术》。帕利西同著名的人文主义者交往，并加入胡格诺教派。在宗教迫害和战争中，他于1588年被捕入狱，并于次年死于狱中。

左侧一道门通仓房，右侧一道门通卧室。仓房高大宽敞，房架用了好看的褐色木头，雕刻了图案；具有极佳的观赏效果。后来的住房，要隐居生活八个月，保证安全，因此就不能过多花费在仓房上。房舍就像一座教堂。炉膛里燃烧着富有树脂的好木头，散发一种极好闻的气味。饲草也很精美，饱含生命的芳香，牲畜受到诱惑，几乎总想吃如此美味的饲料。牲畜真是幸运的囚禁者，与主人家毗邻，同栖一处，人畜甚是相得，主人喂养它们，很好地呵护照料它们。

其他几道门通厨房、客厅以及内厅，而朝南的内厅十分严密，是全家人相聚的地方。墙围镶有发红的落叶松木板，或者非常光亮的坚不可摧的五针松板；四壁色调偏暗，然而悦目，能让被雪晃花而疲倦的眼睛得到充分休息。

家庭的宝贵记忆就在这里，世代相传的箱子威严地摆在固定的角落，箱子上有精美的雕刻，还有家族的纹章。不管是不是贵族，家家都有自己的标记，或者象征图案，如同我国从前那样，市民，甚至农民，都有家族的徽章。祖先的画像，悬挂在墙壁和窗口最显眼的位置。

△ ▲ △

大炉子很像样，有五六尺高，在房间占一大块地方，上面空间直到棚顶，贴墙有木板格子架，罩着非常干净的布帘。不知为什么，主人向我展示神秘的地方。火炉后面隐藏着一条狭小的楼梯，通向天堂。我指的是一间阁楼屋子，在火炉的正上方，当严冬肆虐的时候，夫妻就躲到这里，紧紧搂在一起，过起旱獭冬眠的生活。火炉并不接触天棚，只会送上去非常惬意的温暖。

这是北欧人的享乐，易动真情，又集中心思，刻骨铭心，他们爱之胜过一切。这种享乐本身又特别温馨，与天寒地冻的户外形成鲜明的对照，尤其显得极为宝贵。在俄罗斯，这种享乐富有刺激性，成为这个种族的命数。

这里的人非常成熟。一个人四处闯荡，饱经沧桑与风霜，只能更好地感受这房中的魅力。他曾经卖苦力的美好的南方，阳光灿烂的地方，我可以肯定，今天他不放在心上了。为了通向这幸福小窝的狭小楼梯，他情愿放弃意大利的那些诱惑。

△ ▲ △

在此地，火炉是生活的真正底蕴，也是宗教本身。罗曼语的古老《圣经》，摆在搁板的正位上，旁边有路德或者梅兰希顿[1]的版画像。不过，阅历多的人就不大排斥了，有时我还发现，《圣经》旁边摆着圣母像，是模仿拉斐尔所绘圣母的形象。

1　梅兰希顿（Philipp Mélanchthon，1497—1560）：德意志基督教新教神学家、教育家。1518 年任维滕堡大学希腊文教授，他与宗教改革领袖路德相呼应，1519 年同路德对手艾克辩论，为《圣经》的权威辩护，先于路德批驳变体论，确立因信称义为神学的根本原则。1530 年他草拟的《奥格斯堡信纲》，阐明了信义宗的立场，是他对宗教改革的重大贡献。

真正的圣母，就是妻子。是谁充实整个住宅？是谁给家里添了生气、灵魂？显而易见，唯独妻子。她没有男人那么疲惫，带着气候的能量，凯尔特人的个性，全身心投入婚姻。这可不是软绵绵的德国女人。大家还记得，著名的岩羚羊猎手约翰·科拉尼有个女儿。要论目光敏锐，腿脚矫健，枪法百发百中，他只有一个对手，就是他女儿。女儿如同父亲，一身是胆，野性十足，迷恋这种危险的行业，鄙视婚姻；她燃烧着。走过去，保持着童贞和青春。

△ ▲ △

尤利西斯出门旅行，他妻子珀涅罗珀则不然，必须留在家中。也许她思想上更为不安，觉得冬季太长，当地太荒凉僻远。他们乘雪橇出去拜访几次，这对她就足够了吗？对男人是够了。他喜欢安歇。这种漫长的冬季，甚至逼迫人安歇，正是这一点促使他更喜爱这地方。他就像一棵树，纤维和看不见的根须都深深扎在这里——像五针松那么多的根须，往各个方向伸延——也像挺立在大地上的落叶松那样，根扎得很深，尽量深深扎进去。

内室的装饰也毫不逊色，据我看，非常和谐。夫妇二人，在瑞士通常都非常恩爱，由于严寒的气候，就在这里相依为命。男人曾外出打工，挣了一小笔财富。女人总顺着丈夫的口味。我观察到一个小小的现象，从而对独处家中的女人产生很好印象：窗户玻璃大多凸起，带条纹，而且特别厚，能透进阳光，却看不见行人，这表明女人对外界并不好奇。佛来米女人[1]则恰恰相反，坐在堪称镜子或“密探”的窗前做活，眼睛总观察外面。同德国女人相比更有天壤之别：德国女人卧在小客厅的封闭玻璃阳台里，而阳台悬空凸出，她不必站起来，整条街道的情景，从头至尾就能一览无余。

△ ▲ △

喜欢深居简出的男人，就意味着不好客吗？绝非如此。这里并不像荷兰和其他一些国家那样，房门要上三道锁。看到这些人饱受苦难，并没有变得尖酸刻薄，也并不怨恨人类，我真是又惊奇又感动。他们欢迎外来客，住宅条件很好，客人可以放心来住。我尤其通过一位画家来判断这种情况。那位画家是斯拉夫人，很有才华，满怀激情，行为怪异，一连好几年，成为游荡在贝尔尼纳高原的岩洞、冰川的鲁滨逊。他是他们时刻关注担心的对象，得到他们的令人极为感动的照顾。常有人给他送去佳酿，葡萄酒。每逢恶劣天气，大家就逼他回村，冬季留他住宿。他在村里感受到兄弟般的情谊。

---

1 佛来米女人（la Flamande）：讲佛来米语的种族的女人，这个种族分布在比利时与荷兰部分地区。

△ ▲ △

恩加丁人有一件事十分不利，他们受其遏制，无所作为。他们认为过一段时间，他们的语言和种类就要消失。

难道是受大自然的威胁吗?

他们所担心的，似乎只有冰川，唯恐从前占据当地的冰川会来收复失地。听人讲了不少故事，但是已经很古老了。莫特拉奇冰川吞掉些许山区木屋。据他们说，罗塞格冰川的名称，也是源于一个非常悲惨的传说。新年如此，在太阳出来之前，蓬特雷西纳的神父总要去做“messa di rosadi”（露水弥撒），也就是清晨弥撒，追思罗塞格冰川吞没的一个村落的死者。

这种灾难倒是屈指可数。渐进的毁坏、递减的生命则更加令人担心。萨拉茨先生对我说，十五年以来（大约从 1850 年起？），好几种鸟离开了恩加丁地区。还有一种非常精明、非常谨慎，差不多生活在世界各地的动物，鹊雀，一直开发这个地方，结果决定离开了，甚至离开了气候温和的下恩加丁，将它们的产业搬迁到别处去了。

羱羊灭绝了。岩羚羊越来越稀少。如今到哪儿能找见这高山之王，老科拉尼约翰·马齐埃一生猎杀的 2700 只岩羚羊呢？这个王国的继承者，我们今天的科拉尼，当年还年轻，很久之后才登基，成为没有王国的国王。他的臣民，那些岩羚羊，已经灭绝，消失了。于是他变换路数，看准植物，专猎花卉，提供给两个世界。

然而，生活差异多大啊！多么伤心的变化！从大无畏的生活跌进科学领域，仅仅变成一个机灵的植物学家；即使从事这种新职业，他也受到德国的征讨和侵害。荒僻的牧场，哪怕在海拔八千尺的高山上，也不再是可靠的避难所了。一些绝无仅有的奇花异草，已然消失了，制成了木乃伊，从此就埋葬在人称博物馆的这些大墓地中了。

莫非这就是恩加丁的写照？它能存活下来吗？它会变成一片荒野吗？或者成为德国普通而毫无特色的一部分？

当然了，德国本身也极为独特，这位富产科学的母亲，我们都非常敬佩，并以子女之情爱她。不过，坦白地讲，在她之外，她外面的肢体，就十足庸俗了。德国的极端文化，比例过于失调，到处控制，挤压“le genius loci”（地方才华）。德国是个大园艺，复杂而专业，扼杀所有小植物，而小植物有些非常珍奇，它们开花是大自然之功。

格里松州是瑞士最大的州，面积广阔，可是全境仅剩下四万人讲母语了。在上恩加丁，居民讲两种语言。德语在教堂和学校是通用语言，逐渐在新一代人中间，一代一代推广了。

地方语言死了。洪堡给我们讲述，在奥里诺科流域，我说不清是什么地方了，他看见一只活了百年的老鹦鹉，讲一种陌生的语言。那是一个早已消失的部族的语言。一位老者对他说：“等这只鸟和我都死了，就再也没有人讲这种语言了。”

△ ▲ △

参加库尔议会，投票处理事务的“公民”，数目并不多（听人说，在圣莫里茨只有二十三人）。其他人呢，普通“居民”，在政治生活中就没有份儿，他们不大看未来，也不怎么愿意建立永久家庭。我很少碰见孩子。

这个地方的目光，似乎已经转向过去了。在我看来，在任何地方，死者都没有占据如此大量的位置。教堂给当地平添一种巨大的忧伤魅力。蓬特雷西纳村的教堂矗立在半山腰，在山中令人敬仰，切莱里纳村的教堂则建在孤立的小山岗上，产生极大的效果。德国却较然不同，“最能折腾死人”，意大利也大相径庭，频频展示骸骨与墓冢，真是别出心裁。恩加丁则给予死者居高临下的位置、最体面的居所和长眠的王国。

十二

瑞士五针松树木和人的退化

△ 一位植物学家的预见："庸俗化将大行其道。"

△ 两种优良树木曾使高原宜居。

△ 本世纪如何力图全面抹杀英雄。

蓬特雷西纳这个古称，意为"雷蒂桥"，村庄地处极佳位置，在两条湍流和主要冰川的两条道路的交汇点上。我见过更为壮观的景物，但是在画家的眼里，哪处也不比罗塞格冰川更和谐，组合更好，乃至更为美观；这座令人赞叹的冰川，坐落在两条湍流的上方，从蓬特雷西纳村就看得见。

朋友真好，他们把不便留给自己，把更适于工作的地方让给我：一个漂亮的房间，又向阳又宽敞，我可以舒舒服服地看书、写作、思考。两扇窗户，一扇朝东，一扇朝南，每一扇都是一幅画。罗塞格冰川在南面，不远不近，在一道崎岖山谷的尽头，两侧全是树林，牧场沿着湍流通向圣莫里茨村。东面那条道路缓坡通到高处的蓬特雷西纳，我提过的秀丽寂静的山村，继而通向这里根本看不见的莫特拉奇冰川。就是那座村庄，也只能望见半山腰上的尖顶，那是1500年前不久，为死者建造的教堂。

这样的景色，尤其早晨，以及将近中午，看着非常迷人，甚至有几分欢欣。一种感人的欢欣，正如一个预感冬季来临的地方，初升的太阳送来夏天的温暖。牧场的青草颜色浅淡，又细又短，五针松林一片黝暗，那架石桥包了木板，一切都是严重的警示。

△ ▲ △

我又恢复老习惯。早晨待在房间看书，写作。此刻正在看阿尔封斯·德·康多尔的学术著作《植物地理学》。

有一天，我读到书中一句话，令我深长思之，我这样概括表述：庸俗化将大行其道，不断推进，终将侵占世界。

“在不同国家，普通植物越来越多。本地的植物种类将丧失独特性。”（第 803 页）

“道路两旁栽植的树木、农作物等等，将标志我们时代的特点。森林和山区的植物会越来越缩减了。”（第 806 页）

他还补充道：“森林和山区的植物属于事物的旧状态，要让位给一种新状态。”（第 807 页）

原始的旧状态，万物各具原初的特点，差异十分鲜明；取而代之的新状态，更为丰富，但品种减少，无论什么都要相像了。

早在康多尔之前，阿加西斯就向我们指出一个重要事实，并且做了一个彰显效果的比较。“我们欧洲植物（约有六十种，其中好多种是野草）侵入美洲，正在毁灭美洲植物，恰如白人以同样方式与同样规模，正在消灭印第安人。”（《纳沙泰尔的社会》，1847 年 11 月）

△ ▲ △

恩加丁的一位出色的学者，帕里奥庇先生赏光来看我，我向他提起他的家乡前景。他凄然一笑，对我说道：“我们的语言将要消失。”——采用另一种语言，用一种外语思考，这不等于换掉灵魂，死掉自己的天性吗？

萨拉茨会长先生也对我讲过一句话，同样严重：“将来我们就没有树林了。”

没有树林，一切就完了，这地方就会变成一片荒原。

这话令我震惊，也让我伤心，我感到自己特别关注这件事情。

我力图持怀疑态度。看到有些地点还覆盖着茂密的树林，很难想象这种灾难会降临。然而，生活在消耗，人类生活的改善，日益增长的五花八门的需要，就是向树木发动一场全面战争。这种情况到处可见。在此地，一种特有的差异，就是树木更新十分缓慢。

等到房屋寒冷，只能用山下的木柴取暖时，运费很高，又特别慢，使用许多马匹，攀登陡峭的山坡，要经过马洛雅山口那样险峻的梯道，到了那一天，这个地区会如何呢？

再说，覆盖这一带的树林一旦消失，让位给湍流、溪涧、积雪或乱石的沟壑，那么这所房子还会幸存吗？这些村庄还能维持下去吗？我所在的这个地方，同蓬特雷西纳村一样，距离山峰相当远，即便如此就安全了吗？谁不知道这种山体突然崩坍，巨石从山上滚落下来呢？树林还在这里掌控局面，是非常必要的，而树林毁掉之时，这座可爱的村庄就无宁日了。

△ ▲ △

两种树令人赞叹，造就了当地的活力：英勇而健壮的五针松，即使连根拔起，几乎也能永世存在——开朗的落叶松，不断更新，每年返青，是在模仿永恒的青春。

在这种气候极为恶劣的地方，这两种树能够延续下来，是自然的一种奇迹，值得探求解释。热量与生命力，在这两种树木里集中，受到保护，密不透风地封闭起来，所穿的内衣抵得上一座房子，在最寒冷的冬天，也能维护好“这个家”。这种防护衣，就是松脂。

一般来说，这种针叶树或者富含树脂的家族，生长在大北方，只能万分谨慎才得以生存。它们呼吸特别小心，绝不会贸然对外面空气张开大口子，仅仅微开缝隙（如同昆虫的气孔）。空气缓慢导入，同树内的碳元素结合，不仅提供营养，而且这种营养物逐渐变稠，变黏，化为松脂，从而关闭整个树身，抵御冬季的寒风。

这种树脂以三种方式抗拒严寒。首先，它是一道封闭的防护墙。其次，它高度黏稠，不会冻结。第三，因为含碳，它就不导热，绝不让热量散发出去，反而集中保存在树体之内。

松脂不透气，不溶解于水，也排斥电，拒绝这三种能改变自然万物的大溶媒。它覆盖并保护不再活动的全部肢体，每个分子也随之进入死亡状态。既是高性能的保存剂，又是促生长的催化剂。松脂支持年轻的分子，赋予其定力。终于到了春天（奇迹啊！），松脂重又变软，恢复生命的柔性，重新活跃起来。

△ ▲ △

松脂中最精纯的是落叶松脂，即人称威尼斯松脂，细腻到极点，渗透力极强。微量威尼斯松脂注入任何活物的肌体内，就立即渗透，穿越整个循环过程。

在任何艺术中，这种松脂应用得多么广泛啊！所有画家都需要。就连音乐家也用到弦乐器上，弓弦抹了松脂声音更响亮。

况且，松树本身不就是一种工具吗？在寒冷的恩加丁，人们惊奇地看到，落叶松提供的这种暖色调，使居所在色彩画家看来都十分悦目。落叶松同阿尔卑斯高山花草一样，畅饮灿烂的阳光，从中采纳好似年轻血液的这种美丽的红色调。

落叶松吸收这种颜色，是通过大量呈辐射状的一束束针叶，而针叶更像珊瑚虫，以其小手臂在周围寻觅探求。绝没有太沉重的粗枝，但是根须很发达，扎进松树所喜爱的土壤，云母片岩中：那一片片闪光的云母就是一面面镜子，极好地反射着热量和阳光。

对于所结的松果，松树也很明智，虽然秋季就成熟了，仍旧保留在树上，直到来年春天才试着脱落。有了这未来的保证，松树就内敛集中，封闭起来，在冬季呼啸的寒风抽打折磨中，只是弯弯躯干，任由大风刮走已经没用的叶子。脱了叶的松枝，就不大挡风了，在风中摇来摆去，根本不抵抗就是最有效的抵抗。

再发新叶，非但没有消耗殆尽，反而制造出无数奶母，为自己增加汁液和生命力。于是，落叶松焕然一新，似乎年轻了，成为一片更为幸福土地的孩子。落叶松的伙伴，一成不变而又十分严肃的五针松，认不出它来了，从古老的内心注视着它。

落叶松是高山的希望和欢乐。落叶松不停地劳作，再造森林。可是做得越多，人索求越多。落叶松要满足当地千百种需求。是谁提供这些护墙板？是落叶松。造起这样可观的大仓房，是谁的功劳？还是落叶松。落叶松美观的香木，应当用于更高的艺术，却大量挥霍，装饰房舍了。

应当指出，自然对待落叶松有时很粗暴。别看落叶松那么矫健，勇敢地抗击冬天，到了春天却易受伤害。树内敏感的汁液往上升，这时候最害怕寒流的袭击。冒冒失失跑到冰川边缘生长的落叶松，受刺骨寒风的侵袭，就不免遭到这种命运。看它们的样子非常可怜，半死不活，瘦弱到了极点。

△ ▲ △

五针松见此情景，似乎要对落叶松说："孩子，到这儿来干什么呢？"

只有一种生物有权在冰川边缘生存。在十个月漫长的冬天，唯独它不死，在近前面对面看着冰川。寒冬能冻裂岩石，可是树却满不在乎。寒冬气急败坏，大发淫威，就是奈何不了这种深厚而顽强的生命。狂风猛攻，暴风雪肆虐，积雪成堆，埋葬一切，但是埋不掉五针松。五针松最大的天赋，就是不承负一点重量。过不了多久再一看，落叶松已经摆脱身上的雪层，健壮的手臂穿透并抛掉积雪。它又在雪中再现，泰然自若，总把华丽烛台似的枝杈举向天空，而每根枝子都高傲地装饰有一团团松叶。

朝冰川走去，一路景象惊心动魄。一切生命都逐渐缩减。能长成高大的树木，为了在这里生存，都长得短小、单薄，构成微不足道的矮树林。就连雾凇之友，北极地带、俄罗斯的桦树，面对野蛮的精灵冰川的残暴，也不免畏惧，变成侏儒了。在冰川的边缘，能见到五针松，那么高大，生机勃勃，没有发生丝毫衰变。在避风的山坡上见到的五针松，枝干都长满了地衣，显得萎靡不振。然而在这里，五针松脱掉了可悲的外衣，在狂风中投入一场大战。它没有披挂，好似一个出色角斗手，有力的根须牢牢抓住赤裸的岩石，等待雪崩，举着胜利者的手臂，不屈不挠而大义凛然，挺立在这死亡之地抗议，显示着永恒的生命力。

△ ▲ △

看到五针松在寸草不生的岩石上如此健壮，人们不禁要问：它靠什么供养这种力量。无疑要靠冰川变动遗留的碎石尘土供养，但是尤其靠阳光。

阳光！高洁的生命！卓越的食粮！阳光赋予这些阿尔卑斯高山居民以崇高品性。而山下的生灵，靠大地的喂养，靠乌云带去的变化无常的馈赠，只能处于卑微的依附地位。高耸的山峰，乌云抵达不到，土壤也纯粹是岩石，而阳光更为均匀，更加强烈，能替代山下的营养。

因此，光照充足的这些高山草木格外鲜亮。因此，落叶松特别高雅，而更高的山上，五针松则超群绝伦，统治着什么也不生长的地方，在万物终结的地方获胜，并且关闭自然的大门。

这表明五针松麻木不仁吗？五针松叶子表面坚硬，里面却很敏感，完全能感受到霜冻的侵害。从松叶浅黄褐色调就能看出这一点，这是出人意料的。这寒冬之王，照耀着温暖的阳光，美在它所经受的痛苦，也美在它在内中所保持的高度镇定。

五针松本身也有慰藉，它的高黏性的树脂，能治愈创伤，时刻防卫，还构成五针松一种相对的永生。

五针松从容不迫，寿命长达多少世纪。五针松做得少，但是做得好，缓慢地加工，精益求精，使它这令人赞赏的木质臻于完美。五针松的生长期，也只需一千年。

人们真想判断一下这种极其缓慢又极其坚强的生命。植物灵魂中最持久的灵魂，在自行运作中发生了什么情况，猜测一下该多有意思！沉闷外表里有巨大的活力，五针松在克服许许多多障碍的过程中，必定具备自卫的本能，独自的天命，设法拯救或增强生命的预见性。

一个美国人想象，在生与死之间，还有许多中间状态，生与死这些字眼完全是相对的，他这种臆想很有可能。死亡的生命，以及生命的死亡，朦胧的、无意识的思想，无力行动，甚至无法弄明白，分析不清楚的梦想，这类情况，想必在这些树木漫长的生存中也会发生，而这些树木，可以说被永久保存，犹如埃及的木乃伊，然而，它们在渊默的面具下还活着。

△ ▲ △

伤害五针松是一种犯罪行为。唯独这种树木，人们永远不会再种植。

一种上百年才能长人手腕粗的树木，谁还会种植呢？我们处于功利主义、躁急的时代，谁还为后代人着想呢？

可是，另一方面，人又要徒然地设法用别种树木取代五针松。要徒然试着采用轻型桦树（缺少活力），以及北欧生长的别种可怜的树木。它们全都无力在那里活下去，受冰川的威逼，它们只能处于发育不全的状态，长得十分矮小。而且，尤其太阳，对它们是可怕而致命的，在某些日子，太阳瞪上一眼，就能灭掉它们。

五针松抗击这两者：寒冷的利箭、太阳的烈焰，坚持战斗并守住了阵地。自从有了阿尔卑斯山脉，就有五针松了，五针松守护着山脉，对抗两种大破坏。

在森林王国中，五针松生长在很远的地方，范围很广，上到冰川旁边，下到山谷，一直到意大利各地。五针松是阿特拉斯[1]巨灵神，几千年间擎住南面十分陡峭又布满沟壑的山坡，在峭壁上用雄鹰或秃鹫般的利爪抓住岩石，阻挡碎石流。高山悬在五针松的上方。

五针松的不幸，正是英雄的不幸。五针松生存条件十分艰难，要经受苦难，不断战斗，抗命运打击的能力再怎么强，还是保留一颗温柔的心，内部容易遭受攻击。五针松木质细纹均匀，芳香而讨人喜爱，毫无瑕疵，容易加工，这便是与生俱来的巨大不幸。不费力就能砍倒，可以随意雕刻。这种亵渎圣物的行为由此而来。一个愚蠢的牧人，用他粗制的刀子，将这生长千年的树木刻成粗劣的岩羚羊、可笑的山羊，运到维也纳、纽伦堡、莱茵河地区去卖。明天，蠢妈妈就给爱破坏的孩子——保护阿尔卑斯山的这颗深心——做成玩偶，任凭孩子拆坏，丢弃，烧毁！

保护一方的圣物啊！圣物活着，这地方就能维持，就还

1 阿特拉斯：希腊神话中提坦巨人之一，普罗米修斯的兄弟，曾是西方广大地区的国王。他反对主神宙斯，攻打奥林匹斯山，失败后被罚在世界两端擎住天。后来他又变成一座大山，胡须和头发变成森林，骨骼变成岩石，头变成山顶。

生存。圣物死了，这地方也就随着死去，渐渐消亡了；砍倒最后一棵树，最后一个人也就会消失了。

△ ▲ △

早晨工作之后，我独自出门，过了湍流，登上对面一段山坡，去拜访森林，问候我这些五针松，同它们聊一聊。在古老的森林中，这些稀稀落落的美树，显然深受山体破坏之苦。好多棵五针松根扎进泥炭沼地，躯干缀满苔藓，枝杈很惨，披着厚厚的地衣，逐渐受其控制而窒息了，它们再清楚不过地表达我看了康多尔著作之后挥之不去的想法："庸俗化将大行其道。"

它们黯然神伤。我对它们说："亲爱的树啊，我看你们就像人。你们病态的森林，令我联想到人的森林。你们的遭遇，正是本世纪的普遍特点。富于发明创造的世纪，似乎不大喜爱伟大的事物。没有什么会如此有效地铲平一切突起来的事物。也没有什么能如此认真地摧毁英勇的种族，根除英雄。"

平原成为本世纪的主人，就向高山开战了。

高加索山脉，最美最高傲的白种人，曾在那里辉煌一时；

克里特山，希腊还保持纯种的唯一地区（其余各地都混杂了）；

斯堪的纳维亚山，海洋老国王的岛屿；

这一切或者已经，或者即将被摧毁，夷为平地。

北美洲那些高尚的印第安人，如今安在？高卢人（其女儿曾生育了伟大的莎士比亚），如今安在？苏格兰高地兵团（les Highlanders）如今安在？那些士兵不是被英格兰剥夺干净，又为英格兰死在滑铁卢吗？

低地德语（le platt-deutsch）走向北方，扫荡哈姆雷特的故乡。俄罗斯大平原即将夷平索比斯基（Sobieski）高地、查理十二[1]高地。

世间曾经存在一座城市，可以称作精神的高山。从那高山喷出一柱火焰，曾经照亮大地。明天，在精神高山的旧址，将建成群氓的低俗旅馆，住进大批粗野的家伙，鄙视一切，尽情享乐。

1 查理十二（Charles XII，1682—1718）：瑞典国王（1697—1718在位）。法国十八世纪启蒙作家伏尔泰撰写了《查理十二世历史》（1731），把查理十二描绘成史诗和悲剧的英雄人物。

十三

我们的时间可以回溯吗？

△ 欧洲精神的没落。它的创新活力。

△ 在高山上冥思。

△ 瑞士对伏尔泰、卢梭、雷纳尔、罗兰夫妇的影响。

△ 登山者。小说。不健康的书籍。

△ 儿童山中旅行，

△ 山对青年的影响。

△ 在半山腰的耐力和重新攀登的努力。

“忧伤是一种罪孽。”古波斯法律如是规定。

相信不治之症，那就非病倒不可。

为不久于人世而哭泣，那就会把余下的生命哭干。

我们悲伤，不管有多么正当的理由，我也不认为走下坡路是最终的法则。

△ ▲ △

我经历了太多的世纪，见识过太多我们社会的轮替阶段，不会就这样降低、削弱信念和希望。假如我忽略人类灵魂的猛醒，假如我无视欧洲这个生命家园的潜力，那么我所研究的两千年历史的成果就会丧失殆尽。欧洲这个存在体，非常富饶而完整，除了高级动物所具有的正常生活的器官，还拥有辅助器官，能修复创伤。重振衰退之势，还隐藏着意想不到的力量，在衰弱的日子，会从人所不知的源泉涌现出来。

如果以坚定而冷静的目光纵观世界，就不难分辨我们的衰落，还比不上从前的衰落：中国或拜占廷的贫瘠，就是具有决定意义的标志。性格的懦弱，并不妨碍精神依然强劲，富有成果。甚至这种懦弱，也可以说，在一定程度上事出有因：我们的旧大陆是个奇妙的实验室，这些无穷无尽的成果，所有昨天创造的这些艺术，大大地耗散了我们的精力。

美国的活力（这种高涨的激情让我们欣喜若狂，给了我们快乐和希望），并不妨碍我认为，大地的感觉中枢还在这里，在欧洲老母亲身上。美国的四盏反射灯（法国、英国、德国和意大利），光束交叉，给了美国一种无比强烈的光亮，因此美国能看清自己，深刻认识自己，能识辨病症和药方。欧洲则特别清醒。欧洲极富创新发明的才能，洞察事物的本质，自然也能反观自身，看透人的内心。在创造的许许多多艺术中，将出现一种最高的艺术，即培育并再造灵魂的艺术。

△ ▲ △

我知道这种艺术要求一种极端（难以实施）的条件，必须暂停将我们带向各个方面外界行动的巨大车轮，而将我们的目光定在我们之外并远离我们的地方。

我在蓬特雷西纳凝思的日子，能拿出几天送给会让我们焕然一新的人该有多好！一种独特的寂静，减弱，缓和了各种纷扰思想的无意义的喧嚣。在这种寂静中，感官更有把握地抓住一切。天空澄净透明，消除云雾制造的幻景，缩短了距离，不仅能望得更远，还能同时看到许多景象。在别处只能看见局部的景物，在这里便可一览无余。呈现眼前的是巨大的和谐，一切相互关联，相互制约，完全排除了幻象，保证了真实性。

这种和谐还丰富并延伸真实景物，甚至延至目所不及之处。罗塞格冰川极为和谐，我顺着令人惊异的相似景象指引，猜测出一些隐蔽的部分，而且通过意识看到了我看不见的景象。这就是古代所说的幻觉的秘密，不无道理，但是本身却无法解释，只能说通灵者的目光可以透过身体。

洞察自身就更困难得多：潜心冥思，这是古代智者上山居住的目的。他在山上，就可以重新掌握自己，自己的精魂既摆脱陈规陋习、随波逐流的惯性，也摆脱内部的自我——总之，自行飘荡在自身之上。

灵魂自我感到一种无限，就会大大增强进取精神。即使人类在天平上，也没有多大分量。谁不记得世界一方面是哥白尼、伽利略，可是另一方面呢？

在阿尔卑斯山脉面前，任何虚假的伟大都立不住，任何世俗的权力也都保不住虚假的威信。在这里，只存在一种权威，即理性、真实、意识。

我于1865年8月，在勃朗峰附近，写出本书第一页时就曾有过类似的感觉。到了1867年7月，我在蓬特雷西纳享受的清静的时刻中，这种感觉再现，而且更加明显。旅行家们跑遍了山区，不断地攀登，我也同样向上行进。山的这种鲜明而清晰的概念，第二次光顾我的头脑："山就是一种进取。"

△ ▲ △

看一看在1789年觉醒之前不久，伟大的十八世纪如何在大自然本身，重新汲取英雄的情感，应该是很有意义的事。

伏尔泰，人以为是彻头彻尾的艺术家，可他却是城里人和沙龙人，一直无视大自然，他在日内瓦湖所作的诗篇中，才发出第一声（激赏的）惊呼。卢梭创作《萨瓦副主教》，就取阿尔卑斯山脉作为背景，在《高山信札》中采用了坚定的、大胆的语调。

两颗伟大的心灵，罗兰先生和夫人[1]，在投入行动之前，

1　罗兰（Roland de La Platière）夫妇：丈夫让－玛丽（1734—1793），法国工业科学家，受妻子玛侬·菲利普（1754—1793）的影响，投入法国大革命，成为温和的吉伦特派的首领，1792年担任吉伦特派组阁的内务大臣，他极力反对雅各宾派，极力阻止给路易十六定为叛国罪。国王被处决后，他辞去部长职务，因国民公会被雅各宾派控制，他逃出巴黎而妻子被捕。但是听到妻子被处决的消息，他便自杀了。

就去大自然中磨炼他们的坚忍精神了。

瑞士拥有叙述大事的精彩的编年史，但是他们特别忽视用石头建造纪念碑，以便世世代代默默地宣讲多少代人的事迹。一名法国人停在四州湖湖汊交汇的中心点，心头猛然产生一种虔敬的冲动，浑身因一种义愤而微微战栗。他不是一位国王，也不是一位大公，不过是一个哲学家[1]。他不能容忍在吕特利（Rütli）牧场宣誓争取瑞士自由的三个人，还没有树起一块纪念碑。他留下来，在一座岛上为他们建起一座金字塔形纪念碑，从前到那里的人还看得到。后来，纪念碑被雷电击毁，残留的石块又被自由的敌人给清除了。然而，他们抹不掉这种义举及其在文学中留下的痕迹。这位法国人虽非天才，却是个有才能的人，有一颗过分饱满而热情洋溢的心。这颗心受瑞士的启迪，在瑞士汲取了这部著作的思想，而且在二十年间，这部书被人视为新旧大陆的一本《圣经》。

单薄的我，但是美好的记忆，表现了在一个被人认为十分腐朽的时代，人心还多么纯真，在这个地区得以飞升。某某人，是从这地区的冰川下来的，带下来朴实无华的灵魂。还有某某人，看见这里巍峨的陡峭山峰，便感到一阵英勇无畏的冲动。总之，从那里回来的所有人，无不更加高大了。

---

1 雷纳尔神甫（Guillaume-Thomas Raynal，1713—1796）：法国历史学家和哲学家，著有《欧洲人在印度和美洲的机构和贸易的哲学和政治历史》（1770）。1750 年至 1754 年，他主编过文学杂志《法国信使》。

△ ▲ △

这种回忆同人们今天所见形成鲜明的对比：如今，大批世人，喧闹的乌合之众，夏季蜂拥而至沙莫尼山谷、因特拉肯镇，冲击瑞士山地，将其世俗之风带进这些崇高的荒山野岭。莫非他们身上突然增长了一种新意识：热爱大自然吗？莫非这是一种阳刚的冲动，大胆地去亲近艰险的事物吗？我们愿意相信如此。一位廷德耳[1]、三两个受人敬重的名姓，并不能制造出这种幻象。可是，就大批人而言，人们所见，那些在本国举止还端正的人，还多少遵守点规矩的人，到了瑞士就认为可以为所欲为了。

不要再亵渎阿尔卑斯山了，不要把平原的粗俗意识带进山中。我们要力求这种朝拜、至少成为一种神圣的时刻，推迟堕落的进程。

这些地方，应该受到尊重。看重的首要一点，就是不要把当代富有刺激性的、病态的文学带到这里。甚至一些出色的作家，可能受人赞赏的天才作家，其作品高超的手法、讲究的文笔，会形成极大的反差，不适于在这里阅读。在任何别的地方看那些书，那好极了。到这里，请诸位少带书。有几本自然史，或者几本精彩的简易编年史，这就很多了。面

1　廷德耳（John Tyndall，1820—1893）：英国物理学家，论证了天空呈蓝色是由尘埃散射太阳光线而形成的。发表论文 145 篇以上，如《作为运动形态的热》（1862）、《光学六讲》（1873）、《水的各种形态》（1872）。

对这部鲜活的、威严的、极其纯洁的大书，任何人类著作都显得渺小。在这部大书面前，一切都显得可怜。

甚至宗教的、神秘的书籍，在这里也是多余的。所有特定的宗教，面对这种俯视它们，涵盖它们的巍然宗教，声音就太微弱了。世间的神灵，你们都肃静吧。让我聆听上帝。

阿尔卑斯山脉的肃穆伟大，这些崇高的处女峰的纯洁诗意，对我们的弱点和我们的小说，必须拒之千里。在这些高山的永恒性面前，计较个人的遭遇，带去小肚鸡肠、无所事事的烦躁，这些本该掩藏的毛病，实在是不自量力了。这些地方充满活力，是值得纪念的欧洲自由的摇篮，山区的生活十分艰苦，危险而勤奋的劳动为世界树立了样板，而奥贝尔曼（Obermann）的闲愁，在这里又算得什么呢？在森林的大胆探险者和日内瓦的不知疲倦的工人之间，虚妄幻想和空虚的忧愁能有什么意味呢？

爱关乎一切，完全同阿尔卑斯山脉一样神圣。我并不轻视卢梭的真诚、力量。然而在克拉朗，谁能再去读读《新爱洛漪丝》呢？任何文笔、任何才华，在这种地方都难以立足。大自然，在这里太宏伟了。历史，在这里的两岸战争中太悲壮了，幸好希隆的地牢还可以作证。

梅耶里（法国地名）和克拉朗（瑞士地名）的这种直面相对，是绝无仅有的，对此有个人讲了一句很精彩的话："人在这里所感受到的，比一种个人的激情更高，超越这世上的任何爱。这是宏伟、崇高、博爱的意识。"

深刻的宗教言论！谁能相信，这是出自拜伦的手笔

(《恰尔德·哈罗德游记》，第三章注释)？比起他的全部诗章，这句话更能真正配得上阿尔卑斯山脉。

我在梅兰根（Meyringen）时，就想阅读，再看看他的《曼弗雷德》。可是没有如愿。这种令人伤心的颂扬，这种虚假的神秘，这种虚假的悲剧，任何地方，任何时代都不会发生，却在这种地方发出雷鸣。令人遗憾的构思，安排复仇和恶之神涅墨西斯坐到这些冰川上，殊不知这些有益的冰川[1]，以其发源的大河流，给了我们生命、健康、欧洲丰富的物产！

△ ▲ △

瑞士并不是完美无缺的。但是，我认为在瑞士值得赞赏的，首先应当是一种真正的天赐之福，即童年在这里享有温馨的自由，这些儿童的节日令人欣羡，让童心充满甜蜜。我一进入沃韦，就遇到一个节日，只见数百名儿童（大约十二岁），男孩子女孩子混编成队，每人都举着小旗，唱着歌在城里行进，既守规矩又很自由，确实特别感人！

我在旅行的路上，经常看到有人带着旅行的小队儿童。在斯普吕根山口，我就遇见一队，来自远方，来自讷沙泰勒，看样子他们穿越了瑞士全境。那些孩子年龄很小，但是背着

1 涅墨西斯：希腊神话中的专司报应的女神。

轻行李，徒步旅行，并不显得太疲惫：他们已经开始学习旅人的生活，体验小小的冒险，第一次像成年人一样行动，一个个都满心欢喜。他们一路上，我不能说是在一名教师的带领下，而是伴随着一名不大妨碍他们自由的教师。那是个年轻的教师，我挺喜欢他那副严肃认真的样子。他的太太同样年轻，和他一路同行，非常和蔼可亲，关注一切，脸上不无几分倦容，她跟随着这群可爱的孩子，以母爱的呵护将他们围住并包裹起来（1867 年 7 月）。

没有比这更迷人，更感人的了。瑞士儿童很早就这样，单纯而有节制地走遍美丽而自由的祖国各个地方，从小就热爱祖国，在生活、习惯和感情上与祖国紧密相连，与祖国同命运共呼吸。

△ ▲ △

不过我认为，不是这个国家的人，旅行没有这种爱国主义性质的人，稍微晚些，我是指青少年，晚些游览阿尔卑斯山，才会有无限的收获。儿童不大感觉到宏伟巨大，他们特别注意平凡小事，往往毫无意义，尤其是偶然发生的小事；他们不是当地人，只是偶然来到这里，就势必产生一种偏见。这种年龄的人记忆力很强，置入记忆便抹不掉，能终生保留所遇事物的怪异特征。某某人，到这极其崇高的地方，只会记住一个行人，是他见到的一个傻子、一个滑稽可笑的人，天晓得还有什么怪物？

“然而，等长大了再次游览，阿尔卑斯山脉就会产生效果了吧？”不要相信这种说法。事物始终标志着最初给我们深刻印象的特点。

如今的家庭，比从前更多温情，不大愿意同自己的孩子分离，走到哪里都带着。这本是一件很好的事，但是也应当承认，好事却留下一种弊病。孩子对一切都无动于衷，小时候受年龄的限制，以狭隘的眼光认识的事物，在他的心目中始终很小，而且无关痛痒。到处都可以看到一些年轻的先生，他们还是婴儿的时候，就被父母带到海边或者山上，长大了对山海就再也没有什么兴趣了。“阿尔卑斯山吗？那当过我的摇篮……大西洋吗？见识过，见识过！”

△ ▲ △

一次旅行，就想要跑遍整个国家，一股脑同时领略事物的多种多样和鲜明的对照，领略往往反差极大而不协调的景色，就难免会有副作用。一个季节游览阿尔卑斯山脉，一个季节游览比利牛斯山脉，这就过分贪大求全了。混杂的印象如果接连而来，就会彼此消磨、混淆、相互扭曲了。

有趣的做法则是选定一座高山，标明山上生命大序列的特点。标出山上每个阶梯同人的关系，以及在大自然本身的位置，还有什么比这更有意义呢？空气逐渐稀薄，富含树脂的森林向我们的电力提供了有用的分泌物，从一个梯级到另一个梯级不同植物群的生长带；这已经是一种教育了。每座山就是一个世界，可以独自构成一部鲜活的科学教材。

对于一个思想先进的人来说，有一种变动更大、非常丰富的研究，就是专门研究一条河流，例如罗纳河或者莱茵河，记录这条河流所有的曲折变路，河流两岸多种多样的所有物产。

什么办法也不如这样，能更加高度概括，也更加准确地认识事物的现实，能在水流不断冲击而毁坏，冲垮，降低山体的过程中，看到让人受骗、让人伤心的现象的真正价值。瀑布和溪流不断对我们说：“谁是死亡？谁是生命？……如果说我们在毁坏阿尔卑斯山脉，那也是为了送去冲积层，肥沃德国的土地，增加阿尔萨斯田地的肥力，增高荷兰的地表，保卫和支持荷兰抗击海洋的入侵。”可见，这种分解无非是一种创造。

水流冲下山的成分，离开静止的孤独，去同河岸、平原交好，似乎很快乐；而这种喜悦，就由朗贝尔巧妙地记录下来。人们听到它们说：“走吧！……结束贫瘠不育的生活，进入事物的演变和生育的进程。”

△ ▲ △

我们时代一种十分致命的倾向，就是想象人的天性意味幻想、懒惰、无精打采。贝纳丹·德·圣彼埃尔之流、夏多布里昂之流，以及他们的模仿者，在这方面刺激我们的神经，已经做得太过分了。与古代完全背道而驰的观点：明智的肯陶洛斯人[1]，将少年英雄置于山洞中，放在绿色清新的森林里，以便让他们获取最卓越的能力。

我绝不相信如实看待的天性会把人心引向缠绵脆弱，倒是希望给青春的危机保留有益的大激情，因为人在这个时期需要支持。不要以为夸夸其谈就够了。还是收起你们的说教，让阿尔卑斯山脉宣讲吧。

同山和海的两大亲密接触，留待这种时刻很有用处。在生命初醒，初次冲动时，就去接触大海。当感情发生危机，耽于欲念时，就去接触高山。在这种时刻，我要把人从他自身劫走，不用讲冰冷的空话，把他从天性中拉出来——怎么办，就是把他带到阿尔卑斯山上，带进大自然本身的怀抱中。

我并不是冰冷青少年的心。恰恰相反，我会以更加高尚的热情爱青少年。

我要带青少年去莫拉（Morat）和森帕赫（Sempach）：那里发生的战役值得纪念，瑞士争取了自由，也为世界的自由做了铺垫。

我要带青少年登上高耸入云的圣戈塔尔山峰，那是分水岭，溪流彼此道别，前往三个国家。这些水系，时而温驯有益，时而野蛮凶险，将各个山谷连接相通，迫使山下的居民和睦相处，联合起来，组成强大的联盟，控制了湍急的河流；

1 肯陶洛斯人：又称马人，希腊神话中半人半马怪。他们的头、手臂和胸部是人体，其余部分为马身。他们居住在深山，性格残暴，常与人格斗；但是也有一些，如喀戎，则是人和神的好友。

后来，这种蛮族的激流还在南方摧毁了红胡子[1]，在北方摧毁了大胆的查理[2]。可见，瑞士的友爱团结、伦巴第的联盟，这些国家的伟大灵魂，可以说源自阿尔卑斯山脉，是由其河流及其水系的神秘性唤醒的。

△ ▲ △

这些事例就此打住，我不会再进一步阐述了。《山》这本书，我一章一章写下来，表现了我们在大自然中汲取的英勇的力量。现在，我们正在阿尔卑斯山后旅行，只见又一座阿尔卑斯山峰高高耸立；我的目光越过这本书，看见另一部在这里开始的著作:《人类的繁衍》。

今天就够了，已经够了。这本小书不管怎样，有权接受我的感激。书完成了，我感激你。在长期生活和艺术（始终惴惴不安）的搏斗中，在一段黯然等待的时间里，这本书防止我下滑，在半山腰将我拉住。我在历史和大自然之间，通过一种幸运的轮换，得以保持自己的高度。假如我仅仅追随

---

1 红胡子，即腓特烈一世（Fré-déric I，Barberousse，1123—1190）:神圣罗马帝国皇帝。他要实现支配欧洲各王朝的美梦，曾对意大利进行五次战役，但是最后一次战役（1174）他败于伦巴第人之手。古代希腊人、罗马人把外族称为蛮族，作者故云“蛮族的激流”。

2 大胆的查理（Charles le Téméraire，1433—1477）:勃艮第公爵，他要东扩疆域建立起一个直达莱茵河，包括勃艮第、卢森堡和尼德兰的统一王国。但是，1476 年他被瑞士人击败，1477 年战死在南锡城下。

人，追随人的野蛮史，我就因为伤悲而衰弱下去。假如我潜心研究自然，我就会像如今许多人那样，跌入对人权漠不关心的状态。我经常往来于这两个世界。在研究人的过程中，每当我快要喘不上气了，我就接触一下“Tena Mater”[1]，于是便重新起飞。

这是这本书的全部秘密。如果它再给我新生，如果它给我抹掉二十个世纪，那么你哟，年轻的旅行者，你带着全身力量和整整一生，但愿你在这书中能找到一个起点！但愿对你来说，这本书是一座中等高度的山峰，拂晓到此可以歇脚，辨认一下自己，再以准确的目光确定目标，继续攀登，冲向更高！

1 拉丁文，意为“可靠的母亲”。

注释

这样的小书，多多用引语和提示，赋予一种科学的面目，是很容易做到的。然而，在一部架构紧凑的作品中，这些引语和提示所产生的效果，很可能起徒增模糊而难解之点，让读者停留在那些会喧宾夺主的细节上。

我们不要忘记，每种题材一旦出版一本天才之作，大量工作立即跟上，论证、评论、理论或游记，等等，都是有价值且有用的，但是母体作品却被人稍微遗忘了。关于冰川，我们头几章的主题，关键的书是阿加西斯（Agassiz）的作品［《研究》（*Etudes*），1840］。在他之前，乌吉（Hugi）、维奈茨（Venetz）、夏彭蒂耶（Charpentier）都有所论述，阿加西斯则系统地扩大了他的成果，以非凡的才智阐明了这个问题。他的后继者德佐尔（Desor）、马丁斯（Martins）、蒂恩达勒（Tyndall）、什拉根维特（Schlagenweit），也都实至名归。欧洲在它的最高讲坛，怎么没有留住一个如此杰出的人呢？这样一位大师，怎么到大洋彼岸执教去了呢？——他最先确定了（《研究》，第 304 页）世界的一个时期——冰川时期。这不单纯是一种假设。他无懈可击地指出，如果人们不承认这一理论，所有争论的事实都变得不可解释了……有人回答了吗？没有。对地球的观察、逐渐认识，这些都来为他作证，于是冰川时期逐渐为知识界所接受。许多人在他们的书中谈到这个时期，作为公认的事情，却不回想一下第一个开路的人。

还是阿加西斯最先（在乌吉之后）感到，攀登过一下还不够，必须“在冰川上逗留”，住在上面，同冰川一起生活以便认识，必须在那里度过几个月、几个季度。乌吉、阿加西斯、德佐尔，都在冰川上安营扎寨，在极端恶劣的气候条件中坚持下去，给世人树立了勇敢、坚韧和忠于职守的榜样。

冰川交替进退，五十年来就有记载，正如我讲的，这种极其重要的现象，可以说是欧洲状态的一种物质的（甚至精神的）温度计。1811 年大旱，逼退冰川。1815 年、1816 年、1817 年，连续三年阴冷潮湿，又让冰川大大推进（维奈茨）。阿加西斯说，1840 年，冰川推进一大片面积。1857 年非常强势，非常炎热，准备了一轮好年景（见沙赫特论述），促使冰川不得不消退。的确，查理·马丁斯先生 1865 年登临冰川，他指出冰川大大退却了。不过，1866 年至 1867 年，两年潮湿，冰川无疑又向前推进了。

著名的赖尔（Lyell）试图解释冰川巨大漂块的迁移，不是借助于冰川的运动，而是借助于类似从此面向我们漂来的、也挟带着砾石的浮冰。阿加西斯指出，这种解释碰到一个难题：这样的浮冰在海面下方体积巨大，而比起水下的部分，水上的部分则不算什么。要负载重如冰川的巨大漂块，必须像大西洋那样，海水极深。

在描绘生命系列的图表方面，再也没有超过舒迪（Tschudi）的书了，而且，他的书还有丰富的个人观察和有趣的事例。这是阿尔卑斯山的一本小圣经，应该人手一册。旅游者也会喜欢随身带这些可爱的书：朗贝尔（Rambert）的《随笔》，马尔哥莱（Margollé）和舒尔切尔（Zürcher）的《登山者》《攀登》，雷伊（Rey）的《莱芒湖》，米歇尔斯（Michiels）的《岩羚羊》。

有三本主要的书、三个人和三个国家，比较一下非常有趣：既有勇气又有判断力、既稳重又和谐的德·索绪尔先生的智慧；同大自然完全契合、像阿尔卑斯山脉一泓美丽而纯净的湖水那样，十分生动地反映大自然的舒迪那颗德国美丽的心灵；最后，还对“九三年”[1]激动不已的南方法国人，激烈而狂热的拉蒙（Ramond）。除了某些夸张的词语，还是应当承认激情往往赋予舒迪第二视觉，预见并推测大地的“九三年”。这个人本身就十分引人注意：他长期寻觅迷茫山历经艰险，后来坐到残骸遗迹上，不由得发出这样一声哀叹：“多少无法挽回的毁损，让人在自然的怀抱里恸哭！”

人同自然，人类社会同产生人类社会的大都市，能够轻易拆开吗？我们从前的旅行家愉悦并引人入胜，只因在他们的著述中，人们透过风景，总能依稀看到人。现代旅行家大多数都非常专业（这人专长植物，那人专长贝壳类，等等），他们只提供资料；这

1　指 1793 年。法国 1789 年大革命发展到 1793 年达到高潮。是年，处决了法国国王路易十六（1 月 21 日）；巴黎三十万人起义（二月二十四日）；外国建立反法联盟；在巴黎成立公安委员会，左派雅各宾派掌权（四月六日）；通过共和元年宪法（六月二十四日）；政府宣布为革命政府，直到确立和平为止。

些资料固然有教益，但是难以卒读。

在第七章（“大地升起……”），我又重新想起一件被人忘得一干二净的事，即我们的专家认为只要跟随他们的科学走，不受社会的任何影响就行了，却不知不觉受其影响，并将这种影响带进他们的科学体系中。毋庸赘述，我绝无意表明，这些杰出的人，一方面有赖尔们，另一方面有布赫们、埃利·德·博蒙们，完全被社会影响所控制了。

我谈到埃利·德·博蒙的胆识、他那种尝试的重大意义，凡是像我此刻这样眼前放着他的词条“山脉体系”的人，都不会感到惊讶；须知他的词条［1849年版《道尔比尼词典》（*Dict.de d'Orbigny*）第十二册，第187—311页］，本身就是一部大书。他开宗明义，就表达这样的思想：“一种严格的分析能表明，大地上有一条总规则，而天空却没有显示这种规律的任何迹象。”地质学这门新学科还从未敢对它的前辈，在高空俯瞰我们的天文学这样讲话。

△ ▲ △

略微讲一句我的第十章，谈谈总体的大地和这个星球创造。

观察的科学，仅仅到1600年，才由伽利略真正开始了。创造的科学自拉乌瓦西埃（Lavoisier）始，略早于1800年。

创造的科学是我们世纪的大特点。本世纪首先创造出机器和力量。它还创造出植物（不是单纯的变种，而是长久存在的品种）。它也为了植物创造了不同的土地，使植物再生和更新的栽培周期。它同样创造出动物的种类，有用而令人赞叹的怪物。

奇特大胆的进步。本世纪超越了大自然。十年来给我们生产的苯胺毫无自然色彩。面对人的闪电，人发明的电光，太阳也失色了。不过，最令人诧异的是，从惰性的矿石中，我们提取了似乎最难捕捉的东西，所有种类的香料、香精和精剂。石头也饱含酒精。而且（是否应该把话讲完？中世纪也会被吓退），石头也动物化了。雌性的奶水，女人的香甜的乳汁，我们从石头里提取出来了。

我们在发酵中、在发电中，发现了无机物升华到有机状态的通道。人们假定的无机物和有机物之间的永恒隔障逐渐变矮而消失了。我们将一切都视为活力存在的状态。人们原以为永恒的死物质，将是明天的生命。一切都是未来或现今的生命。一切都在持续不断地从一种生命形态滑到另一种生命形态。

旧科学的漂亮划分，三界怎么样了呢？从矿物到植物，直到植物的最高能量（葡萄汁、精剂），没有任何阻隔障碍了。从植物到动物，阻隔还要小。莫兰（Morren）在沼泽地里看到一些植物，在温暖的阳光下，每天四小时成为动物，等太阳偏西，又恢复为植物。不过，植物和动物这两种生命，尤其在爱的神圣时刻，就凸显出完全平等了。有些鲜花上升到最高动物的水平，相当于哺乳动物了，有同样的精液。（洛尔泰，*la Preissia*，1867）

总之，石头通过发酵，就化为生命精气。植物，通过爱，就化为人。

创造！难解之谜，中世纪骇人的怪物。然而对我们来说，这就是通常的生活，也正是我们每天所见所做的事情。无需奇迹。在繁殖力如此旺盛的世界里，如果没有奇迹的话，那就是总乜不产生什么，总也不创造什么。

一块大陆，世界新的一部分，是如何创造出来的呢？现在我很赞同如下说法：大地，通过她的小动物——珊瑚虫的生生不息，自行分泌出来一片新的用武之地，谁知道呢？也许就是一个欧洲吧？坐落在南半球的海洋中，作为一个替换的大陆，以备万一我们的大陆用坏了，或者毁于一场灾难。

起初是出现大量的岛屿，数百、数千座小圆山从波涛中露出水面。形状极佳，不给它们强大的敌人——南半球的巨浪——什么可占据之点。那些巨浪从极地涌来，毫无阻碍，浪峰重叠，以万钧之势冲击过来，但是在小圆山之间转旋，耗掉了一部分力量。这些岛屿，这些可爱的小天地（然而对航海者构成极大的危险），每个都有粉红条纹的白樵石，不久在腹心就积存了一点儿有利于植物生长的淡水，往往一株不怕海水的美丽椰子树就长起来了。这便是微型的大地，已经是地球的一个缩影了。

极少有孤岛。旁边总会来个姊妹岛，随后又来许多。每个岛都是一环，群岛环环相扣，可以放海水通过，但又击碎浪涛，以便更好地自卫。这样环形的群岛共有十七个，一起拉成一个大圈子，犹如一个巨大的环，长近五百海里。这就是希望。工程还在进展，礁石延伸，没有过多少年就阻断航路了。

珊瑚虫这些好工人碰到的障碍，就是贪婪的鱼。鱼在水中像吃草一样，吞食还柔嫩的珊瑚骨，吸收其钙质，经过消化，再排泄出来白垩。这种白垩又生成纤毛虫，而珊瑚虫则靠纤毛虫为生，结果又回收了钙质。珊瑚虫的钙被鱼破坏，经消化，又通过这种途径喂养珊瑚虫的后代。有趣的循环，让人清楚地看到大自然交流的非常简单的方式。

拉马克猜测出来了，他说道："石灰岩是活物，由动物制造出来。"世界这个庞大的部分，在地壳中占极大的比重，这么多土地、这么多山脉，这些层岩和这些采石场，正是我们凿石筑城的地方，这也算是一种分泌作用吧。在一种永恒的循环中，石灰岩有时分解，重又进入生命，由植物、动物（它本身也是动物）消化，还要经过流转，变化，在一些时代无活力，到另一些时代又成为有机体。

这一切是什么时候发生的呢？很可能一直进行。在由波涛汹涌的大海所沉积的最古老地层中，我们发现了硅藻类，这些燧石的小生物，跟今天的硅藻类一模一样。高高的安第斯山脉的温泉湖里有鱼，也就有鱼所食的纤毛虫。那么在火山喷发的时代，为什么就不能有适于火中生存的动物呢？"它们在斑石中，在玄武石中没有留下痕迹，等等。"这证明不了什么。它们可能经过化学再合成，同它们本身的元素相反，在化合中消失，泯灭了。

大地创造了她的创造者。液体自然上升，内渗到矿层中，近乎植物的吸收：植物若是渴了，吸收就变成汲取，我差一点用吮吸这个词。吮吸一词，难道就应该由动物专用吗？其实，植物跟动物一样，也要汲取和吮吸。最早的动物，和植物差异不大，全都是小吮吸类。

动物性植物，或者珊瑚虫，半生命半岩石，大自然的这种游戏，复制大地，模仿不动的地球。一些小生物则以活动的地球形象出现了，游荡的生物，在大星球胸脯上的无数微型星体，它们可以搬运自身的岩石。地球带着地壳活动，小生物也以地球为榜样，带着它们的表层，它们的贝壳行进：表层和贝壳是保护它们的隐蔽所和屋宇。石灰岩的小生物、燧石的小生物，它们无声无息，以它们的躯体，以它们微小的残骸加高，建造了世界上最高的山脉，为地球储存了高级生物的元素。

小生物，为了自造，有其幽秘的本能，如同一种吸引，一种内部的引力，也就是爱。首先，为自己而爱自己（借且若弗鲁瓦·圣－蒂莱尔的话说）。它们自爱并自我珍惜。这就构成了每个生物发育的全部细节：喜好、选择，偏爱（达尔文语）自身对自身有益的东西，能够拯救自身，增大自身的东西，能够为自己安排小小的运气的东西，也许能够改变并提高自己的东西。

这就是生命通常的方式，如果事关小世界、微生物，今天人们还比较容易接受。那么地球上的大生命，为什么情况就不同呢？大生命，为什么就不可能像人称珊瑚虫的小地球（动物－岩石－植物）那样行动呢？大生命做工，出于各种极为不同的动因，拥有各种手段，却未能确立（颇为愠怒）珊瑚虫或蜜蜂那种极度的匀称大生命倒是以一种格外迷人的多样性，造出了我们居住的这种有趣而富丽堂皇的珊瑚骨。

我憎恶排除爱而创造生命的两种假说。

1. 偶然性的假说。有人推测，一颗游荡的星体受到吸引，从地球附近经过，越过赤道北面，可能减少了总压力，引起我们地球内部液态物质的狂潮，从而隆起这些高山，即所谓的旧大陆、新大陆！［斯克罗普（P.Scrope）］

好一个偶然事件，不过常理不能接受。谁肯相信简单一撞，就能创造出这种令人惊叹的、如此巧妙组合的体系呢？

2. 万能机械师的假说。这个机械师从锻造并安装无活力的机器的方式，他巧妙地一用力，就让这个世界突然出现，真是让人咋舌的奇迹，既无相互关联，也没有爱的交流，他再把这个世界放到滚轮上，用车一推，说一声："去吧！"这种假说不配上帝。

神的思想意味着生命和缓的方式、温馨的孵化和母体的护拥，尤其是耐心的继承，时间的无穷。

暴力、霹雳和闪电，这种野蛮人用来创造世界的野蛮机械，恰恰（人人都能观察到）要促使新生夭折，促使生命流产。

能在卵中保护幼小的鸟儿脆弱生命的，正是人们在大自然中感到的这颗善良的大写的灵魂，而大千世界、所有太阳和所有银河，都是在这颗灵魂上创造出来的。

每颗星球，都自有一份宇宙的灵魂，受到这颗灵魂的支持，天生受附近太阳的吸引，自爱而爱整体，一致而和谐，自我创造并同宇宙完全合拍。

真正古老的诸神，都平易温和。L'agni（ignis,《梨俱吠陀》中的火），给人世增添活力，同时又是家庭的好伴侣，是她和他之间，男人和女人之间的朋友，爱的热情的调停者。后来到了混乱时期，才出现野蛮的创造者，使用雷电的因陀罗[1]。

---

1 因陀罗（Indra）：印度教吠陀经籍所载众神之首。此神好战，是典型的雅利安神灵。他以雷电为武器，征服人间和魔界的无数敌手，征服太阳，杀死延长季风雨的天龙。

△ ▲ △

关于第一卷第十一章第 113 页，提到印度老朽了。这种老朽而欧洲人的忽略、粗暴，在游记中表现得太突出了，尤其在瓦伦（Warren）的趣味盎然的游记。他在英国军队里服役，自然不会引起怀疑，而他欣赏英国人，视英国绅士为理想的人。——胡克·克莱霍恩（Hug Cleyhorn，1861）和布兰迪斯（Brandis，1863—1865）的著作指出森林的衰败，以及为时已晚的补救的努力。——动物跟树木一样，丧失了生存空间。在上个世纪，大象的聪明还是尽人皆知的［尤其参看富歇·德·奥布松维（Foucher d'Obsonville）的作品］，如今都痴呆了，假如我相信孔帕尼种马场经理的见证，那么大象就成了干粗活的普通畜生。参看一下《道尔比尼词典》，他的重要词条"大象"。

关于第一卷的第十二章，关于爪哇等，我眼前放着几本重要的颇有教益的书：《抢光和克劳福德》（*Ra fles et Crawfort*，1824）、《布鲁姆、爪桂花卉》（*Blume*，*Flora Jawce*，1828）、《霍亨多普》（*Hogendorp*，1830）。《沃尔克内尔》（*Walcknaër*）这本出色的选编也有参考价值。爪哇的婆罗洲（Borne de Java）、沃伊（Voy）、《斯潘塞·S. 约翰，婆罗洲的领事》，这些放在一起很有意思，特别好理解聂佩思·爱德华西阿纳（Nepeuthes Edwardsiana）的奇观。

△ ▲ △

关于第二卷的头几章。山与森林是不可拆分的，森林不仅是山的衣装，而且从多种角度看，还是山的表现和解释，我不揣冒昧地说，就是山的语言和声音。我们如饥似渴地阅读我们所能知道的德国看林人的全部著述，所有那些极好保留老传统的人。沙赫特精彩的《树》高居其上，荫庇整体这个重大的主题。我们于1857年美好的夏天，在枫丹白露的橡树下，第一次读了这本书，此后无论去哪里，我们都随身携带，去看巴约纳的松树林，去看阿尔卑斯山脉的杉木林、石松林，去看普罗旺斯的木桧槠林。

一些有趣而方便的书，施莱登（Schleiden）的《植物》、卡尔·穆勒（Kar Müller）的《植物世界》、博里－圣－万桑和道比尼的词典中许多学术价值高的词条，等等，对我们都十分有用。卡尔·穆勒有一章很精彩，论述植物的“社会关系”。

我们谈到的针叶树，主要摘取自可敬的导师理查德的回忆录、博学的卡里埃尔（Carrier）先生的作品，以及杰出的胡克的著作，许多也摘取自我们的观察。

今天的植物学家太忽略并鄙视有关树木的神话：这些传说在谬误当中，还包含许多真理。即使对博物学家来说，最重要的作品莫过于拉雅尔所著《柏树崇拜史》（第四印刷所）。书中收入许多对树木通史十分宝贵的文选，以及研究树木的各种观点。

关于思加丁。我在文中引用了比奈－亨茨（Binet-Hentsch）先生的出色作品（日内瓦，1859）。这是我了解的唯一的法文书。

帕蓬（Papon）受人喜爱的著作（1857）、勒什奈的作品（1858）、特奥巴尔的作品，等等，都是德文的。我眼前一本漂亮的英文小书（1862），很有趣，细腻无比，作者是弗雷什菲尔德夫人。长篇讲述晚餐、午餐，等等。所有的书籍中，对我最有用处的，要数当地人明断事理且富有教益的谈话。请他们，尤其萨拉茨州长先生，在此接受我的感激之情。

关于登山者。这应当理解为最善于登山者，那些向导，把旅行家们带上山顶的人，那些为了挣点儿钱，给予他们登顶的这种虚荣快乐的人，把菜肴葡萄酒、烈酒一直给他们背上冰川的人。正是他们讲述冒着多大危险，指导这些喝醉的、魂不附体的大男孩下山，给他们凿出台阶，每一步都要把他们的脚放好，有时没办法，就干脆把他们抱下山。

瑞士人基于习惯，或者略微抱着高人一等的心态装腔作势，他们经常让我感到讲话的方式，同他们令人赞美的国家不大相配。就说托普菲（Toepfer）的书，尽管有思想、有趣味、文笔流畅，但恰恰是这种假笑让人心烦。他总是插科打诨，乐此不疲。玩笑、噱头，惹人伤心。我就像小孩子：做鬼脸，非但不能引逗我开心，反倒会把我吓哭。在这里，面对如此雄伟、如此庄严的大自然，这种反差让人遗憾。

在我喜爱的一部充满智慧和才能的作品中，有一天我读到几行完全可以删除的文字，主要讲瑞士人在冰川上极为特殊的感受："大家又跑又跳，手舞足蹈，左右乱窜。大家彼此'紧紧拉住'，以便更保险地跨越一处障碍。大家跑得更欢了，而停下的样子，也完全像落下的蝴蝶。”另外一处：“在这样欢快的游荡中，人有时候还真以为感到，人和鸟儿之间有一种遥远的亲缘关系，人也忽然唧唧喳喳叫起来……真是欢天喜地，这样疯狂地下山，从一大片石子坡上溜下去，带动石子一起滚落！”等。

还有些人，如乌吉、阿加西斯、德佐尔等，他们不仅跑遍了冰川，而且住在上面，长时间逗留，他们表达了另一些看法。他们并不认为这是轻浮之人的舞台。这种地方，人绝非能感到自由。攀登艰难，呼吸困难，必须系好安全绳索，以免坠入悬崖，这一切毫无乐趣可言。

第257页，关于人类再生的话题。环境变化，无疑能起很大作用，但绝不是指铁路所提供的那种徒劳的、令人眩晕的流动。只见人奔波，旅行，行色匆匆。去哪里呢？他们本人也不甚了了。在最佳环境中，就必须延长逗留时间。我需要这方面的专门书籍：一本概括的好书，比较各个不同的海水浴场（对不同的身体状况各有益处），一本关于各个不同的高山疗养场的书。隆巴尔（Lombard）先生这本小书（日内瓦，1858）就很好，很有价值，但是书中过分强调瑞士人当地的环境和疾病，很少考虑外国人。

儒勒·米什莱生平与创作年表

李玉民编译

儒勒·米什莱（1798—1874）

民族时期的法兰西民族历史学家、革命时期的人民历史学家；首先是史实和文明结构的地理学家和哲学家，继承了叙事或别开生面描述的、哲学的或分析的两种传统，又以其“全面激活”的实践、先知般想象力并有条理的习惯、拉伯雷式绝对独特而又温雅又严肃的行文，超越了这两种传统，——他必须时刻确保掌握风景与地段、纪实与资料、原始手稿与艺术品、飞跃的博学与打磨中的概念。他还创建了一个复杂的网络，保持与通信者和朋友们的联系，一种政治上和科学上的生活本能；没有这种本能，仅凭他雄心壮志，孤胆英雄，也势必失败。这种效仿维科[1]的“胆识”，是从启蒙世纪哲学家那里

1　吉安巴蒂斯塔·维科（1668—1744），意大利历史学家和哲学家，他的《历史哲学的原则》（1725），在每个民族循环历史中，区分三个时期：神圣时期、英雄时期和人性时期。他的《新科学》由我国老一代学者朱光潜先生译成汉语。

继承下来的，能够活跃并磁化数不胜数的“摘录”、调查、笔记、往来的信函、修改的校样儿、复审的课文，在这种过程中，作品才构建起来。

他的文风客观而又灵活，很早就为他招来批评，也赢得赞扬。他写作的这些优点，尤其揭示了作品构思和撰写的秘密：一种不间断的动态，从一篇阅读到一次晤面，从一堂课到一本书，从一场听众到另一场听众，从一种纯粹文学或艺术的感受，到彻查图书馆和文献馆的老底儿，从一条文献目录的端流，到激发出一种象征，从陆续安排的提纲，到撰写出片段的文稿。

米什莱的这种写作状态，也是他的生活状态。

1798 年 8 月 21 日，儒勒·米什莱生于巴黎。父，约翰·富尔西·米什莱，原籍法国莱讷省拉昂市，印刷工人。母，原籍法国阿登省。

从出生到 1814 年，由于印刷业极不景气，米什莱一家人生活在贫困中，在巴黎迁居了八次。

1799 年 拿破仑发动“雾月十八”政变，为帝制做准备，1804 年称帝，创建第一帝国。

1808 年 米什莱的父亲因欠债，入佩拉吉监狱囚禁数月。

1810 年 10 月，一直失学的米什莱，开始上语法学家梅洛先生的课，他在课堂结识普万索，成为终生挚友。

1812 年 米什莱进入巴黎名校查理曼中学，上三年级（相当于我国初中三年级）。

1814 年 父亲所在的印刷厂，因 1810 年限制印刷工人而关门。他于 1814 年受聘，到杜什曼医生的疗养院当经理。

1815 年至 1820 年

拿破仑第一帝国于 1814 年 4 月解体。1814 年 4 月至 1815 年 3 月，为波旁王朝路易十八第一次复辟。1815 年 3 月，拿破仑从流放的厄尔巴岛返回，重新执政，史称“百日政变”或“百日王朝”。1815 年 6 月 18 日，拿破仑兵败滑铁卢，第二次退位。第二次王朝复辟：路易十八于 1815 年至 1824 年在位；查理十世于 1824 至 1830 年在位。

1815 年 2 月 9 日，米什莱丧母。米什莱父子迁到植物园附近，住进杜什曼医生的疗养院。

伏尔西太太也为杜什曼医生工作，1816 年丧女；她善待米什莱，充当了母亲和教师的角色。

1817 年 米什莱通过文学班中学会考。

1818 年 仅用一年时间，就修完大学的文学课程，获文学学士学位证书。米什莱受聘为辅导教师，能维持自己生活了，他还免费听大学课程。

杜什曼医生的疗养院关门了。米什莱父子搬到罗凯特街，伏尔西太太和疗养院原护士波莉娜·卢梭，一起来同居。波莉娜于六月中旬，成为米什莱的情人。

1819 年　获文学博士学位。

1820 年　米什莱开始记日记（五月），开始撰写回忆录（回忆童年），为了他的好友，在医药学院学习的普万索。他开始对自然科学产生浓厚兴趣。

1821 年至 1825 年

1821 年　2 月 14 日，好友普万索去世，葬在拉雪兹神父墓园；米什莱的母亲也葬在那里。此后，那座墓园便成为米什莱爱去的一个地方。

9 月 21 日，米什莱通过了整顿之后的中学、大学教师资格会考。

10 月 13 日，任命为查理曼中学的额外教师。

1822 年　10 月，受聘为圣巴尔伯中学教师，教授历史课。中学的历史课多年取消，1818 年由负责教育的官员鲁瓦耶·科拉尔提议恢复。

1823 年　12 月，伏尔西太太去世。

1824 年　4 月，米什莱会见维克托·库赞，自由派哲学的年轻带头人。库赞鼓励米什莱翻译维科的《新科学》，正是这部著作，为米什莱提供了他的历史哲学的基本原则。

5 月 20 日，米什莱娶了怀孕的波莉娜。

8 月 28 日，女儿阿黛尔·米什莱出生。

1825 年 5 月，米什莱同埃德加·基内建立联系，二人是在库赞那里相识的。米什莱同基内的交谈中，更好地了解了德国及其思想家。

米什莱写出了《现代历史编年表》(1453—1789)。

1826 年至 1828 年

1826 年 写完《现代历史对照年表》。这两本《年表》是中学教材，用到教学实践，取得了极好的效果，但是很快又受到遏制；低年级的历史课被教育部门叫停。

1827 年 2 月 3 日，米什莱被任命为师范学院的哲学和历史讲师。

3 月 8 日，开始发售维科《历史哲学的原则》，由米什莱译成法文，前面加了他的一篇《论维科的体系与生平》。

10 月 15 日，米什莱的《简明现代史》第一部分出版。

1828 年 4 月 15 日，《简明现代史》第二部分出版。这两册书是新编的中学历史教材，在教学中得到极高评价。

8 月 16 日至 9 月 18 日，德国之行，研究中世纪历史和路德的宗教改革，主要参观海德堡、法兰克福、伯恩等地大学城。米什莱阅读了重要书籍，计有宗教和神话（克劳伊泽尔和施勒海尔）、法学（格林）、民间文化（格蕾斯）。

米什莱重新拾起普万索去世后丢下的日记，但是仅限于概要记录他的旅行。

7月，米什莱被遴选为查理十世的孙女，贝里公主的教师。

1829年至1830年

1829年 7月，面临在哲学和历史之间选择的问题，米什莱选了哲学，然而，教育部指定他教历史。1828—1829学年，他用来讲授罗马历史。

11月17日，儿子夏尔·米什莱出生。

1830年 3月14日至4月底，米什莱到意大利旅行参观，如饥似渴地会见学者，发现文化。

七月革命爆发。7月25日，查理十世当局颁布四项法令，取消新闻自由，修改选举法，从而激起巴黎民众起义（27日），攻占土伊勒里宫（29日），7月27日、28日和29日，史称“光荣三日”。8月2日，查理十世被迫退位，要把王位传给孙子尚博尔伯爵。但是根据修改的宪章，王族奥尔良系接位，8月9日，奥尔良公爵路－菲力浦登基，史称“7月王朝”。

“七月的电光”，照亮了米什莱摸索历史的一片天地。让他豁然看清了各种脉络。此前，他学识精进，已经异乎常人，在教科书中阐明了新思想，打破了旧套路，虽然是开创性的，但毕竟是借用来，缺乏原创性。几年编书、教学、阅读、旅行发现，探索思考，终于有了新的契机，从见识转化为识见，积累知识材料有了自己的见解，开始了他生涯中的大飞跃。

法国政体更新，米什莱先就受益：他受聘为路易-菲力浦第五个孩子，克莱芒蒂娜公主的历史教师，被任命为国家文献馆历史部主任，得以参阅这些文献，对他撰写历史的方法是至关重要的。

1831 年 2 月 20 日，米什莱和基内在台步厅，参加了哲学家和经济学家圣西门（1760—1825）派的聚会，听取了昂芳丹“神父”一场宣讲。这是米什莱第一次接触社会主义派别。

8 月 2 日至 28 日，参观游览诺曼底和布列塔尼两个地区，揭开他一系列外省巡回采风的旅行，发现法国建筑、风景、人文和经济。这与他撰写《法国历史》并行不悖。

4 月，《通史导论》出版，米什莱阐述了他的历史哲学观，有别于维克托·库赞、奥古斯丁·梯叶里，甚至有别于维科。

7 月，《罗马史》（共和时期）出版。

这两部著作具有宣言的价值和气势。

当路易－菲力浦以“国王—公民”自诩，而他的政体又被称为“共和制最佳典范”之际，《通史导论》旨在将这种君主制建立在民主基础上，而《罗马史》又警示这种体制；凡专制统治须防止东方式退化。

不管怎样，1830 年革命之后，法国出现了新气象，民主原则获得胜利，学校青年精神振奋，资产阶级的力量在全国迅猛增长。在公共权力重组中，一些职位空缺出来，米什莱必须以实绩和有价值的思想观念证明自己。

1832 年至 1835 年

1832 年 9 月 1 日至 8 日，比利时之行，发现佛拉芒大画家鲁本斯（1577—1640），还发现了滑铁卢战场。

1833 年 4 月 14 日至 16 日，首次，后续数次到枫丹白露。7 月，参观兰斯大教堂。

11 月 21 日，被任命为索邦大学现代史教授基佐（1812 年任教授）的接替者。

12 月 1 日，米什莱撰写《法国历史》（起源至 1270 年）第一卷和第二卷出版，揭开了长达十七卷的鸿篇巨制的序幕。

《法国简史》（截至 1789 年革命）出版。

1834 年 8 月 5 日至 9 月 5 日，到英格兰、爱尔兰、苏格兰旅行，发现了工业正经历最强劲发展的一个国家，认识了中世纪的英格兰。米什莱对英法之间的百年战争（1337—1453）产生兴趣，要深入研究，写进下一卷的《法国历史》中。

1835 年　8 月 18 日至 9 月 25 日，系统参观法国西南地区的图书馆和文献馆。

8 月，再版维科的《历史哲学的原则》，增加了由作者撰写的生平。

9 月 15 日，米什莱译为法文的《路德回忆录》出版。

12 月，米什莱必须放弃替代基佐教职的任命。

1837 年至 1840 年

1837 年　米什莱从此更为经常地记日记。

6 月 22 日至 7 月 18 日，旅行参观比利时与荷兰。

6 月，《法国历史》（1270—1380）第三卷出版。

《法国权利的来源，从象征与通权格式中寻觅》出版。

1838 年　2 月 13 日，米什莱被任命为法兰西学院伦理学和历史教授。一直到 1842 年，米什莱在法兰西学院讲授的历史课，紧紧追随他的《法国历史》出版的进程。

3 月，米什莱被选为法兰西学院伦理学和政治学院士。

6 月 8 日至 8 月 17 日，前往瑞士、威尼斯、蒂罗尔，搜集资料，为意大利战争部分做准备。

1839 年　3 月 24 日至 4 月 7 日，米什莱前往里昂和圣艾蒂安，调查丝绸工人的命运，前不久，丝绸工人的造反行动引起米什莱的思虑。他在圣艾蒂安，还参观了一个兵工厂和一处矿井。

7 月 24 日，妻子波莉娜去世，因思考与工作过劳而死。

1840 年　2 月，《法国历史》（1380—1422）第四卷出版。

5 月 5 日，一名学生阿尔弗雷德的母亲，杜梅尼尔太太初次拜访，米什莱很快就同她建立亲热关系。

7 月 25 日至 8 月 16 日，去比利时旅行。

1841 年至 1844 年

1841 年　2 月，杜梅尼尔太太因到巴黎接受治疗，住到米什莱位于邮政街的寓所。

米什莱同杜梅尼尔母子到枫丹白露小住，又去鲁昂附近杜梅尼尔家逗留数日。

8 月 23 日，《法国历史》（贞德卷）第五卷出版。

8 月，《圣殿骑士团诉讼案》（资料汇编）出版。

1842 年　年初，教权派新闻刊物《天下》猛烈抨击大学。

基内被任命为法兰西学院教授。

5 月 31 日，杜梅尼尔太太在米什莱寓所去世。

6 月 19 日至 7 月 30 日，德国之行。这是具有决定意义的一年，准备撰写《人民》和《文艺复兴》，米什莱必须细化方法。

1843 年 米什莱和基内回击教权派新闻刊物越来越激烈的诋毁，约好在各自的课堂上讲解耶稣会。

7 月 15 日，《耶稣会教团》出版。

8 月，米什莱的女儿阿黛尔同阿尔弗雷德·杜梅尼尔结婚。杜梅尼尔脱离基督教，改宗信仰“未来的新上帝”，米什莱视他为门生。

1844 年 米什莱在学年课堂上，集中讲述罗马和法国，继续这场论战。

1 月 4 日，《法国历史》（路易十一卷）第六卷出版。

5 月 18 日至 6 月 22 日，米什莱到普罗旺斯地区、中央高原采风考察。

1845 年 1 月，《论教士、女人和家庭》出版。米什莱在 1844 年讲课中，萌发写这本书的灵感，旨在揭露教会精神指导的体系。

《耶稣会教团》和《论教士、女人和家庭》这两部著作，是论战的书，也是方法论，阐明个人见解的书，达到教育的目的。可惜法国不是英国；路易-菲力浦也不是新君主，米什莱注定受挫。

在一段时间，政府机构及其报纸的态度，还有利于这些自由派教授，但是面对教授们的思想有转向革命的势头，他们就发出了反对的声音。正因为如此，米什莱在法兰西学院开设一系列法国革命的课程。而且，他也放下《法国历史》第七卷，即文艺复兴卷的撰写工作，决定先写《法国革命史》了。

3 月 8 日，米什莱收到昂芳丹神父的一封长信，说他读了《论教士、女人和家庭》一书。后来，米什莱在《日记》(1845 年 3 月 8 日至 23 日、1854 年 4 月 3 日）都有记述，表明这封信在米什莱的思想中，引起极深的反响，尤其信中宣告必须抱着一种务实的态度，创立一种"未来的宗教"。

1846 年 1 月 28 日，《人民》一书出版。这是第一本务实的书，不再摆出战斗的姿态，而是循循善诱的一本教科书。

4 月，基内的课程被叫停。

11 月 18 日，米什莱的父亲去世。父亲一直是他忠实的伙伴，在他的心目中，就代表了人民和法兰西革命。

米什莱从开始修史到 1831 年出版《罗马史》，已形成自己的历史观，其中重要的一点，就是在《罗马史》中突出表现的"去符号化"。他的矛头直指"从未有过的人民最美好的生活"，这是明目张胆的社会有机论者的抱负：反论说；反粉饰性讲述历史的"故事"，还原人类自行创造的历史。米什莱以孟德斯鸠自居，另行设置"方法和表述"，建立在各部分与整体"比例协调"的原则上。源自罗马的传说，都要在哲学上、人种志上和象征上进行讨论，从而建立一个有三种成分（语言、种族、信仰）的体系。这种体系可以复制，讲述别的种族的历史：伟大人物，汉尼拔或者凯撒，来往于东西方之间进行征伐。在这里，精神史则基于寻求发现一国人民历史特造的“天才”人物。

米什莱在《罗马史》中的独特贡献，就是开篇就将人民和民族置于他们的地盘上，给他们载满他们历史的物质基础，在人的大地上传诵他们的理想史诗。然而，《法国历史》出到第六卷，到文艺复兴的前夜，在法国创建国家君主制的路易十一，是一个形象十分暧昧的国，雨果在 1831 年出版的《巴黎圣母院》中，就有精彩的描绘。于是，如何全面评价文艺复兴，米什莱“去符号化”的主张出现了危机。他搁下《法国历史》，开始撰写人们还记忆犹新的历史：《法国革命史》。

不过，在《论教士、女人和家庭》中，米什莱已经有了些想法。女人，从女儿到妻子和母亲，必须教育她们懂得法律赋予的自由，摆脱教士对其思想意识的控制：“必须有个人为了爱”，“爱想要提升”。米什莱就是从这一点出发，考虑男人和女人的关系，包括性欲和社会两个层面，以期未来有利于培育具有创造性的英雄主义。

到了《人民》出版的背景：米什莱投身这场混战，所冒的风险远远超出大学自由派教授的问题，将他的作品、他的方法和他自身，在《人民》中完全融为一体了。这是个人的、社会的、国家的有机论有机性的宣言，力图将现代社会的喧嚣和危机，统统纳入宗教的表述中。

《人民》全书的核心，就是探索暗喻乡村的美德，劳动和大自然实践智慧的根底。童年和天赋的力量，在书中交相辉映，类似得令人叹为观止，米什莱后来称之为革命的法则：人民的本能与知识阶层的学识相得益彰，调理着两者的合作，米什莱根据这样的描绘，预言了“未来的年轻祖国”。

1847 年 法国革命的研究需要文学性的现实材料。一月，路易·勃朗[1]开始出版他编写的《法国革命史》。三月，拉马丁[2]出版了《吉伦特派历史》。

2 月 10 日，米什莱的《法国革命史》第一卷出版。

11 月 15 日，他的《法国革命史》第二卷出版。

11 月 13 日，米什莱收到阿泰纳依丝·米亚拉雷的

---

1 路易·勃朗（1811—1882），法国历史学家和政治家。他的著作《十年史》（1841—1844）有社会效应，扩大了反对七月王朝的力量。他是二月革命临时政府的成员，但是他看到他按照社会主义思想提出的社会改革方案失败，于六月流亡国外。1870 年回国，为极左派议员。

2 拉马丁（1790—1869），法国浪漫诗人和政治家。他是二月革命临时政府成员并任外交部长，真正主宰了法国数周。六月，巴黎工人起义被镇压，十二月总统选举中，败于路易·拿破仑。

一封信。这位二十岁的小学教师看了《论教士、女人和家庭》一书，受到了强烈的触动。

1848年 1月2日，米什莱的教学被叫停。他决定每周发表他准备好的讲义。

2月24日，革命爆发。起因是基佐内阁取消了共和派定于2月22日举行的宴会，引发二月革命。路易－菲力浦要让位给长孙巴黎伯爵。2月25日，在巴黎民众的强烈要求下，第二共和国宣告成立。

3月6日，米什莱和基内恢复教学。

3月10日，米什莱拒绝参加议会。

6月，面对镇压巴黎工人起义的场景，米什莱万分震惊和愤慨。

8月，集中思考未来的一部著作:《人民的圣经》。

11月8日，米什莱初次会见比他小三十岁的阿泰纳依丝·米亚拉雷。

12月，法兰西学院主管莱特罗纳去世，接任者巴泰勒米·圣伊莱尔更加敌视米什莱。

1849年 1月25日，米什莱在法兰西学院开了“爱情教育课”。

2月10日，《法国革命史》第三卷出版。

3月12日，米什莱和阿泰纳依丝到民政部门登记结婚。新婚夫妇在维利耶街安家，彼此耐心等待克服性关系的困难。

8 月 13 日至 26 日，阿登地区和比利时之行，察看杰马普战场（法国革命期间，1792 年吉伦特派掌权，北方军司令迪穆里埃将军先后在瓦尔密、杰马普两场战役，击败奥地利军，占领了比利时）。

9 月 3 日，米什莱夫妇这桩婚姻开始圆满。

10 月 1 日至 15 日，米什莱作为陪审员，参加重罪法庭审案，他力求为被告减刑或无罪释放。

1850 年　2 月 10 日，《法国革命史》第四卷出版。

7 月 2 日，米什莱喜得一子，取名伊夫・约翰・拉撒路（取《福音》中的复活之意）。

8 月 24 日，拉撒路夭折。阿泰纳依丝渴望在教堂之外给孩子洗礼。一次宗教仪式的这种需要，搅动了米什莱的思绪。

1850 年和 1851 年　米什莱在课堂主要讲授妇女和民众教育。

1851 年　3 月 6 日，米什莱被巴泰勒米・圣伊莱尔召到学院办公室（教授全体会议），他向部长揭发了米什莱反对路易・波拿巴。11 日，他又被指责教学论战味太浓。他的同事们没有支持他。

3 月 12 日，中止了米什莱的教学。

3 月 20 日，拉丁区的大学生游行支持米什莱。

4 月 8 日，宣布停发他的教授薪金。

4 月，《法国革命史》第五卷出版。

7月末，波尔多与阿尔卡松之旅。

10月24日，米什莱拒绝发给他的半份教授薪金。

11月20日，出版第一传《民主的黄金传说：科斯休斯科传说》(波兰爱国将军)。

12月2日，路易－拿破仑·波拿巴发动政变，实行个人独裁统治。

1852年 路易·波拿巴发动政变前后，一批参加1848年革命的共和党人就流亡国外。政变一年后，路易·波拿巴于12月2日建立第二帝国，称拿破仑三世。流亡国外的雨果轻蔑地称他“小拿破仑”，著了大量诗文进行讽刺揭露。米什莱留在法国，也进入职业生涯最艰难的时期，但是他的笔还是自由的，写出专制统治者难以阻遏的不朽作品。

4月，米什莱连同基内几人被解除在法兰西学院的教授职务。

6月3日，米什莱拒绝新政权要求每个公务员的效忠的宣誓。

6月9日，米什莱离开了文献馆。

6月12日，出行前往南特·加里埃（革命时期国民公会成员，在大恐怖期，1794年受指控而被绞死）的城市，毗邻旺代省，在那里准备写大恐怖卷，《法国革命史》第六卷，即最后一卷。

从此，米什莱无职一身轻，不必因公务滞留巴黎；

每年都到这外省度过一段时日。

1853 年　2 月至 3 月，可能因为撰写大恐怖的历史；身心产生了反应，一时心力交瘁，生了病。

8 月 1 日，《法国革命史》第六卷出版。

10 月 29 日，前往意大利休养，期望恢复健康。

11 月 15 日，《民主的黄金传说》第二传出版，题为《多瑙河公国，罗塞蒂夫人》。出版《贞德》单行本，与《法国历史》第五卷分别出版。

11 月 18 日，到意大利南方，在热那亚附近的小港内尔维落脚。米什莱病得不轻，还是关注了这个地区的民众和极度的贫穷，产生写《盛宴》的意念，批评费尔巴哈。

1854 年　1 月 21 日，出版《北方民主传说》（科休斯科、罗塞特夫人、俄罗斯的殉道士们）。

《盛宴》写出数章，生前未能发表。

4 月《革命的妇女》出版。

4 月 20 日至 6 月 4 日，在都灵逗留，查阅十六世纪的档案史料，续写中断十年的《法国历史》。

6 月 5 日至 30 日，到阿克奇进行泥浴，参加自然元素诗意疗效的秘密仪式。

1855 年　2 月 1 日，《文艺复兴史》——《法国历史》第七卷出版。

在第七卷的序言中，重新阐述，降低了对中世纪时期的评价。

7 月 2 日，《改革史》——《法国历史》第八卷出版。

7 月 6 日至 15 日，米什莱前往比利时与荷兰，去看望 12 月 2 日政变遭放逐的基内，搜集对《文艺复兴史》的报道。

7 月 15 日，米什莱的女儿，阿黛尔·杜梅尼勒去世。

8 月 23 日，在勒阿弗尔逗留期间，米什莱初试海水浴，同自然的第二元素亲密接触。

从此，米什莱每年都安排海水浴。

1856 年 3 月 8 日，《宗教战争》——《法国历史》第九卷出版。

3 月 12 日，《鸟》出版。这是写自然史的一系列著作的开篇。米什莱从青年时起就对自然史产生兴趣，而且始终不减。这也是同他妻子合作的成果。

11 月 1 日，《结盟》——《法国历史》第十卷出版。

这一年，米什莱还上了解剖课，他十分惊叹显微镜的功能。

《鸟》的出笼，是米什莱著述的又一大突破，但是这次突破不能不说借助了他年轻妻子之力。事实上，这个陪伴在身边的女性，全面催生了这部作品，为作者历史和哲学的思考立了一个新的通则，将他的散文诗化推向极致。这种新的概括，其根本原则很可能就是异国情调的概念，换换口味，再确切点儿说，就是力求重新整合所有外在性的东西、所有异国他乡的事物，所有的传说，不管是可疑的还是可心的；须知这些外在的事物，即使这位历史权威魄力十足的实践，也不能全讲清楚，同样，去符号化的大道理，也不可能深入群体的灵魂中领悟这些传说。的确，无论在米什莱还是在雨果看来，凡是历史，都会把女人视为典范的疑难问题：女人既是流放又是家园，既是不可能又是前景，既是奴役又是解放，既是沉默又是激励。女人的面孔类似自然，类似芸芸众生，类似人民。女人周期的形象，就如同天地的旋转，人类的大节律，社会的博动；而这种社会的博动，西方理性的统治总是拼命地否认，一直宣扬它那盲目而可笑的普遍主义，宣扬它那不得不阻碍生物的、有机论思想飞跃的笛卡尔几何主义，还宣扬它那不断摧残社会性的政治优先。

米什莱写作的转型，同当时的政治大气候密不可分。1830 年政权露骨的专制统治野心，虽然遭遇失败，却被 1848 年 6 月那场屠杀，被路易 - 拿破仑·波拿巴的政变粗暴地批准了。正是那场屠杀，才可能让“小拿破仑”得逞，也使得奥尔良派资产阶级和共和派知识分子，双双丧失民心和政权，才让恬不知耻的金融冒险家掌握国家的命运，推动工业化进程，而工人阶级边缘化，脱离了令人安心与英雄气概的自由思想。

可以说，这是社会理想的全面崩塌，已无米什莱的容身之地。于是他逃往南特，逃向大海，这个生命的源泉，因为历史把人推回本原。他终于得力于地理政治型的社会形态学，谱成了希望之歌：《鸟》《虫》《海》《山》的大自然交响曲。

智慧的力量在民间。米什莱在南特找到学者安琪·盖潘，科学和共和的斗士，传承社会主义思想的历史学家和哲学家。随后，米什莱又到地中海沿岸，意大利南端的内尔维，他终于结成了女性、自然历史、作为方法的文艺复兴、社会经济学、回炉的哲学和宗教的这种联盟，反对那个费尔巴哈的残缺不全的系统论。正是这种联盟筹备他所谓“盛宴”的人类总联盟。

1857年 5月27日，《亨利四世》——《法国历史》第十一卷出版。

10月，自然史的第二本《虫》出版。

米什莱到枫丹白露度夏。这段逗留，米什莱称为获取资源的最佳时期（9月8日的狂风暴雨）。此地的影响力，集中了自然（森林散步，观察昆虫）和历史（观赏宫堡及其壁画）；还唤起了他三场爱情的记忆（波莉娜、杜梅尼勒太太和阿泰纳依丝）。

1858 年至 1861 年

1858 年 3 月，《黎赛留和投石党》——《法国历史》第十二卷出版。

6 月至 10 月，到格朗维尔（芒什省首府）和波尔尼克（卢瓦尔 - 大西洋省首府）度过这段时光。

11 月 17 日，《爱情》一书出版。

1859 年 3 月 20 日至 4 月 11 日，出席解剖现场。

6 月至 10 月，到滨海夏朗特省圣乔治 - 迪多纳乡度过数月。

11 月 21 日，《女人》一书出版。

1860 年 4 月 27 日，《路易十四》——《法国历史》第十三卷出版。

6 月 20 日至 8 月 5 日，决定性的一段逗留时日，放弃小说的创作，有利于爱情史和自然史的写作。

1861 年 1 月 15 日，自然史的第三本《海》出版。

2 月 28 日，米什莱动笔创作一部小说：《西尔维娜——一名清洁女工的回忆录》，数次放弃；又数次重新拾起，但是最终没有写完。在瑞士的维托，他放弃这一写作计划，要集中精力创作《一位正派少女的回忆录》（阿泰纳依丝的一生）。

1862 年 2 月，《路易十四和勃艮第公爵》——《法国历史》第十五卷出版。

3 月 23 日，儿子夏尔在斯特拉斯堡住院，4 月 16 日去世。

8 月到 9 月，在滨海塞纳省圣瓦莱里－昂科，阅读达尔文的著作。

11 月 15 日，《巫术》出版。

《巫术》是这种最终方法的范例。内中的流亡，可以说内中如同流亡，如同禁区和退缩，如同必须改变所有习惯的秘密，从而给历史的真实带来象征的有机性。

《巫术》是米什莱摘取自他的《法国历史》诸多有关巫术的章节——这种历史边缘的表相——重新整合，安排场景使之完整，用地理学裁剪年表，如同采取一种复述方式，表现逐渐显露出来的教会、官职、国家和科学的权威影响，从而为人文科学的整个现代人类学开辟道路，犹如米歇尔·傅科（1926—1984，法国哲学家）可能继续阐明的那样。这种历史的回顾，前面有一部分纯粹是传说：中世纪女巫：搜集异教原初轶事的女人、撒旦的妻子、封建农业社会的反面、采草药女人，自然出现在世俗社会的反自然现象，生命科学的源头。米什莱这么做，实际上就是翻过来，掉过去：《文艺复兴》其实就等于他那《中世纪》的否认；而中世纪又反过来，成为重读古典几个世纪的历史的考古原则，又如同民众和女性批评君主制的癌变。而且，正由于这种癌变，自从宗教战争以来，法兰西正在衰退，无论大革命，也无论浪漫主义，都未能阻止这种衰退进程。

米什莱这样深挖文艺复兴的失败，给任何可能编写的“历史”所带来的，正是一种“反历史”的魄力，一种科学生产者撒旦精神的巫师之爱——如同该隐（亚当和夏娃的长子，不受宠爱）和所有被社会排斥的人，都是生产的生产者，能让一种“历史”重新站起来的工人。这种“反历史”相当狡猾，深知她（法语“历史”一词为阴性）那正史姐姐的谬误与罪行，不断揭发能把人引入歧途的危险。

米什莱写完《巫术》，在土伦港锚地“一派非洲景象”的地方，等待在“理性、权力、自然”中，升起希望的宗教大黎明；然而，如果说西方在这一岸完全胜利了，那也是以它的绝对失败为代价；预兆十分明显，我们在经济、性别、语言等领域所取得的惊人进步，并不是真正的世界，而我们的普遍性，已经被那些社会所遗忘、所排斥的大众深度要求远远超越了。

1863 年至 1864 年

1863 年 4 月至 9 月，居住在蒙托邦，阿泰纳依丝母亲的身边。

9 月至 10 月，在图卢兹、比利牛斯山脉地区逗留，一直到圣让·德吕兹乡。

10 月 1 日,《摄政时期》——《法国历史》第十五卷出版。

1864 年 7 月至 9 月，旅居圣瓦莱里－昂科。

10 月 31 日,《人类的圣经》出版（旨在反驳勒南的《耶稣的一生》)。

法国作家和历史学家勒南（1823—1892）正撰写《基督教起源史》(1863—1881)，第一卷《耶稣的一生》1863 年出版，引起强烈的反响。米什莱随即写了《人类的圣经》回答。

《人类的圣经》勾画出新的普遍性的蓝图:“大地无处不是希望之乡，世界哪里都是耶路撒冷”。新的“有弹性的书”，是他势在必写的。这部著作的综合性令人惊叹，没有塞进任何怕惹起争议的谨慎用语，以赢得有礼貌的听众。光明中的人民（印度、波斯、希腊）的总辩护书，反对黑暗中的人民（埃及和犹太基督教传统的国家)，罗马帝国倾覆与中世纪破灭的艺术再现，关于女人史诗的情绪激昂的争论，全书结尾，长段援引了《法国革命史》的序言。然而，如果从 1864 年回到 1847 年，预言未来的“起义”，那就得全面改写，深挖对自己的忠诚度。赫拉克勒斯和普罗米修斯的神话，链接全书的两部分，相当清楚地表明，劳动是世界和思想的动力，还表明神话就是团结、身份、科学和意识的活生生的现实。

1865 年至 1867 年

1865 年 6 月 30 日至 7 月 28 日，在瑞士维托镇逗留，8 月又到圣热尔维，米什莱在阿尔卑斯山区这些地方，又萌生新的创作意念，再写一本自然史的书：《山》。

从 9 月到 12 月，米什莱仍然流连于山区的一些城镇。从此，山的魅力取代了海的魅力。

1866 年 4 月底，米什莱取道图卢兹返回巴黎。

5 月 1 日，《路易十五》——《法国历史》第十六卷出版。

8 月 21 日至 9 月 13 日，到温泉之乡奥恩省巴尼奥勒疗养。

12 月 14 日，又动身去阿尔卑斯山区的耶尔镇。

1867 年 米什莱在耶尔过冬。

5 月至 6 月，在瑞士维托逗留。

7 月，在恩加丁，准备写《山》。

10 月 10 日，《路易十五和路易十六》——《法国历史》十七卷出版。大功告成。

1868 年 2 月 1 日，自然史第四本《山》出版，米什莱实现了心愿。

米什莱又抓紧写《书中之书》，全书的大线条，他的作品和他的生命的力量：教育。

7 月 2 日，要为再版的《法国革命史》重新写一篇序言，关于教育的书，他正文思汹涌，却不得不最终停下来。

米什莱趁《法国革命史》再版之际，特意阅读了基内的著作《革命》(1865)，以及路易·勃朗描述大革命时期的作品，他发现将他和基内现在拉开的差异。9月9日，他给基内写了一封信，近乎“绝交书”。

9月，米什莱到枫丹白露小住。

10月，米什莱回巴黎，在《时代》上，跟路易·勃朗就法国大革命展开一场辩论，反对罗伯斯庇尔的形象和作用。

1869年 5月，在1869年议会选举中，米什莱支持儒勒·费里，共和党人候选人。6月，共和派在巴黎选举中获胜，这促使米什莱重树对未来的信念，重又投入政治斗争。

5月，在1820年做的一场梦，但是在日记中没有提及，却搅得心神不宁。

8月至9月，到瑞士旅行并逗留。临近年终，做了许多笔记，涉及各种“取向”。

9月13日，为《法国革命史》再版新写的序言，寄给出版商拉克鲁瓦。

11月12日，出版《我们的儿子》(教育的历史与改革)。

11 月，计划写《十九世纪历史》，只好放下《书中之书》与一部《爱情史》(从 1849 年就酝酿创作)。

1870 年 关于帝国的全民公投，七百万人同意，一百五十万人反对。

7 月 19 日，法国对德宣战，史称“普法战争”。9 月 1 日，拿破仑三世与麦克马洪率大军到色当，被普鲁士军包围，次日率众投降。

9 月 4 日，巴黎宣布成立共和国。

米什莱对法国全军覆灭大失所望，他于 9 月 2 日离开巴黎，前往瑞士。

9 月 19 日，普军开始围困巴黎。

10 月 2 日，米什莱考虑写些文章，说明法国的处境，以他的笔为捍卫祖国出力。

10 月 29 日，米什莱身体虚弱，到佛罗伦萨休养。

1871 年 1 月 25 日，米什莱所写的小册子《法国面对欧洲》发行销售。

4 月 30 日，米什莱在比萨突发心脏病。

3 月 18 日至 5 月 27 日，巴黎公社时期。保卫巴黎的国民自卫军，于 3 月 18 日接管巴黎的市政权力，26 日，巴黎公社宣告成立。旧政权在凡尔赛组成政府，对外妥协，对巴黎公社实行血腥的镇压。5 月 22 日至 28 日，巴黎公社社员退到拉雪兹神父公墓，全部被政府军杀害，史称“流血周”。

5 月 22 日，米什莱在佛罗伦萨，得知巴黎公社被镇压的消息，精神再次受到打击。

6 月至 10 月，米什莱在瑞士逗留期间，重又撰写《十九世纪历史》。

1872 年至 1874 年

1872 年 4 月 3 日，《十九世纪历史》第一卷出版（还附上一篇历史研究文章，思考出身，以及他出生前后那几年）。

10 月，米什莱患肺炎，他的右手半瘫痪。他从 4 月便回到巴黎。

1873 年 3 月 15 日，《十九世纪历史》第二卷出版。

米什莱居住在瑞士，继而回法国，住在耶尔镇。

1874 年 1 月，《十九世纪历史》第三卷写完。

2 月 9 日，米什莱突发心脏病，在耶尔逝世。

1875 年 《十九世纪历史》第三卷出版。

米什莱逝世后，他的夫人整理出版他的遗著，但是以她的方式动了米什莱的文稿：截取，添加她补写的段落。陆续出版了《盛宴》（1879）、《我的青春》和《我的日记》（1884、1888）——青春的回忆，以及重新书写和重组的《日记》——《罗马》、《在欧洲的路上》、《我们的法兰西》（记述旅行的一些拼凑作品）。

1893 年至 1898 年 《米什莱全集》第一版，由弗拉马里翁出版印出发行。

1959 年 出版了《日记》（1828—1848）第一卷。
《青春记述》（1820—1821，《回忆录》《思想日记》《阅读日记》）。

1961 年 《日记》（1849—1860）第二卷出版。

1976 年 《日记》（1861—1874）第三卷和第四卷出版。

米什莱这份年表，虽简略却很齐全，求全因为是汉语版的第一份，有助于全面了解米什莱半个世纪的忙碌和惊人的著述。这份年表是根据《法语文学词典》米什莱词条编译的。年表前有长文专论，是研究米什莱的专家，J. 塞巴歇（J. Seebacher）撰写的，很有深度和特色。我选译了几段，置于年表开头和相关作品后。专论结尾的两段，应是理解米什莱如此丰富的著作的钥匙，译出来与读者共享：

米什莱激烈反对浪漫主义，只因浪漫主义高踞于云端；远远隔离资产阶级世纪病，而且还绕开劳动和历史的学问艰深的现实，他小心翼翼地守护，始终保持自己行为的导向，这种端正的态度迫使他反对勒南，同基内断交，也同那个雨果保持距离，尽管雨果在流亡中，在所有方面都越来越同他接近了。然而，除了神话的巨大冲力，除了能同乔治桑，甚至能同福楼拜友好交谈的这种新型的叙述性，除了将浪漫主义推向极致的这种科学的、哲学和文学的自然主义，米什莱的文体，若想归结为一种风格，就不能不只赞赏他的诗意，心悦诚服地忽略其余的一切。这种文体，首先是组合，拟态式构筑各种材料、片断的知识、它们之间假定性和象征性的关系、它们历史意识的奇思异想。然后，这一点尤为重要，在这种符号的链条之间，安插主观性的精彩对话，以便在社会未来的客观性中占领地盘。米什莱的这一自我，在这个过程中，不断认识自己，感受考验自己，同时一直引逗对话者，引导读者的自我脱离自身，使之诞生于自由，使之进入圈套而最终自我解脱。

以此而论，米什莱的历史作用是巨大的。一方面，他培育起来共和意识、新型的教育——但是也冒很大风险：法国激进主义和社会主义公开的暧昧性，乃至背叛、排犹主义、贝当（法国“二战”期间与德国合作的贝当元帅）派，以及纳粹异端“新哲学”等种种反应。另一方面，他也提供了科学和思想意识带有先知性的各种各样条件境况，以避免斯平格雷（Spengler，1880—1936，德国哲学家和历史学家）于1918年描绘的那种“西方的衰落”。总之，如同雨果那样，米什莱将哲学和历史的自然主义的文学运用，推到恰当可控的极端，这种差异的体系化既可以称为超自然主义，也可以称为超现实主义。二十世纪的作家们，被抬举到不当归属于米什莱的流派，或者不当敌视他那形象的流派，他们不会轻易承认欠他的恩债。然而，在宗教和家园毁灭的乡愁中，在语言和文明的紊乱中，在奉献和爱情的革命中，恐怕很难不撞见他，如同撞见不断要使当今摆脱中世纪的一个人。

2018 年 8 月

于大连金石滩

《卓越山脉》

（*The Remarkables*）

在 1849 年到 1875 年之间

查尔斯·德奇姆斯·巴罗（Charles Decimus Barraud，1822—1897）

《在南阿尔卑斯山脉》
（*In the Southern Alps*）

1881 年

约翰·柯里尔（John Gully，1819—1888）

《库克山》

（*Mt. Cook*）

1884 年

查尔斯·德奇姆斯·巴罗（Charles Decimus Barraud，1822—1897）

《米尔福德峡湾》

（*Milford Sound*）

约翰·柯里尔（John Gully，1819—1888）

《加利福尼亚，内华达山脉之中》

（*Among the Sierra Nevada*，*California*）

1884 年

阿尔伯特 · 比尔施塔特（Albert Bierstadt，1830—1902）

《落基山脉的风暴》

（*A Storm in the Rocky Mountains*，*Mt. Rosalie*）

1866 年

阿尔伯特·比尔施塔特（Albert Bierstadt，1830—1902）

《落基山脉，兰德峰》

（*The Rocky Mountains*，*Lander's Peak*）

1863 年

阿尔伯特·比尔施塔特（Albert Bierstadt，1830—1902）

《勃朗峰》

（*Mont Blanc*）

1895 年

阿尔伯特·比尔施塔特（Albert Bierstadt，1830—1902）

《阿尔卑斯山马特洪峰》

（*Matterhorn*）

约 1867 年

阿尔伯特・比尔施塔特（Albert Bierstadt，1830—1902）

白柳

（Salix alba ）

1904 年

奥托·威廉·汤姆（Otto Wilhelm Thomé，1840—1925），德国的植物学家和植物艺术家，他的杰作《德国、奥地利和瑞士植物图志》被世人誉为世界最美手绘植物圣经。

石榴

（Punica granatum）

1885 年

奥托・威廉・汤姆（Otto Wilhelm Thomé，1840—1925），德国的植物学家和植物艺术家，他的杰作《德国、奥地利和瑞士植物图志》被世人誉为世界最美手绘植物圣经。

云杉

（Picea abies）

1885 年

奥托·威廉·汤姆（Otto Wilhelm Thomé，1840—1925），德国的植物学家和植物艺术家，他的杰作《德国、奥地利和瑞士植物图志》被世人誉为世界最美手绘植物圣经。

落叶松

（Larix decudua）

1885 年

奥托·威廉·汤姆（Otto Wilhelm Thomé，1840—1925），德国的植物学家和植物艺术家，他的杰作《德国、奥地利和瑞士植物图志》被世人誉为世界最美手绘植物圣经。

啤酒花

（Humulus lupulus ）

1885 年

奥托·威廉·汤姆（Otto Wilhelm Thomé，1840—1925），德国的植物学家和植物艺术家，他的杰作《德国、奥地利和瑞士植物图志》被世人誉为世界最美手绘植物圣经。

图书在版编目 (CIP) 数据

山 / (法) 儒勒 · 米什莱著；李玉民译 . —北京：中央编译出版社，2018.10
ISBN 978-7-5117-3523-2

I. ①山…
II. ①儒… ②李…
III. ①散文集 - 法国 - 近代
IV. ① I565.64

中国版本图书馆 CIP 数据核字 (2018) 第 008412 号

山

出 版 人：葛海彦
出版统筹：贾宇琰
责任编辑：朱瑞雪
责任印制：刘 慧
出版发行：中央编译出版社
地 址：北京西城区车公庄大街乙 5 号鸿儒大厦 B 座 (100044)
电 话：(010) 52612345（总编室） (010) 52612341（编辑室）
(010) 52612316（发行部） (010) 52612346（馆配部）
传 真：(010) 66515838
经 销：全国新华书店
印 刷：北京紫瑞利印刷有限公司
开 本：880 毫米 ×1230 毫米 1/32
字 数：193 千字
印 张：10.25 彩插：16 页
版 次：2018 年 10 月第 1 版
印 次：2018 年 10 月第 1 次印刷
定 价：39.80 元

网 址：www.cctphome.com 邮 箱：cctp@cctphome.com
新浪微博：@ 中央编译出版社 微 信：中央编译出版社 (ID：cctphome)
淘宝店铺：中央编译出版社直销店 (http://shop108367160.taobao.com) (010) 55626985